**Thomas Kastura**, geboren 1966, lebt mit seiner Frau und seinen beiden Töchtern in Bamberg, studierte Germanistik und Geschichte und arbeitet als Autor für den *Bayerischen Rundfunk*. Seit 1998 veröffentlichte er zahlreiche Erzählungen, Jugendbücher und Kriminalromane. Thomas Kastura ist außerdem Herausgeber der Krimianthologien *Tatort Garten* und *To die, or not to die* (beide bei ars vivendi). Der erste Sammelband mit seinen Brandeisen-&-Küps-Geschichten erschien im Herbst 2012 im *ars vivendi verlag* unter dem Titel *Drei Morde zu wenig*, der zweite im Frühjahr 2015 unter dem Titel *Fünf Leichen zu viel*. Seine Krimi-Kurzgeschichte »Genug ist genug« wurde 2017 mit dem Friedrich-Glauser-Preis ausgezeichnet und fand auch Eingang in den vorliegenden Band. www.thomaskastura.de

THOMAS KASTURA

# SIEBEN TOTE SIND NICHT GENUG

BRANDEISEN & KÜPS ERMITTELN

KRIMINALGESCHICHTEN

ARS VIVENDI

Originalausgabe

Erste Auflage Oktober 2017
© 2017 by ars vivendi verlag
GmbH & Co. KG, Cadolzburg
Alle Rechte vorbehalten
www.arsvivendi.com

Lektorat: Dr. Felicitas Igel
Umschlaggestaltung: FYFF, Nürnberg
Motivauswahl: ars vivendi
Coverfoto: mauritius images / imageBROKER / mp
Druck: CPI books GmbH, Leck
Gedruckt auf holzfreiem Werkdruckpapier
der Papierfabrik Arctic Paper

Printed in Germany

ISBN 978-3-86913-856-5

Sieben Tote sind nicht genug

# Inhalt

# Vorwort

Seit 2006 ermitteln Staatsanwalt Brandeisen und Kommissar Küps nun schon, zumeist in Bamberg, aber auch in anderen Teilen Frankens, Deutschlands, Europas. Als die beiden ihren ersten Fall lösten, steckte der Regionalkrimi vielerorts noch in den Kinderschuhen. Zwischenzeitlich gibt es kaum eine Stadt oder einen Landstrich, wo keine literarischen Verbrechen begangen werden. Auch über Franken ist eine wahre Flut an Regio-Krimis hinweggeschwappt – und schwappt immer noch.

Aber sind all diese Schandtaten ernst zu nehmen? Eigentlich nicht, und deshalb spielen Ironie und Parodie bei Brandeisen und Küps stets die Hauptrollen. Die beiden geraten in alle möglichen Situationen, wobei die unmöglichen, die verrückten, fantastischen überwiegen. »Das Loch, in Hoffmanns Manier« hat zum Beispiel so gut wie gar nichts mit der Wirklichkeit zu tun. Die Geschichte ist frei erfunden, wenn auch eingebettet in reale Schauplätze und Begebenheiten. Gleiches gilt für die anderen Storys. In Zeiten von »Fake News« muss man das – leider – ausdrücklich betonen.

Deshalb meine Bitte an die geneigten Leserinnen und Leser: Nehmen Sie das Ganze mit Humor. Brandeisen und Küps haben davon reichlich.

Thomas Kastura
Bamberg, im März 2017

# Das perfekte Verbrechen

Kommissar Küps schwitzte. Der Kopfhörer drückte. Langsam bekam er Ohrensausen, was zum einen an der stickigen Luft im Studio lag, zum anderen am selbstgefälligen, nicht enden wollenden Redeschwall von Staatsanwalt Brandeisen.

»Und den Fall des gestohlenen Kunigunden-Rubins habe ich ganz allein gelöst«, schwadronierte jener. »Leider ist der Juwelendieb entkommen. Wenn mein Ermittlungspartner früher eingegriffen hätte ...«

Küps warf ihm einen strafenden Blick zu. »Es läuft halt net immer so wie im Fernsehen. Manchmal sind uns die Spitzbuben einen Schritt voraus.«

Die Radiomoderatorin nickte. »Vielen Dank, die Herren. Da haben Sie uns ja allerhand spannende Geschichten aus der Praxis verraten. Aber jetzt kommen endlich Sie zum Zug, liebe Hörer. Nach einer kurzen Werbepause können Sie Brandeisen und Küps Fragen stellen. Unsere beiden Studiogäste werden nach bestem Wissen und Gewissen antworten. Vielleicht wollten Sie schon immer mal erfahren, wie man zum Beispiel ... den perfekten Mord begeht?« Sie lachte etwas künstlich und gab die Telefonnummer durch: »... quasi unsere Crime-Hotline. Rufen Sie an!« Dann betätigte sie einen Regler, Reklame wurde eingespielt.

»Und? Wie waren wir?«, fragte Brandeisen ungeduldig.

»Gar nicht schlecht – für ein Live-Interview.« Die Moderatorin nahm einen Schluck Cola.

»Gar nicht schlecht?«

»Nein, im Ernst, wie Sie sich gegenseitig die Bälle zuspielen, einfach wunderbar. Bühnenreif! Der Besserwisser und der Begriffsstutzige – als hätten Sie das geübt.«

»Aber ... wir sind auch in natura so!«, beteuerte Brandeisen.

Küps betrachtete angewidert sein Wasserglas. »Ohne Bier kann ich nicht arbeiten. Haben Sie wirklich nichts Vernünftiges zum Trinken da?«

»Bedaure, nein.«

»Ich war mal Statist am Stadttheater, als ich noch jünger war. Hinter den Kulissen stand immer ein Kasten Keesmann Herren Pils ...«

Brandeisen begriff, worauf Küps hinauswollte. »In der Regel ziehen wir Spezial-Rauchbier vom Fass vor. Das hält die grauen Zellen in Schwung. Bei den vielen Interviews, die wir tagtäglich geben, haben wir das bitter nötig.« Er kehrte die Diva heraus. Dieses Privatradiomäuschen sollte merken, dass sie es nicht mit Anfängern zu tun hatte. Ohne Starallüren brachte man es nicht zu Ruhm und Ansehen, zumal in einer Stadt wie Bamberg, wo sich die Menschen nur allzu gern blenden ließen von großtuerischem Gehabe. »Beim *Bayerischen Rundfunk* war es kein Problem, ein Bier zu bekommen«, setzte er pikiert hinzu. »Da kümmert man sich noch um das Wohlergehen der Gäste.«

»Na gut, ich sehe, was ich tun kann.« Über Kopfhörer erkundigte sich die Moderatorin beim Aufnahmeleiter. Ihr Gesicht hellte sich auf. »Echt? Wir haben noch Werbegeschenke vom Tag des deutschen Bieres? Her damit!«

Kurz darauf erschien eine Praktikantin mit einer reichen Auswahl an gekühlten Flaschen. Küps entschied sich für ein Zwergla der Brauerei Fässla, ein hervorragendes

Dunkelbier, und Brandeisen nahm ein helles Schlenkerla Lagerbier, seine Hausmarke. Glaskrüge wurden kredenzt und befüllt.

»Zufrieden?«, fragte die Moderatorin, nicht ohne Ironie. »Wär doch gelacht, wenn uns der *BR* in puncto Prominentenbetreuung aussticht.«

»Danke, wir wissen das zu schätzen.« Brandeisen stieß mit Küps an. Sie tranken und fühlten sich angemessen gepampert, wie es bei ihrem Bekanntheitsgrad nur recht und billig war. Die Praktikantin entfernte sich.

»So, die Werbepause ist zu Ende.« Die Moderatorin fummelte an der Technik herum. »Gleich sind wir wieder *on air*.« Ein Tastendruck. »Willkommen zurück, liebe Hörer. Heute haben wir exklusiv für Sie: Staatsanwalt Brandeisen und Kommissar Küps, die Schrecken aller fränkischen Kriminellen, Bambergs erfolgreichstes Ermittlerteam. Der erste Anrufer ist schon in der Leitung. Marlene Malz aus Waizendorf möchte etwas fragen.«

»Hallo, verstehen Sie mich?«, ertönte eine hohe, ältlich klingende Frauenstimme.

»Klar und deutlich.«

»Also, das mit dem perfekten Verbrechen, das würde mich interessieren. Gibt es so etwas überhaupt?«

»Durchaus!«, preschte Brandeisen vor. »In Deutschland bleiben jährlich über eintausend Morde unentdeckt. Das liegt aber nicht an genialen Straftätern, sondern schlicht und ergreifend an Schlamperei. Sie werden es kaum für möglich halten, wie viele Mediziner sich bei der Leichenschau täuschen und einen natürlichen Tod bescheinigen – obwohl vielleicht Zweifel bestehen. In solchen Fällen erfolgt keine Obduktion. Und keine Ermittlung! Wir treten gar nicht erst in Aktion.«

»Stell dir vor, es war Mord, aber niemanden juckt's«, ergänzte die Moderatorin. »Kein angenehmer Gedanke.«

»So kann man das nicht sagen.« Küps räusperte sich. »Unerfahrenheit, Überlastung ... da unterläuft den Ärzten schon mal ein Fehler.«

»Heißt das, wenn man es unauffällig anstellt, kommt einem die Polizei gar nicht drauf?«, fragte Frau Malz.

»Nur, wenn es keine Verdachtsmomente gibt«, erwiderte Küps.

»Verdachtsmomente?«, kam es zögerlich zurück.

»Sind Sie verheiratet, Frau Malz?«

»Äh, ja.«

»Nur mal angenommen, Sie möchten Ihren Mann umbringen ...«

»Ich? Wie meinen Sie das jetzt?«

»Keine Sorge, das ist nur ein Beispiel«, schaltete sich Brandeisen ein. Er zwinkerte der Moderatorin zu, die ihm eingeschärft hatte, bildlich zu argumentieren, aus dem Leben gegriffen, damit die Hörer alles nachvollziehen konnten. »Gehen wir für einen Augenblick davon aus, Ihr Gatte habe ein schwaches Herz. Möglicherweise ist er schon siebzig, in so einem Alter kann leider viel passieren. Falls Sie, liebe Frau Malz, aus irgendwelchen Gründen beschließen sollten, das Ableben Ihres Angetrauten zu beschleunigen, sagen wir, weil er ein furchtbarer Tyrann ist und seine Pantoffeln immer genau so hinstellt, dass Sie darüber stolpern ...«

»Ja, seine Pantoffeln ...«

»Dann könnten Sie ihm doch Gift ins Bier träufeln! Eine toxische Substanz, die er nicht herausschmeckt – das Internet ist voll davon. Meistens beschleunigen solche Gifte den Herzschlag und erhöhen den Blutdruck.«

»Atemnot, Sehstörungen – habe ich von der Nachbarin gehört.«

»Genau! Und die Folge? Herzstillstand! So, und jetzt zeigen Sie mir den Arzt, der bei einem Risikopatienten, der durch Kammerflimmern ohnehin gefährdet ist, einen Mord mutmaßt!«

»Aber die moderne Medizin hat doch Mittel und Wege ...«

»Hat sie, natürlich. Der Mageninhalt wandert ins Labor, das Blut wird analysiert, ebenso der Urin, Gewebeproben von Leber, Nieren, Muskeln, sogar die Haare. Die Frage ist: Kommen diese forensischen Verfahren auch zur Anwendung? Bei einem kerngesunden Dreißigjährigen – sehr wahrscheinlich. Bei einem bemoosten Haupt – eher nicht. Da neigen unsere Äskulapjünger zu der Diagnose: Irgendwann musste es so weit kommen. Friede seiner Asche.«

»Aha.«

»Außerdem ist so eine Obduktion teuer«, fügte Küps hinzu. »Wir müssen auch an die Kosten denken.«

Die Moderatorin hatte schon den nächsten Anrufer auf ihrer Liste. »Vielen Dank, Frau Malz. Wer hätte das gedacht? Perfekte Verbrechen sind gar nicht so selten. Hoffentlich konnten wir helfen.«

»Moment, ich wollte noch wissen ...«

»Tut mir leid, wir möchten auch anderen Hörern die Gelegenheit geben, Fragen zu stellen.« Mit einem Mausklick flog Frau Malz aus der Leitung. »Als Nächstes gehen wir nach Pettstadt. Hallöchen, Herr ... Rausch? Ist das richtig?«

»So heiß ich, ja.« Ein unwirsch klingender Männerbass.

»Was liegt Ihnen denn auf dem Herzen?« Die Moderatorin ergriff die Gelegenheit zu dem Sprachspiel. »Ich nehme an, *Ihr* Herz schlägt noch munter vor sich hin? Kleiner Witz, Sie verstehen?«

»Ich schließ mich meiner Vorrednerin an.«

»Ach ja? Dann legen Sie mal los.«

»Des mit dem Bier ... Wenn man da ein Gift reintun würd ... Bei welchem Bier fällt des am wenigsten auf?«

»Unsere Hörer stecken ja voller krimineller Energien!«, freute sich die Moderatorin und schickte erneut ein Radiolachen über den Äther, das zwischen Hundegebell und Asthmaanfall changierte. »Wie es der Zufall will, sind unsere beiden Ermittler wahre Experten in Sachen Bier.« Brandeisen und Küps prosteten sich gerade zu. »Wer von Ihnen würde gern ...«

Küps wischte den Schaum mit dem Ärmel ab. »Gute Frage, Herr Rausch! Sie planen aber keinen Mord, gell?«

»Ach woher!« Pause. »Ich frag nur.«

»Also, Gift im Bier ... Mir fallen da sofort die großen Industriebrauereien ein, die Massenmarken, vor allem die billigen. Das Zeug schmeckt wie Spülwasser mit Hopfenaromen, das ist toterhitzt wegen der Haltbarkeit. Aweng Gift fällt da gar net auf.«

»Meinen Sie ...«

»Bitte keine Namen nennen!« Die Moderatorin sah schon eine Prozesswelle auf den Sender zurollen.

Küps nickte ihr zu. »Einigen wir uns auf ein minderwertiges Discount-Bier, der Kasten unter zehn Euro. Damit können Sie nichts falsch machen.«

»Und des klappt garantiert?«, beharrte Herr Rausch. »Auch wenn der ... der Todeskandidat, wenn der normalerweise nur gescheites Bier trinkt, zum Beispiel a U vom Mahr? Wird der net skeptisch bei einer billigen Brüh? Und denkt die Polizei dann net später, dass da was faul ist, wenn die einen toten Bierliebhaber findet, der so einen Mist in sich reingeschüttet hat?«

»Es gibt eine Alternative.« Brandeisen hatte eine Idee. »Vielleicht haben Sie schon von Craft Beer gehört. So nennt man handwerklich hergestelltes Bier von kleinen Brauereien. Es enthält oft natürliche Aromen und Zusätze, die vom Reinheitsgebot abweichen. India Pale Ale gehört dazu, ein fruchtiges Bier, stammt ursprünglich aus England. Oder ein tiefschwarzes Porter, stark malzig, erinnert an Schokolade. Der Geschmack dieser Biere ist manchmal so intensiv, dass er Giftstoffe mit Leichtigkeit überdeckt. Wäre das etwas für Sie?«

»Im Prinzip schon. Ist des teuer?«

»Craft Beer hat leider seinen Preis wegen der höheren Produktionskosten. Mit fünf Euro pro Flasche sollten Sie mindestens rechnen.«

»Heilandsack!«

»Aber, mein lieber Herr Rausch, was sind schon fünf Euro für einen unentdeckten Mord? Da sollte man nicht am falschen Ende sparen.«

»Auch wieder wahr.«

»Herzlichen Dank nach Pettstadt für diese ganz spezielle Frage«, sagte die Moderatorin. »Zum Glück haben wir Fachleute im Studio. Apropos – würden Brandeisen und Küps es denn bemerken, wenn ihr Bier mit Gift versetzt wäre?«

»Todsicher!«, antwortete Küps. »Es reicht schon, wenn ich eine Flasche erwisch, die einen leichten Stich hat, also wo das Haltbarkeitsdatum überschritten ist.

Dann wird meine Zunge ganz pelzig, und es kribbelt in meinem großen Zeh.«

»Im großen Zeh?«

»Meine alte Pilsverletzung. Ich hab mal aus Versehen ein warmes Pils aus dem Raum Nürnberg getrunken. Geschüttelt hat's mich da, des war nicht mehr feierlich. Fast wär's mir wieder hochgekommen. Und danach war mein großer Zeh einen Tag lang taub.«

»Sie Armer!«, bedauerte ihn die Moderatorin. »Da sieht man mal: Ein falsches Bier kann bleibende Schäden hinterlassen.« Sie wandte sich an Brandeisen. »Wie steht's mit Ihnen, Herr Staatsanwalt? Können auch Sie Fremdstoffe im Bier ausfindig machen?«

»Natürlich, meine Liebe. Ich habe nicht nur das absolute Gehör, sondern auch einen jahrzehntelang geschulten Gaumen, der es mir gestattet, feinste Unterschiede zu registrieren. Nehmen Sie nur das zum Brauen verwendete Wasser. Ich kann Ihnen genau sagen, ob es aus Bamberg stammt oder aus der Fränkischen Schweiz, von der Gegend rund um den Staffelberg oder vom Aischgrund.«

»Kaum zu glauben!«

»Dilettantische Vergiftungsversuche, etwa mit Arsen oder Zyankali, würden mir zwingend auffallen. Arsen, oder genauer: Arsen(III)-oxid, schmeckt leicht süßlich, Zyankali erinnert an Bittermandeln. Allerdings gibt es ja auch geruch- und geschmacklose Gifte, wie bereits erwähnt. Die kann selbst ich nicht erkennen.«

»Sind solche Gifte wirklich problemlos im Internet zu bekommen?«, wollte die Moderatorin wissen.

»Sicher«, fuhr Brandeisen fort, »auch hier gilt: alles eine Frage des Geldbeutels.«

»Und ich habe immer gedacht: Umsonst ist nur der Tod.«

»Heutzutage kriegt man selbst den nicht geschenkt. Aber auch Mörder müssen sparen, vor allem in Oberfranken, wo die Euros bekanntlich nicht auf den Bäumen wachsen. Wer kein Krösus ist, kann schwer nachweisbares Gift selbst herstellen. Rizin wird aus den Samen des Rizinus gewonnen, für Palytoxin braucht man Krustenanemonen, das sind Korallen. Von dem guten alten Fingerhut ganz zu schweigen, der wächst in der freien Natur, ebenso Tollkirsche, Stechapfel, Maiglöckchen ...«

»Das sind ja ganz tolle Tipps! Bamberg – Gärtnerstadt, sag ich da nur.« Die Moderatorin schraubte ihr Gute-Laune-Level weiter hoch. »Der nächste Anruf erreicht uns aus Obergreuth. Herr Zapf, Sie haben das Wort.«

»Grüß Gott in die Runde. Das mit dem Gift ist mir jetzt klar. Aber wenn man es jemandem ins Bier geschmuggelt hat, könnte man den Betreffenden beim Trinken ja zusätzlich ablenken. Dann merkt der ganz sicher nicht, dass etwas nicht stimmt.«

»Guter Vorschlag«, sagte Küps. »Wir Kriminaler sprechen bei einer Ermittlung immer von Motiv, Mittel und Gelegenheit. Wenn wir alles drei herausgefunden haben, sind wir einen großen Schritt weiter und bringen die Strafsache meistens zügig zum Abschluss.«

»Kombiniere!« Die Moderatorin liebte Rätselraten, so etwas hielt die Hörer bei der Stange. »Das Mittel wäre in unserem Fall Gift. Und das Motiv?«

»Die Pantoffeln, die immer im Weg stehen, hatten wir ja schon«, meinte Brandeisen. »Häufig sind es die kleinen Dinge, die das Fass zum Überlaufen bringen und Mordgelüste freisetzen. Ein gebrauchtes Ohrenstäbchen auf dem Badewannenrand. Oder lebhafte Darmtätigkeit nach dem Verzehr einer Wurst mit Musik. Ich würde das unter ›eheliche Abnutzungserscheinungen‹ subsumieren.«

»Und die Gelegenheit, das sind Umstände, unter denen das Gift verabreicht wird«, erklärte Küps. »Fällt Ihnen dazu etwas ein, Herr Zapf?«

»Schafkopf«, kam es wie aus der Pistole geschossen zurück. »Beim Karteln ist man ja voll konzentriert, man zählt die Stiche und die Augen mit, achtet darauf, welche Trümpfe schon gefallen sind und so weiter. Bei einem wichtigen Solo vergisst man alles andere und trinkt, ohne darüber nachzudenken, was man gerade im Krug hat.« Herr Zapf schien jünger als Herr Rausch zu sein. Er sprach Hochdeutsch und hatte sich offenbar in die Materie eingearbeitet.

»Wie lautet das fachliche Urteil von Brandeisen und Küps?«, fragte die Moderatorin, um Spannung aufzubauen. »Wäre Schafkopf die richtige Gelegenheit für einen Giftmord?«

»Eventuell«, erwiderte Küps, »vor allem in Franken. Ansonsten hätte ich gesagt: Frauen sind auch eine geeignete Ablenkung – oder Diskussionen über Autos. Oder über Fußball. Das gilt natürlich vor allem für männliche Opfer, aber inzwischen vermischt sich das ja immer mehr.«

»Über Fußball kann ich mich stundenlang unterhalten!«, protestierte die Moderatorin. »Männer und ihre Lieblingsklischees ... Was meinen Sie dazu, Herr Staatsanwalt?«

»Klischees sind bedauerlich. Aber noch bedauerlicher ist es, dass sie so häufig zutreffen.« Brandeisen lächelte schwach, seine Aphorismen waren schon besser gewesen. »Zurück zum Schafkopf. Vergiftungserscheinungen wie Alkohol- und Nikotinabusus sind dabei weit verbreitet, Körperverletzung ist fast an der Tagesordnung, und Tötungsdelikte kommen auch schon einmal vor, etwa in Form von eingeschlagenen Schädeln. Doch Giftmorde beim Schafkopf sind extrem selten. Bislang hatten wir es nur ein einziges Mal mit so einer Vorgehensweise zu tun, damals waren die Karten präpariert[1], eine überaus raffinierte Tötungstechnik. So etwas geschieht aber nur alle Jubeljahre, und genau darauf könnte ein ausgefuchster Täter spekulieren.«

»Das ist jetzt etwas kompliziert«, sagte die Moderatorin.

Brandeisen schüttelte nachsichtig den Kopf. »Denken Sie noch einmal an den Arzt, der zu einem Todesfall gerufen wird. Er stellt eine natürliche Todesursache fest, weil er ein unwahrscheinliches Szenario wie Giftmord beim Schafkopf nicht in Betracht zieht. Oder er geht davon aus, dass dergleichen wohl kaum zweimal vorkommt. Ergo werden Kommissar Küps und ich gar nicht erst verständigt.«

»Dann stimmen Sie mir also zu?«, fragte Herr Zapf.

»Unbedingt«, gab Brandeisen zurück. »Gesellschaftsspiele sind eine ideale Ablenkungstaktik für eine ganze Reihe von Straftaten. Noch ein Hinweis: Wenn Sie mit einem Mord aus rein emotionalen Motiven liebäugeln, sollten Sie nur um geringe Geldbeträge spielen, sonst könnten zusätzliche Verdachtsmomente entstehen. Dann kommt Habgier als Motiv hinzu, Neid, rücksichtsloses Gewinnstreben und so weiter.«

---

[1] »Solo für den Staatsanwalt« in: *Fünf Leichen zu viel. Brandeisen & Küps ermitteln*

»Und achten Sie darauf, dass alle Mitspieler außer dem Opfer in Ihren Plan eingeweiht sind«, sagte Küps. »Das verringert die Gefahr unvorhergesehener Zwischenfälle. Und Sie müssen keine unliebsamen Zeugen beseitigen.«

»Ich werd's mir merken«, beteuerte Herr Zapf.

»Aber nicht nachmachen!«, scherzte der Staatsanwalt.

Allgemeines Gelächter.

Die Moderatorin strahlte. »Tja, liebe Hörer. Damit hätten wir unser perfektes Verbrechen beieinander – alles rein hypothetisch, versteht sich. Leider ist die Zeit fast um. Ich bedanke mich bei allen Anrufern und unseren Studiogästen für diesen amüsanten und informativen Ausflug in die Welt der Kriminalität. Schalten Sie auch nächste Woche wieder ein, dann geht es um Kochrezepte und die Frage: Welche Gerichte kann man mit dem Bamberger Hörnla zubereiten?«

Ein Jingle wurde eingespielt. Brandeisen und Küps nahmen die Kopfhörer ab und tranken ihre Krüge aus. Die Moderatorin begleitete die beiden nach draußen.

»Möchten Sie noch eine paar Biere mitnehmen?«, fragte sie mit Blick auf die restlichen Flaschen, die am Empfang bereitstanden. »Wir haben noch Klosterbräu, Kaiserdom, Ambräusianum und Greifenklau.«

Küps nahm ein Greif, Brandeisen verzichtete, da er nicht gierig erscheinen wollte. »Die Stunde verging ja wie im Flug«, sagte er.

»Kein Wunder, bei so netten Gästen ...«, schmeichelte ihm die Moderatorin und überlegte, ob sie die unbezahlten Strafzettel ansprechen sollte, die sich bei ihr angesammelt hatten. Eigentlich war dafür das Straßenverkehrsamt zuständig, doch vielleicht konnte dieser verknöcherte Jurist trotzdem was drehen.

Der Aufnahmeleiter kam hinzu und bedankte sich ebenfalls. »Komische Namen hatten diese Anrufer«, wunderte er sich und grinste. »Malz, Rausch, Zapf ... Schon witzig, wie die Leute heißen. Hat jedenfalls super gepasst zum Thema Bier.«

»Stimmt«, pflichtete Küps ihm bei. »Und alle kamen aus derselben Gegend südlich von Bamberg. Zufall über Zufall.«

»In unserem Metier erlebt man die seltsamsten Sachen«, sagte Brandeisen. »Wenn man es nicht besser wüsste, könnte man meinen, irgend so ein Schreiberling würde unsere Abenteuer erfinden. Aber die Wirklichkeit schlägt die Fantasie um Längen. Es gibt nichts, was es nicht gibt.«

Mit diesen Worten verabschiedete sich das Duo. Die Moderatorin versuchte noch, Brandeisen mit einer Reportage über die schönsten Höchststrafen, die er durchgesetzt hatte, zu ködern. Doch der winkte huldvoll ab. »Erscheint alles in meiner Autobiografie.« Sie blieb auf ihren Strafzetteln sitzen.

Eine Woche später blätterte Kommissar Küps im *Fränkischen Tag*, wie er es jeden Morgen tat, bevor er sich den rosa Pappordnern von der Staatsanwaltschaft zuwandte, die stets mit dem Vermerk »dringend« versehen waren, wenn sie von Brandeisen stammten. Seine bevorzugte Lektüre waren die Todesanzeigen. Wer war denn gestorben?

Nun besaß er zwar einen gesunden Respekt vor dem Sensenmann – man wusste ja nie, wann es einen selbst erwischte. Aber manchmal konnte er eine gewisse berufliche Befriedigung nicht verhehlen. »Wieder einer, der keinen Ärger mehr macht«, dachte er bei dem einen oder anderen polizeibekannten Kunden.

So auch bei Josef Schluck aus Höfen, einem Tunichtgut, dessen mehr schlecht als recht ausgeführte Straftaten der Bamberger Polizei seit Jahrzehnten auf die Nerven gegangen waren: Holzdiebstahl, Versetzung von Grenzsteinen, Rosstäuscherei, Zechbetrug, fortgesetztes Urinieren in die Aurach, Zerschmeißen von Bierflaschen auf der Hauptstraße und vieles mehr. Außerdem hatte Schluck seine Frau und seinen Sohn mit allerlei Marotten schier in den Wahnsinn getrieben. Seine Pantoffelsammlung, die er jedem Besucher vorführte, galt im Landkreis als viel belächeltes Kuriosum. Auch seine Tischmanieren und die Körperhygiene hatten gerüchteweise zu wünschen übrig gelassen.

Küps strich die Zeitungsseiten glatt. Viel zu früh, hieß es in dem schwarzumrandeten Kasten, sei der geliebte Ehemann, Vater und Freund aus dem Leben geschieden. Die Hinterbliebenen hatten ihm zu Ehren ein Gedicht verfasst:

Sein letztes Spiel war ein Solo Rot,
Jetzt ist der Sepper tot.
Das Herz, es wollt nicht mehr,
Sein Krug war auch schon leer.
Vom Himmel noch ertönt sein Schrei:
»Schütt's nei, schütt's nei!«

Ein würdiger Nachruf. Der Kommissar mochte Reime – bei so viel Ungereimtem in der Welt.

Das Telefon klingelte.

»Haben Sie's schon gelesen?«, fragte Brandeisen. »Schluck ist hinüber.«

»Endlich sind wir den Burschen los.«

»Ich habe ja nichts gegen Volksdichtung. Aber dieses Versmaß ... entsetzlich!«

»Höfen ...«, überlegte Küps. »Das liegt doch genau zwischen Waizendorf, Pettstadt und Obergreuth.«

»Und?«

»Erinnern Sie sich an die drei Anrufer in der Radiosendung?«

»Glauben Sie, da gibt es eine Verbindung?«

»Alles passt zusammen«, sagte Küps. »Als ob die nach unserem Auftritt zur Tat geschritten wären. Frau Malz hat das Ganze ins Rollen gebracht. Herr Rausch hat das Bier und das Gift besorgt. Und Herr Zapf hat den armen Teufel beim Karteln abgelenkt. Die dämlichen Namen haben die sich auf die Schnelle einfallen lassen.«

»Verstehe ich das richtig?«, fragte Brandeisen. »Sie denken, wir hätten ein Mordtrio dazu inspiriert, diesen Nichtsnutz von Schluck ins Jenseits zu befördern?«

»Die haben uns ausgehorcht. Ohne uns wären die nie draufgekommen, wie man so was genau anstellt.« Küps stutzte. Langsam begriff er das Ausmaß der Folgen ihrer leichtsinnigen Radioplauderei. »Wenn's blöd läuft, sind wir wegen Beihilfe dran. Ist Ihnen das klar?«

Stille in der Leitung. Es war förmlich zu hören, wie Brandeisens Gehirn arbeitete. »Ruhig Blut, mein Lieber. Sie müssen lernen, was es heißt, im Rampenlicht zu stehen. Prominente wie wir sind so etwas wie Vorbilder. Was können wir dafür, wenn niedere Geister Honig aus unserer Weisheit saugen?«

»Häh?«

»Hat der zuständige Arzt irgendetwas Irreguläres festgestellt?«

»Nicht, dass ich wüsste.«

»Da haben Sie's!«, jubelte Brandeisen erleichtert. »Was diesen Schluck betrifft, würde ich also sagen: fort mit Schaden.«

»Keine Ermittlung?«

»Lassen wir die Toten ruhen. Ist das nicht einer Ihrer Schafkopfsprüche?«

»Das bedeutet, man darf keine älteren Stiche als den letzten anschauen«, erklärte Küps.

»Schlucks letztes Spiel war ein Herzsolo. In diesem Sinne ...«

# Genug ist genug

Die Totenglocke auf dem Mühlendorfer Friedhof schickte ein monotones *Bimm, bimm* in den wolkenverhangenen Dezemberhimmel. Es war der Samstag vor dem zweiten Advent, und es regnete, unablässig und ergiebig, als wollten unbekannte Mächte das Begräbnis, schon bevor es vollzogen war, in die feuchten Tücher des Vergessens hüllen. Sogar die Krähen schwiegen.

Fred Dennert trat seine letzte Reise an. Er war vielleicht der unbeachtetste Schriftsteller Frankens, eines Landstrichs, der mit verhinderten, mit verkannten und vor allem sich verkannt fühlenden Autorinnen und Autoren reich gesegnet war. Außer dem Priester folgten nur wenige Trauergäste dem Sarg.

Da waren die Kartelbrüder des Verblichenen, drei an der Zahl. An jedem Samstagabend hatte er mit ihnen Schafkopf gespielt. Nicht wegen des geselligen Miteinanders, sondern um auf dem Fluss seines ereignislosen Lebens zumindest einmal in der Woche eine Insel der Unwägbarkeit anzulaufen. Einer Unwägbarkeit freilich, die in engen Bahnen verlief, da der Gewinn oder Verlust eines Schellen-Solos nicht gerade über Leben und Tod entschied.

Dennerts Zugehfrau, die für das schwere Geläuf die falschen Schuhe trug und mit ihren Lackpumps bei jedem Schritt im aufgeweichten Boden stecken blieb, war es nie gelungen, die Beziehung zu ihrem Arbeitgeber zu vertiefen. Stets hatte er ihr gegenüber die Haltung eines wenn auch liebenswürdigen, so doch distanzierten Schrats bewahrt. Dies hatte sie ihm nicht übel genommen, da sie wusste, welch imaginären Geliebten er in Wahrheit verfallen war: der Kunst und ihrer launenhaften Schwester, der Inspiration.

Staatsanwalt Brandeisen begrüßte es sehr, dass er einen ausladenden, handgefertigten Regenschirm der Londoner Firma *James Ince & Sons* mit sich führte. Als einziger Freund Dennerts, den er noch aus der Gymnasialzeit kannte und zum Zwecke geistreicher Konversation einmal im Monat in Mühlendorf besucht hatte, hielt er die Grabrede.

Dennert war nichts näher, nichts höher gestanden als das Schreiben. Keine Ablenkung hatte er geduldet, weder durch die Bande zwischenmenschlicher Liebe noch durch die Aufnahme einer wissenschaftlichen Karriere. Stattdessen war er in das »Bleistiftgebiet« vorgedrungen, in dem schon der Schweizer Autor Robert Walser sein Dasein zugebracht hatte, wenn auch überwiegend in der Obhut geschlossener Anstalten. Doch Walser hatte ein gedrucktes Œuvre hinterlassen, das nach seinem Tod in die Geschichte eingegangen war.

Anders Dennert. »Unser lieber Fred«, führte Brandeisen aus, »schrieb seit seinem Abitur jedes Jahr einen Roman, ohne dass eine Menschenseele davon erfuhr. Abgesehen von mir, der ich die Ehre hatte, die Manuskripte kritisch zu kommentieren, kennt die Welt keine einzige Zeile aus seiner Hand. Er hinterlässt dreißig Romane, die er jedoch unter keinen Umständen publiziert sehen wollte. Er schrieb für niemanden. Sobald er ein Manuskript für beendet erklärte, wollte er schon nichts mehr davon wissen. Nichts lag ihm ferner als konventioneller Ruhm, den er – wie schon Balzac – für ein Gift hielt, das der Mensch, wenn überhaupt, nur in kleinen Dosen verträgt.«

Brandeisen machte eine Pause. Es war still auf dem kleinen Friedhof am Rande des Dorfes. Kein Auto fuhr, niemand zeigte sich auf der regennassen Straße.

»Aus Ihren gespannten Gesichtern schließe ich, dass Sie mehr hören wollen«, fuhr der Staatsanwalt fort. »Erlauben Sie mir, die Verdienste des Toten zumindest einmal zu würdigen und mich posthum vor Dennerts Genius zu verbeugen, obwohl er darauf bestimmt keinen Wert gelegt hätte. Seine künstlerische Leistung bestand in *einem* großen Thema, das er unermüdlich beackerte wie der brave Landmann die Scholle. Jeder seiner Romane spielte am Weihnachtsabend.«

Brandeisen schaute in die durchnässte Runde. Leider zeigte keiner der Anwesenden eine Reaktion auf diese Enthüllung. »Etwas unspektakulär, werden Sie jetzt vielleicht sagen und befürchten, dass Dennert zu sentimentalen Anwandlungen neigte. Weit gefehlt, denn er machte sich nichts Geringeres zur lebenslangen Aufgabe, als die *Weihnachtsgeschichte* von Charles Dickens nachzuerzählen.«

Ein weiterer prüfender Blick auf Priester, Kartelbrüder und Zugehfrau, die wie Erstklässler wirkten, denen man die Relativitätstheorie erläuterte. Hier war wohl Aufklärung vonnöten.

»Bestimmt kennen Sie *A Christmas Carol*. Ein alter Geizhals namens Scrooge erhält in einer Nacht Besuch von seinem verstorbenen Teilhaber sowie von drei weiteren Geistern, die ihn schließlich dazu bringen, sein Leben zu ändern. Das klingt beschaulich und sozialkritisch, typisch für Dickens – doch was machte Dennert daraus? Er variierte den Stoff. Am Anfang seines Schaffens verwandelte er die *Weihnachtsgeschichte* in ein existenzialistisches Drama à la Beckett: Der Geizhals wartet auf die Geister, aber keiner erscheint. Als Nächstes wandte sich Dennert dem *nouveau roman* zu und beschrieb alle Details ausführlichst, während er die Geister als unnatürliche und daher unbeschreibbare Phänomene wegließ. In seinem dritten Roman stellen dann auf einmal alle Geister Nazis dar und treten in SS-Uniformen auf – eine Reminiszenz an das deutsche Regietheater der 1970er- und 1980er-Jahre. Daraufhin hielt sich Dennert eine Zeit lang an die Klassiker: Scrooge stirbt nach einem Fechtduell durch einen vergifteten Schürhaken – *Hamlet*. Scrooge geht einen Pakt mit dem Teufel ein und verführt das Zimmermädchen – *Faust*.«

Brandeisen hielt inne. Seine Zuhörerschaft machte mittlerweile einen recht angeschlagenen Eindruck, wie sie da vor dem frisch ausgehobenen Grab stand und zum Aurachtal hinunterstierte.

Der Staatsanwalt redete weiter. »Anfang der 1990er-Jahre entschloss sich Dennert, seine Kunst auf die Genres Science Fiction und Fantasy auszuweiten. Also wurde Scrooge von Außerirdischen entführt und kämpfte gegen allerlei dunkle Weltenherrscher. Schlussendlich entdeckte Dennert den Krimi und zeichnete Scrooge als schräge Ermittlerfigur, die ungeklärte Fälle löst.«

Der Geruch frisch aufgeworfenen Erdreichs vermischte sich mit Weihrauchschwaden. Unvermittelt spendete der Priester Applaus, was Brandeisen als Aufforderung verstand, zum Schluss zu gelangen.

»So viel zum Werk von Fred Dennert«, sagte er. »Doch als tragisch – und auch als metaphorisch – erweist sich die Tatsache, dass er beim Auswechseln einer Glühbirne starb. Er brach sich das Genick, nur wenige Tage nach seinem 50. Geburtstag, als er aus ungeklärter Ursache von einer handelsüblichen Trittleiter fiel. War es die Trittleiter der Erkenntnis, auf deren oberster Stufe er ins Straucheln geriet? Oder ereilte ihn einfach nur ein Schwächeanfall während einer aufopferungsvollen Nacht im Bergwerk der Fantasie? Möge er in Frieden ruhen.«

Brandeisen holte *A Christmas Carol* aus der Manteltasche. Er warf das Buch auf den Sarg, schaufelte Erde darauf und trat zur Seite, damit die anderen Trauergäste Gelegenheit zum letzten Abschied bekamen.

Während er so sinnierte über die Fallstricke des schnöden Alltags, hörte er nahebei Motorengeräusche. Ein schwerer Geländewagen, zuvor in Parkposition abgestellt, setzte sich mit pietätlos hoher Drehzahl Richtung Ortsmitte in Bewegung. Brandeisen versuchte, das Kennzeichen zu entziffern, aber die Sicht war durch den Regen stark eingeschränkt.

»Wissen Sie, wer das war?«, fragte er den Priester.

»Wahrscheinlich irgendein junger Raser, der angeben will.«

»Kam mir etwas abrupt vor, dieser Kavalierstart, gerade nachdem ich meine Rede beendet hatte. So etwas gehört sich nicht.«

Der Geistliche zuckte mit den Schultern. »Jedenfalls hochinteressant, was Sie da über Fred Dennert erzählt haben. Ich hatte ja keine Ahnung ...«

Im Schutz des schwimmbadähnlich verfliesten Friedhofskirchenvorbaus unterhielt sich der Staatsanwalt noch eine Weile mit den Trauernden. Die Zugehfrau überreichte ihm den Hausschlüssel zu Dennerts Bungalow. Sie hatte die Leiche vor einer Woche gefunden und den Notarzt verständigt. »Tod durch Bruch des Fortsatzes des zweiten Halswirbels (Axis) und Zerstörung des Atemzentrums« lautete der Obduktionsbefund.

Brandeisen dankte allen für die Anteilnahme und fuhr zurück nach Bamberg, um seiner Sekretärin ein paar saftige Anklageschriften zu diktieren. Trauerfälle im Freundeskreis machten ihn immer ein wenig ungnädig. Außerdem nahte das Wochenende, bis dahin wollte er das lästige business as usual vom Tisch haben. Er hatte nämlich eine wahre Herkulesaufgabe vor sich: Freds literarischen Nachlass zu sichten und zu ordnen.

Am nächsten Morgen schlug er den *Fränkischen Tag* auf und staunte nicht schlecht: Im Bamberg-Land-Teil der Zeitung erschien ein Nachruf auf Dennert, freilich nur ein Einspalter ohne Bild, aber immerhin. Offenbar hatte der Priester nach Brandeisens Grabrede ein paar Zeilen an die Presse gegeben. Das wäre Fred zwar nicht recht gewesen, hatte er doch in die Grube fahren wollen, ohne einen Fußabdruck in der Lokalhistorie zu hinterlassen. Doch Perfektion war etwas für Oberlehrer und Psychopathen, fand Brandeisen und machte sich auf den Weg nach Mühlendorf.

Es war ungewöhnlich still am Ende der kleinen Nebenstraße. Über den angrenzenden Äckern hingen Nebelschwaden. Mit klopfendem Herzen betrat Brandeisen Dennerts Haus, ein in den 1960er-Jahren erbautes Flachdachgebäude im Stile des Kanzlerbungalows in Bonn. Die Inneneinrichtung war der klassischen Moderne verpflichtet, viel Glas, Stahl und rechte Winkel. Brandeisen ging ins Arbeitszimmer. Dort befanden sich ein Schreibtisch mit einem Laptop darauf und hohe Bücherregale, nach dem Abtransport der Leiche war nichts verändert worden. Der Hebel der Terrassentür war wie immer nach unten gedrückt, sodass man von außen jederzeit eintreten konnte – eine Nachlässigkeit, die er Fred häufig zum Vorwurf gemacht hatte. In der Mitte des Raumes unter einer halbkugelförmigen Deckenleuchte stand die fatale Trittleiter.

Andächtig verharrte er eine Weile. Kontemplative Strenge und Reduktion herrschten hier, die Einsamkeit einer Dichterklause. Dann nahm Brandeisen auf Freds Drehstuhl Platz und startete den Computer.

Es fühlte sich ein bisschen seltsam an, darauf zu warten, dass die Technik gleichsam ein ganzes Lebenswerk preisgab. Nichts wussten Prozessoren und Schaltkreise von den Geistesanstrengungen, die der prosaischen Tipperei vorausgegangen waren.

Brandeisen fragte sich, wie am besten zu verfahren sei. Sollte er es Max Brod gleichtun, der Kafkas Schriften gegen dessen Willen posthum herausgegeben hatte? Oder war seine Aufgabe die eines Konservators, der einfach nur den Bestand sicherte? Er konnte sich auch für einen Mittelweg entscheiden, alles auf einer externen Festplatte speichern und dem Deutschen Literaturarchiv in Marbach schicken. Oder er löschte sämtliche Texte unwiderruflich. Wäre das nicht am ehesten im Sinne seines toten Freundes?

Brandeisen verschaffte sich im Dateimanager einen Überblick. Schon bald kam er zu einem überraschenden Schluss: Es gab gar nichts zu ordnen. Fred war eine Art Zen-Meister der Selbstorganisation gewesen. Manuskripte, Vorstudien, Exposés, Recherchefrüchte – alles war fein säuberlich auf Verzeichnisse und Unterverzeichnisse verteilt und leicht nachvollziehbar gegliedert. Die Endfassungen der Romane schienen druckreif zu sein.

Für einen Lektor auf der Suche nach dem nächsten Bestseller musste dieses Vermächtnis eine wahre Schatzkiste darstellen: freie Auswahl für jede erdenkliche literarische Mode, die gerade die höchsten Verkaufszahlen versprach. Brandeisen stieß sogar auf einen frühen erotischen Thriller, Scrooge als Casanova – nur Fred konnte auf so etwas kommen.

Dann fiel sein Blick auf das E-Mail-Postfach. Erneut schlug ihm das Gewissen. Durfte er auch in private Mitteilungen Einsicht nehmen?

Nach ein paar Mausklicks wurde er eines Besseren belehrt. Auch Briefe gehörten zum Werk eines Schriftstellers. Vor allem mit Kollegen aus der Region führte sein Freund rege Korrespondenzen ...

Brandeisen hielt inne und dachte an die Volksweisheit: Nichts ist schlimmer als die Missgunst einer betrogenen Frau. Doch was viele nicht wussten: Die Missgunst eines Autorenkollegen konnte weitaus verheerender und skrupelloser sein. Diese Schreiberlinge gönnten einander nicht die Butter auf dem Brot. Welcher Teufel hatte Fred also geritten, Kontakt mit Geistern aufzunehmen, die von seiner Warte aus nur niedere sein konnten? Naivität?

Es war nicht schön, was Brandeisen da las. Aus jeder E-Mail, die Fred erhalten hatte, schlug ihm Heuchelei, Arschkriechertum und schlecht verhohlener Neid auf seine Formulierungskunst entgegen. Fred hatte mit drei Kollegen in Verbindung gestanden, die jeder für sich aus ihm herausquetschen wollten, woran er gerade arbeitete, wie der ungefähre Handlungsverlauf sei, worin seine Poetologie bestand und so weiter. Natürlich verriet Fred nicht das Geringste und ließ sich lieber über alltägliche Schriftstellerprobleme aus. Eine nicht unerhebliche

Rolle spielte auch die Frage der Beleuchtung. Mancher mochte es schummrig-klandestin, andere zogen großraumbürohafte Helligkeit vor ...

Brandeisen erstarrte. Er drehte sich zu der Trittleiter um, mit deren Hilfe Fred die Glühbirne der Deckenleuchte hatte austauschen wollen. Neid, Missgunst ... Nichts brachte die Leute mehr auf die Palme als der PS-stärkere Wagen des Nachbarn. Warum sollte es bei Autoren und Romanen anders sein?

Voller dunkler Vorahnungen näherte er sich der Trittleiter und schaute sie sich genauer an. Es war ein Holzkonstrukt, wie es in Bibliotheken Verwendung fand, fünfstufig, mit einem simplen Klappmechanismus. Normalerweise stand die Leiter neben einem Bücherregal. Von dort hatte Fred sie wohl unter die Deckenleuchte geschoben und selbige erklommen. Die vorletzte Stufe war ihm zum Verhängnis geworden: Sie war durchgebrochen.

Brandeisen beugte sich vor. Ein bisschen zu sauber durchgebrochen, beschlich es ihn, während er die Bruchstelle des Stufenbretts befühlte, *angesägt* traf eher zu.

Vier Buchstaben formten sich in seinen Gedanken: Mord.

Die Erkenntnis traf ihn wie ein Schock. Der hielt jedoch nicht lange an, denn sogleich übernahm sein Spürsinn das Kommando. Als Dennerts Leiche von der Zugehfrau gefunden worden war, hatte diese den Notarzt gerufen, der von einem Unfall ausgegangen war. Deshalb und weil offenbar niemand die Trittleiter untersucht hatte, war die Polizei gar nicht erst eingeschaltet worden.

Hatte die Zugehfrau ein Motiv? Wohl kaum, er kannte sie als treue Seele, die sich fürsorglich um ihren Dienstherrn gekümmert hatte. Verwandte? Gab es nicht. Dennert war der Letzte seiner Linie gewesen. Freunde? Die Kartelbrüder, allesamt ehrbare Gesellen, schieden ebenfalls aus.

Aus seiner Sicht gab es exakt drei Verdächtige: die drei Autoren, mit denen sich Fred ausgetauscht hatte, namentlich Rambold von Oed, Luis Harms und Clara Clementina Clinair. Waren das Pseudonyme? Abwarten.

Zunächst musste er einen ersten Eindruck von der Künstlerschar gewinnen. Das ging am besten, indem er ihre Websites studierte. Die meisten Schriftsteller unterhielten heutzutage ja eine digitale Präsenz zum Zwecke der Selbstvermarktung. Brandeisen war gespannt, welch Spukgestalten ihm erscheinen würden.

Bei Rambold von Oed handelte es sich zweifelsohne um einen Geist der Vergangenheit, wie der altertümliche Name schon nahelegte. Seine Homepage war aufwendig gestaltet: schickes Design, professionelle Bilder. Ausführlich wurde man über die zahllosen Lesungen des Autors informiert. Von Oed war international unterwegs, das Goethe-Institut spendierte ihm Fernreisen bis nach Hinterindien. Gleichwohl war er auch in der Region aktiv, wo er Fingerfarben-Workshops für Vorschüler veranstaltete. Die Liste seiner Ehrungen, Literaturpreise und Schreibstipendien war schier endlos. Als Wohnort gab er »New York – Hongkong – Bamberg« an, auf Fotografien posierte er mit Glatze und einem Zwicker auf der Nase. Da hatte es jemand geschafft, fand Brandeisen.

Doch von Oeds Werk war bestenfalls als schmal zu bezeichnen. Außer einem Gedichtband in fränkischem Dialekt, der vor drei Jahrzehnten in einem obskuren

Kleinverlag unter dem Titel *Adela* erschienen war, hatte er nichts veröffentlicht. Und »nichts« hieß im Klartext: gar nichts, nicht das Geringste, nada. Sein Geschäftsmodell schien darin zu bestehen, die einzige Kuh in seinem Stall bis zum Gehtnichtmehr zu melken.

»Vielleicht«, überlegte Brandeisen laut, »ging bei von Oed wirklich nichts mehr. Ein Roman würde ihm über weitere drei Jahrzehnte hinweghelfen. Deshalb drang er nachts über die Terrassentür ins Arbeitszimmer ein, lud Freds Manuskripte auf einen USB-Stick und manipulierte Glühbirne und Trittleiter. Ein teuflischer Plan.«

Froh, ein erstes Szenario entworfen zu haben, klickte sich der Staatsanwalt zur nächsten Website durch. Er war sich sicher: Schriftsteller steckten voller krimineller Energien.

Außer einer Kontaktadresse in Hohnhausen, die so abwegig wirkte, dass sie wahr sein musste, war an Clara Clementina Clinair alles fragwürdig. Sie betätigte sich als Self-Publisher und veröffentlichte ihre Erzeugnisse in Eigenregie, ausschließlich als E-Books. Das allein war nicht verwerflich, die digitale Revolution ermöglichte viele neue Publikationsformen. Eine ganze Reihe von Autoren tat dies mit Erfolg und wähnte sich unabhängig von etablierten Verlagshäusern – der Geist der Gegenwart. So auch Clara Clementina Clinair. Ihre Liebesschnulzen waren Verkaufsschlager, bis sie öffentlich zugeben musste, dass sie alte Heftchenromane abgeschrieben und unter ihrem Namen verlegt hatte. Das war sogar auf ihrer Website nachzulesen, wahrscheinlich aufgrund einer gerichtlichen Verfügung. Clinair hatte also mehr als genug Interesse an unveröffentlichten Schriften, denen sie ihre Urheberschaft anheften konnte, ohne dass es jemand merkte. Plagiate enthöben sie von dem lästigen Zwang, etwas Eigenständiges zu verfassen, und ein Roman aus Dennerts Feder käme ihr wohl gerade recht. Möglicherweise fand sie dafür sogar einen richtigen Verlag – und ein neues Pseudonym.

Brandeisen lehnte sich zurück. Zwei Mordkandidaten mit offenkundigem Motiv hatte er nun schon. Blieb noch der dritte, Luis Harms.

Doch von ihm gab es keine Website. Aus den E-Mails, die zwischen Harms und Dennert kursiert waren, ging hervor, dass sie sich ausnehmend gut verstanden hatten. Man konnte sogar von einer gewissen Geistesverwandtschaft sprechen, da Harms es gleichfalls ablehnte, seine »Krakeleien«, wie er sich ausdrückte, einem breiteren Publikum als sich selbst zugänglich zu machen. In einer Nachricht fiel der Ortsname Oberailsfeld. Brandeisen schlug online im Telefonbuch nach und bekam auf Anhieb eine Adresse in der Fränkischen Schweiz. Ohne zu zögern brach er auf.

Eine halbe Stunde später stellte er sein Auto auf einem Feldweg ab, der sich in steinigen Äckern verlief. Es war noch ein Stück zu gehen. Der Staatsanwalt streifte Galoschen über seine Budapester. Oben auf dem Jura war es kälter als in Bamberg, schwere Flocken fielen vom Himmel und bedeckten die Krume. Nach einer Weile kam ein ehemaliges Forsthaus am Waldesrand in Sicht, fern jeder Besiedlung, beschattet von kränklichen Fichten – Harms' Eremitage. Davor war ein Geländewagen abgestellt. Brandeisen kam das Fahrzeug bekannt vor.

Der Dichter öffnete die Tür, als habe er den Staatsanwalt erwartet. Wortlos bat er ihn herein. Sie nickten sich zu und nahmen an einem derben Küchentisch Platz.

Minutenlanges Schweigen. Harms trug einen löchrigen Wollpullover, sein Gesicht war wettergegerbt. Im Kamin brannte kein Feuer, von draußen drang nur diffuses Licht herein. Über einem primitiven Spülstein hing ein abgezogener Rehbock, dessen Eingeweide in einer Schüssel dunkel schimmerten.

»Sie haben mich gefunden«, sagte Harms langsam.

Brandeisen nickte. Die Schatten in den Ecken dehnten sich aus. »Warum?«, wollte er schließlich wissen.

Ein Zucken des Wangenmuskels verriet ihm, dass die metaphysische Wucht dieser Frage seinem Gegenüber zu schaffen machte. Es ging um mehr als das Mordmotiv. Warum leben? Warum schreiben? Warum nicht ... schweigen?

Auf dem Tisch lag die aktuelle Ausgabe des *Fränkischen Tags* sowie eine Art Tafel von der Größe eines Notizblocks. Abgesehen von einem hölzernen Rahmen schien sie aus Wachs zu bestehen. Harms nahm einen Griffel und kratzte Buchstaben in die weiche Oberfläche.

»Früher habe ich Papier benutzt«, fing er an, »und die Seiten danach verbrannt. Aber für meine Gedanken müssen keine Bäume sterben. Wenn ich etwas auf die Wachstafel schreibe, kann ich es gleich wieder löschen, indem ich das Wachs mit einem Spachtel glätte. Das ist viel praktischer und umweltfreundlicher.«

»Und was schreiben Sie?«

»Geschichten. Im weitesten Sinne.«

»Sie meinen wohl Kurzgeschichten. Viel Platz haben Sie auf der Tafel ja nicht.«

»Der Platz spielt keine Rolle. Ich habe hierauf schon ganze Romanzyklen verfasst – und während des

Schreibens Seite für Seite gelöscht.« Harms tippte sich an die Schläfe. »Es ist alles in meinem Kopf. Das reicht.«

»Manch einem Ihrer Schriftstellerkollegen würde das ganz und gar nicht reichen«, wandte Brandeisen ein.

»Und was passiert mit all dem Gedruckten? Die Seiten vergilben und zerfallen irgendwann. Bei einem Computer geht es noch schneller, eine Textdatei lässt sich schon nach ein paar Jahrzehnten nicht mehr wiederherstellen. Da kann ich meine Sachen genauso gut gleich unlesbar machen.«

»Aber niemand ist in der Lage, Ihre Geschichten auch nur zu Gesicht zu bekommen. Stört Sie das nicht?«

Harms schaute ihn so verständnislos an wie ein Sehender, dem ein Blinder ein Gespräch über Farben aufnötigte. »Ich schreibe, weil ich muss. Aus keinem anderen Grund.«

»Resonanz ist Ihnen gleichgültig? Sagen wir, ein Journalist wird auf Sie aufmerksam, fährt zu Ihnen heraus und möchte ein Interview mit Ihnen führen ...«

»Das wäre eine Katastrophe! Es würde alles zerstören!« Plötzlich ergriff Harms eine Erregung, die ihn wie ein gehetztes Tier von rechts nach links und auch zu dem Ausweidemesser blicken ließ, das in Griffweite auf dem Spülstein lag. »Niemand darf je erfahren, was ich hier tue. Das müssen Sie mir versprechen, Herr Staatsanwalt!« Er atmete schwer, als wäre er vom Tode bedroht. »Wenn ich kooperiere, dürfen Sie mir das nicht abschlagen! Mein Werk ist unsichtbar, unrezipierbar, also existiert es nicht.«

»Ich werde sehen, was ich tun kann«, sagte der Staatsanwalt unbestimmt. Er ahnte, was Harms mit seiner Schreibtechnik bezweckte. Wie Fred wollte auch er keine Spuren hinterlassen, allerdings auf viel radikalere Weise.

Durch das Abschaben der Wachstafel brachte er nicht nur den Autor zum Verschwinden, der hinter einem Werk steckte, sondern auch das Werk, quasi in einem Aufwasch. Harms stellte ein Gesamtkunstwerk dar, ob er das nun beabsichtigte oder nicht. War das etwa der Geist der Zukunft? Tabula rasa auf ganzer Linie?

»Warum?«, wiederholte Brandeisen seine Frage und spezifizierte sie. »Warum haben Sie die Trittleiter angesägt?«

Keine Antwort.

»*Haben* Sie die Trittleiter angesägt?«

»Ja.«

Verblüfft horchte Brandeisen auf. »Sie geben also zu, in Tötungsabsicht nach Mühlendorf –«

»Ich war vor einer guten Woche in Dennerts Haus.« Harms verschränkte die Arme vor der Brust. »Ich habe die Stufe vorsätzlich beschädigt, der Fuchsschwanz liegt noch in meinem Wagen. Ich gebe alles zu. Ich war's.« Er machte eine bedeutungsvolle Pause. »Verhaften Sie mich. Aber denken Sie an Ihr Versprechen.«

Ein lupenreines Geständnis. Manch einem Ermittler würde das reichen, doch Brandeisen nicht. »Sie waren mit Ihrem Wagen bei der Beerdigung. Sie haben meine Grabrede belauscht. Ich werde Ihnen sagen, warum Fred sterben musste: Sie haben einen Konkurrenten ausgeschaltet.«

»So?«, fragte Harms spitz. »Worum sollte ich Dennert denn beneidet haben? Etwa um seine dreißig Weihnachtsromane? Denken Sie, ich hätte seine Manuskripte geklaut?«

»Im Gegenteil: *Sie* wollten der unbeachtetste fränkische Autor sein, der verkannteste, der ruhmloseste, der

Prophet, der im eigenen Lande am wenigsten gilt. Sie haben befürchtet, dass Fred Ihnen diesen Rang streitig machen würde. In Ihrem Auslöschungsdrang konnten Sie es nicht ertragen, dass es einen gab, der Ihnen noch im Verschwinden über war. Deshalb durfte Fred keines natürlichen Todes sterben. Durch sein vorzeitiges Ableben erfuhr er eine posthume Würdigung, auf die Sie spekuliert haben: meine kleine Ansprache und der Artikel im *Fränkischen Tag*. Das Siegel der Unerkanntheit war gebrochen.«

»Sie sollten Kulturkritiker werden.« Harms lächelte zufrieden und ließ sich widerspruchslos abführen.

Brandeisen bugsierte ihn zum Auto. Übellaunig fuhr er zurück nach Bamberg. Er fühlte sich missbraucht, instrumentalisiert. Kein weiteres Wort wechselte er mit dem Mörder, er hatte mehr als genug gehört. Der Plan dieses Nihilisten schien aufgegangen zu sein. Wahrscheinlich kam er nicht einmal ins Gefängnis, sondern in die Psychiatrie, wo er seine Geschichten in Sand oder Frühstücksbrei schreiben konnte.

Doch vorerst landete Harms in einer Arrestzelle. Als sich die Tür schloss, winkte er triumphierend.

Dem Staatsanwalt fiel das Beweisstück ein, das er vorsorglich eingesteckt hatte. Die Wachstafel. Im Halogenlicht der Bamberger Polizeiinspektion betrachtete er das Ding genauer.

»Genug«, stand darauf.

Das war mehr als nichts. Bedeutend mehr.

Genug für eine Pressemitteilung, die Brandeisen sogleich aufsetzte, um sie auf allen Kanälen zu verbreiten, auch in den sozialen Medien, in denen rein gar nichts verschwand, sondern auf ewig fortbestand, zumindest theoretisch. Dem wortkargen Killer würde alles Mögliche angedichtet werden, was er auf seine Wachstafel geschrieben haben könnte. Mit einem Schlag wäre er bekannt. Und das Wort »genug« ließ sich ad infinitum interpretieren: Genug wovon, wofür? Als Ausruf: »Genug!« Oder als Frage. Das war Stoff für zahllose Doktorarbeiten.

Brandeisen leitete alles in die Wege. Dann kehrte er nach Mühlendorf an Freds Laptop zurück. Ein Letztes war noch zu tun, ein Akt der Wiedergutmachung.

Ein Fenster erschien auf dem Bildschirm: »Möchten Sie den Datenträger C: wirklich formatieren?«

Er drückte auf »Ja«. Binnen Kurzem war die Festplatte komplett leer gefegt.

Er hielt inne. Freds Gesamtwerk gelöscht – und Harms in aller Munde: War es am Ende vielleicht das, was dieser Kerl die ganze Zeit über bezweckt hatte? Mit einem einzigen Wort?

# Sieben Tote sind nicht genug

Ein Haufen DVDs lag in der Mitte des Tisches, umringt von zahlreichen Weinflaschen. Die Stimmung war im Keller, obwohl Musik vom Band lief. Kommissarin Neusig (Würzburg) paffte eine E-Zigarette. Kommissar Riedl (Passau) schaute bedröppelt drein. Kommissar Wachholz (Weiden) schwitzte wie ein Iltis. Kommissar Hinterhuber (München) brüllte: »Sauerei!« Kommissar Spänfleck (Fürth) trank trotzig von seinem Roten. Kommissarin Glöckle (Augsburg) zog ihren Lippenstift nach. Und Kommissar Küps (Bamberg) schaute ratlos zu seinem altbewährten Ermittlungspartner Staatsanwalt Brandeisen, den er verständigt hatte, um diesem Rätsel auf den Grund zu gehen.

Eigentlich hatte es ein gemütlicher Abend werden sollen. In einem separaten Nebenraum des *Würzburger Ratskellers* war der Club der Kommissare erneut zusammengetreten, aus jedem bayerischen Regierungsbezirk einer, sieben an der Zahl. Gegründet während einer außerordentlich langweiligen Polizeitagung, als nach dem Fortbildungsteil die Schnapslaune geblüht hatte, trat der Club jedes Jahr am Dreikönigstag zusammen. Dabei führten sie fachliche Gespräche, pflegten ihre Freundschaften und Rivalitäten und frönten den leiblichen Genüssen, zuletzt in Bamberg[2]. Damals hatte einer von ihnen an vorübergehenden Unpässlichkeiten gelitten, die dem allzu hastigen Verzehr einer Schweineschulter geschuldet gewesen waren. Die Sache war gerade noch einmal gut ausgegangen. Doch

---

[2] »Das Schäuferla des Grauens« in: *Drei Morde zu wenig. Brandeisen & Küps ermitteln*

dieses Mal schien ihrer aller Leben auf dem Spiel zu stehen ...

»Da will Ihnen jemand an den Kragen«, sagte Brandeisen in seiner Rolle als unbeteiligter Beobachter.

»So weit waren wir auch schon!«, donnerte Hinterhuber.

»Die Zahl Sieben scheint dabei eine nicht unerhebliche Rolle zu spielen.«

»Deswegen sind Sie ja hier! Was hat das zu bedeuten?« Hinterhuber starrte besorgt auf seinen halb leer gegessenen Teller, wo die Reste einer Crépinette vom schussfrischen Hirschkalb mit Apfel-Sellerie-Püree lagen, blutig im Kern, ein wahrer Hochgenuss, wie alle Anwesenden noch vor Kurzem bestätigt hatten. In den Weingläsern funkelte ein samtiger Spätburgunder von der *Würzburger Inneren Leiste*, eine der besten Weinlagen Frankens, im Barrique gereift, normalerweise ein idealer Begleiter zu Wildgerichten. Das Bukett von Sauerkirschen und dezenten Vanillearomen hing im Raum wie ein düsteres Vorzeichen.

Anfangs hatten es die Beamten noch begrüßt, zu einem mehrgängigen Wein-Dinner eingeladen zu werden, angeblich auf Kosten des Unterstützungsfonds für verdiente Führungskräfte der bayerischen Polizei. Wer konnte zu einem unverhofften Gratis-Gelage schon Nein sagen? Zu jedem Gericht war ein anderer Wein serviert worden. Den Auftakt hatte eine Scheurebe Spätlese vom *Würzburger Pfaffenberg* gebildet, die mit der Terrine vom Rhönkaninchen mit Birnenchutney blendend harmonierte. Die Steigerwälder Pilzconsommé war von einem Cuvée aus Traminer und Rivaner von der *Abtsleite* flankiert worden, während der gebratene Mainwaller in Flusskrebssoße mit Schwarzwurzelnudeln zwingend nach einem Silvaner vom *Stein* verlangte, einem geradezu unvergleichlichen Wein, der schon Goethe zu Begeisterungsstürmen animiert hatte. Beim Cassis-Sorbet, das etwas Platz im Magen schaffen sollte, hatten sich die Kommissare an einem Rieslingsekt schadlos gehalten. Vergessen waren die Sorgen des Alltags, jene kleinen und großen kriminalistischen Absonderlichkeiten, die sie sonst nicht zur Ruhe kommen ließen. Doch beim fünften Gang, dem besagten Hirschkalb, waren sie stutzig geworden. Zwei weitere Leckereien standen auf der handgeschriebenen Menükarte: das Dessert, gefolgt von Käsevariationen. »Macht summa summarum sieben Gänge«, war dem rechenstarken Riedl aufgefallen. Da hatte es ihnen gedämmert. Nach und nach hatte jeder eine DVD hervorgeholt und erstaunt festgestellt, dass es wohl mehr Dinge zwischen Himmel und Erde gab, als ihre Schulweisheit sich träumen ließ. Das Dinner war unterbrochen und nach Brandeisen telefoniert worden. Vielleicht wusste der alte Klugscheißer Rat.

»Könnte jemand mal den Krach abstellen!«, rief Hinterhuber.

Aus irgendeinem Grund troff der Schunkelhit *Sieben Fässer Wein* von Roland Kaiser aus den Lautsprechern, ein Lied, das schon bei seinem Release 1977 ein Anschlag auf den vernunftbegabten Teil der Menschheit gewesen war. »Sieben Fässer Wein können uns nicht gefährlich sein«, sang der Schlagergigant. »Das haut uns nicht um, ja, das schaffen wir ganz allein.« Endlich fand Kommissar Küps den Aus-Schalter der Musikanlage.

Der Staatsanwalt räusperte sich. »Mal sehen, was wir bislang haben. Jeder von Ihnen hat gestern eine DVD des Films *Sieben* mit Brad Pitt und Morgan Freeman zugeschickt bekommen, anonym, versteht sich, ohne Fingerabdrücke, der Poststempel auf der Versandtasche stammt von Ihren jeweiligen Heimatorten. Wissen Sie, wovon der Streifen handelt?«

Teilweise Nicken, überwiegend Kopfschütteln.

»Dann fasse ich den Inhalt kurz zusammen. Ein Serienkiller begeht bestialische Morde, und zwar nach dem Muster der sieben Todsünden. Am Ende tötet er sogar die Frau des Detectives, lässt sich gefangen nehmen und bringt den zornigen Witwer dazu, ihn zu exekutieren. Eine üble Geschichte mit noch üblerem Ausgang, aber ein hervorragender Film. So weit alles klar?«

»Was will dieser Irre damit bezwecken?«, fragte Riedl.

»Die Gesellschaft soll sich ihres sündhaften Verhaltens bewusst werden. Um dies zu erreichen, richtet der Täter ein Gemetzel an, das man nicht ignorieren kann. Sein Quasi-Suizid am Schluss macht das Ganze zu einer Art messianischem Akt.«

Spänfleck schäumte. »Scheißfanatiker!«

»Anscheinend haben wir es mit einem Nachahmer oder Trittbrettfahrer zu tun«, führte Brandeisen weiter aus. »Diese DVDs sind eine unmissverständliche Drohung.«

»Und wie kommt der auf uns?«, wunderte sich Neusig.

»Vielleicht hat er etwas gegen die bayerische Polizei.«

»Und gegen die fränkische!«, präzisierte Spänfleck, seines Zeichens eingefleischter Separatist. »Irgendwann ist er verknackt worden, aus seiner Sicht natürlich zu Unrecht, und jetzt will er sich an uns rächen …«

»… stellvertretend für alle Kommissare«, fügte Brandeisen hinzu. »Das wäre zumindest eine Ausgangshypothese. Offenbar schreibt der Absender dieser DVDs

Ihnen allen Schwächen zu, die den sieben Todsünden entsprechen. Genau genommen könnte man sie auch Hauptlaster nennen, oder Untugenden, welche erst zu Sünden führen.«

»Klingt ziemlich katholisch«, sagte Glöckle, eine Gelegenheitsprotestantin. »Was passiert denn, wenn man eine Todsünde begeht?«

»Eine schwere oder gar eine himmelschreiende Sünde zieht den zweiten Tod, also die Höllenstrafe, nach sich, wenn man ohne Reue und Buße stirbt. ›Höllenstrafe‹ bedeutet laut Katechismus: ewige Verdammnis.«

»Ein One Way Ticket in die Unterwelt«, umschrieb es Neusig. Sie dachte an den alten Eruption-Song, zu dessen rhythmischen Klängen sie auf der Rückbank eines Ford Capri ihre Unschuld verloren hatte. »One way ticket, one way ticket, ooh, ooh ...«

»Versuchen wir eine Zuordnung«, begann Brandeisen. »Wer käme denn für Maßlosigkeit oder Völlerei infrage?«

Aller Augen richteten sich auf Hinterhuber. Der Umfang seines Bauches sprach Bände. »Immer auf die Dicken!«, grummelte der Münchner. »Nur weil ich mich letztes Mal a bisserl übernommen hab.«

»Sie waren scheintot!«, rief Küps.

»Weil ich Haxen gewohnt bin und keine – wie sagt ihr Nordbayern noch gleich?«

»Schäuferla«, ergänzte Küps unwirsch. Er war immer noch beleidigt, weil die anderen ihn verdächtigt hatten, Hinterhubers liebevoll zubereitete Portion vergiftet zu haben.

»Sie schieben aber auch einen ganz schönen Ranzen vor sich her!«

»Bei mir ist das angeboren.«

»Und was wäre dann Ihre Todsünde?«, fragte Hinterhuber.

»Küps neigt manchmal zu einer gewissen Antriebslosigkeit oder Trägheit.« Brandeisen blickte entschuldigend zu dem gut gepolsterten Bamberger. »Eine typisch oberfränkische Eigenschaft, quasi ein Stammesmerkmal. Hat etwas mit der geografischen Randlage und den vielen Brauereien zu tun.«

Küps schwieg. Der Staatsanwalt kannte ihn noch besser als seine Frau.

»Weiter im Takt: Auf wen träfe denn Habgier zu?«

»Ganz klar auf Riedl«, meinte Spänfleck. »Der Pfennigfuchser lässt sich doch von der Kostenstelle jeden abgeranzten Radiergummi erstatten. Bei seinen getürkten Abrechnungen würde sogar der Finanzminister vor Neid erblassen!« Er warf die Arme in die Luft. »Was soll *ich* da sagen? In Fürth werden Polizisten nicht reich. Wir müssen sparen, sparen, sparen, weil Nürnberg die ganze Kohle abgreift.«

»Apropos Neid ...« Brandeisen nickte bedeutungsvoll. »Herr Spänfleck bietet sich als Kandidat dafür geradezu an. Seine Missgunst richtet sich gegen alles und jeden.«

»Wie wahr«, bekräftigte Riedl. Siedend heiß fiel ihm ein, dass er dem Kilometergeld Passau–Würzburg unbedingt noch ein paar Euro für Motoröl, Reifenabrieb und Kupplungsverschleiß hinzufügen musste. »Außerdem bleiben meine Auslagenanträge immer im gesetzmäßigen Rahmen.«

»Ihr Niederbayern seid euch für nichts zu schade, wenn's darum geht, aus dem Staat den letzten Groschen rauszupressen«, sagte Wachholz, der Weidener. »Wir

Oberpfälzer sind dagegen ehrliche Häute. Solche Tricksereien haben wir gar nicht nötig.«

»Musst du immer den Moralapostel spielen?«, entgegnete Riedl. »Das hält ja kein Mensch aus. Bei jedem Thema führst du dich wie ein Oberlehrer auf.«

»Aber wenn ich doch recht habe!«

»Hochmut kommt vor dem Fall«, sagte Brandeisen. »Superbia auf Latein, auch Stolz oder Eitelkeit.« Er hakte im Geiste den nächsten Punkt auf seiner Todsündenliste ab.

»Wo wir's gerade mit der Moral haben«, fuhr Wachholz gehässig fort, ungeachtet der Tatsache, dass er am unbeliebtesten war im Kreise der Sieben. »Die Glöckle hatte doch mit dem Hinterhuber ein Verhältnis – obwohl sie verheiratet ist! Das fällt unter Wollust, stimmt's?«

Glöckle und Hinterhuber wechselten betretene Blicke. Ihre Amouren waren beim letzten Treffen peinlicherweise zur Sprache gekommen und hatten für eine pikante Note gesorgt.

»Was wird das hier?«, brauste Neusig auf. »Bist du jetzt bei der Sittenpolizei, Wachholz? Nur weil bei dir nichts mehr läuft, stellst du andere an den Pranger? Geh lieber ins Kloster, bevor ich dir die Fresse poliere.« Küps musste die Kommissarin festhalten, damit sie Wachholz nicht an die Gurgel ging.

Dieser Ausbruch war auf die Tatsache zurückzuführen, dass auch Neusig mit Hinterhuber ein Tête-à-Tête gehabt hatte, allerdings nur einen One-Night-Stand. Trotz seiner Leibesfülle besaß der Münchner eine außergewöhnliche Anziehungskraft auf Kolleginnen. Es musste an seinem »Mia san mia«-Gefühl liegen, das so unerschütterlich war wie die Fundamente des Hof-bräuhauses.

»Zorn«, resümierte Brandeisen. »Frau Neusig möchte ich nicht im Dunkeln begegnen, wenn sie die Fassung verliert. Jetzt haben wir alle sieben Todsünden beieinander. Mithin erfüllt der Club der Kommissare die Kriterien für die Racheorgie eines Psychopathen.« Er wies auf Teller und Gläser. »Sie haben also gut daran getan, das Sieben-Gänge-Menü zu unterbrechen. Wie ich höre, speisen Sie unentgeltlich. Doch einen Unterstützungsfonds für verdiente Führungskräfte der bayerischen Polizei gibt es nicht, da hat man Ihnen einen Streich gespielt. Der unbekannte Spender könnte Böses im Sinn haben.«

»Gift«, sagte Hinterhuber mit dramatischem Unterton. »Vielleicht hat sich der Täter in die Küchencrew des *Ratskellers* eingeschlichen und ...«

»Dann wären Sie schon alle tot.« Brandeisen schüttelte den Kopf. »Oder Sie würden zumindest ein Unwohlsein verspüren. Ist das bei jemandem der Fall?«

Alle verneinten. Es ging den Kommissaren sogar ausnehmend gut nach dem Verzehr der Gourmetgerichte.

»Und wenn erst im Dessert was drin ist?«, überlegte Glöckle. »Mohnparfait mit Blutorangenkompott – und Strychnin?«

»Möglich wär's.« Brandeisen blickte zu Neusig. »Das sollten die Würzburger Kollegen im Labor analysieren. Aber in einem Punkt kann ich Sie beruhigen. Der Wein ist garantiert unbedenklich. Die Flaschen wurden doch am Tisch entkorkt, wie es sich gehört?«

»Jede einzelne«, stimmte Küps zu.

»Schön. Dann dürfen Sie dem Rebensaft weiter zusprechen.«

Brandeisen hatte die sehnsuchtsvollen Mienen richtig gedeutet. Die überwiegend angeheiterten Kommissare brauchten dringend weitere Stärkungen und machten sich über die Reste her. Da sie zu siebt waren, hatte man sie mit jeweils zwei Bocksbeuteln bzw. Flaschen pro Gang versorgt, es war noch reichlich vorhanden, vor allem vom Spätburgunder. Doch auch die Scheurebe und der Silvaner fanden Freundinnen und Freunde, weiß oder rot, jetzt war es auch schon egal.

»Moment! Ihr könnt doch nicht einfach weiterpicheln!« Wachholz fühlte sich zu einer Zwischenbilanz bemüßigt. »All das Gerede über diesen Film ... Da draußen gibt es jemanden, der uns nacheinander umbringen will. Oder gar ... alle zugleich?«

Riedl schreckte hoch. »Wir sollten den Raum nach einer Bombe absuchen.« Er sah unter dem Tisch nach. Die anderen setzten ihre Gläser ab und taten es ihm gleich, Angst steckte an. Sie filzten den gesamten Nebenraum des *Ratskellers*, fanden jedoch keinen verborgenen Sprengsatz. Die Anspannung nahm wieder zu.

»Vielleicht wartet in unseren Hotelzimmern eine Überraschung auf uns, drüben beim *Winzermännle*?«, mutmaßte Spänfleck. »Oder die Autos fliegen in die Luft, sobald wir morgen wegfahren wollen. Fundamentalisten sind zu allem fähig.«

»Ich weiß, die Nerven liegen blank. Aber Sie dürfen nicht in Panik verfallen.« Brandeisen versuchte, die Kommissare zu beschwichtigen.

Die Bedienung kam und nahm neue Bestellungen auf. Küps orderte Nachschub. »Wenn wir schon zur Hölle fahren müssen«, meinte er launig, »dann wenigstens mit einem guten Tropfen in der Blutbahn.«

Die Aussicht auf mehr Wein besänftigte die Gemüter – bis auf eines. Wachholz, der bislang nur Apfelschorle
getrunken hatte, bekam kalte Füße. »Hiermit erkläre ich
meinen Austritt aus dem Club der Kommissare«, verkündete er und setzte süffisant hinzu: »In dieser erlauchten
Runde scheine ich ohnehin unerwünscht zu sein. Ich denke, Sie können gut auf meine Gesellschaft verzichten.«

»Vertragen Sie keine Kritik?«, fragte Glöckle.

»Wer austeilt, muss auch einstecken können«,
brummte Spänfleck.

Der Oberpfälzer erhob sich. »Offen gestanden finde
ich diese Zusammenkünfte schon seit geraumer Zeit
etwas kindisch. Und gesundheitsschädlich!« Er deutete
auf Neusig, die weiterhin eine E-Zigarette nach der anderen qualmte, obwohl es gegen das bayerische Nichtrau-
cherschutzgesetz verstieß.

»Jetzt seien Sie doch nicht so!«, lenkte Riedl ein. »Ist
doch alles halb so wild.«

»Nein, mein Entschluss steht fest. Leben Sie wohl!«
Mit einer pathetischen Geste verließ Wachholz das Zimmer, durchquerte die weitläufigen Räumlichkeiten des
*Ratskellers* und trat nach draußen, um in einem Fiat Mul-
tipla von ausnehmender Hässlichkeit zurück nach Weiden zu zockeln.

»War ja klar, dass der den Schwanz einzieht«,
schnaubte Neusig. »Glaubt er, nur weil er sich verpisst,
wird er von der Todesliste gestrichen?«

»Da könnte was dran sein«, sagte Glöckle.

»Hast du etwa auch Manschetten?«

»Na ja ...«

»Nichts da, wir bleiben zusammen. Seien wir froh,
dass wir Wachholz los sind.«

Niemand widersprach. Doch etwas mulmig war ihnen schon zumute, nachdem der Oberpfälzer Fersengeld gegeben hatte. Unversehens schmeckte der Silvaner nicht mehr wie ein belebendes Elixier, sondern wie ein Henkerstrunk.

»Noch mal von vorn«, sagte Hinterhuber. »Wir alle haben diese DVD erhalten. Das heißt doch, dass der Absender uns alle kennt und von der Existenz des Clubs der Kommissare weiß. Woher eigentlich?«

»Vielleicht möchte uns jemand beitreten, der irgendwie von dem Club erfahren hat«, spekulierte Riedl. »Wir sind ja kein Geheimbund. Bestimmt hat Wachholz überall damit geprahlt, dass er als einziger Oberpfälzer bei uns Mitglied ist.«

Glöckle zuckte mit den Schultern. »Jetzt wurde ja ein Platz frei – das hat er davon. Würde mich nicht wundern, wenn plötzlich die Tür aufgeht, einer von Wachholz' Kollegen hier reinspaziert und sagt: Hallo, ich bin der Neue.«

»Eine etwas seltsame Form der Bewerbung«, sagte Hinterhuber.

»Wäre aber ein passender Einstand: uns quasi auf die Probe zu stellen. Ich fände das kreativ.«

Sie schauten zur Tür, doch nichts geschah.

Stille.

»Oder es ist einer von uns«, sagte Spänfleck gedehnt. »Habt ihr daran schon gedacht?«

Argwöhnische Blicke schossen kreuz und quer durch den Raum. Einer von ihnen? Aber wer –?

»Sie kennen sich so gut mit den sieben Todsünden aus, Herr Staatsanwalt«, fuhr Spänfleck fort. »Und dieser Film ist Ihnen auch bis ins kleinste Detail geläufig. Kommt das niemandem verdächtig vor?«

»Und wie konnte der Absender der DVDs von all unse-ren ... Schwächen wissen?«, fragte Riedl. »Nur Brandeisen hat uns alle live erlebt beim letzten Mal in Bamberg. Und jetzt sitzt er schon wieder da und führt das große Wort. Zufall?«

»Und wie schnell er hier aufgetaucht ist.« Neusig musterte ihn misstrauisch. »Als ob er schon Gewehr bei Fuß gestanden hätte.«

Wie eine dunkle Gewitterwolke zog der Unmut der verbliebenen Kommissare über dem Staatsanwalt auf und drohte sich jeden Moment zu entladen. Der Alkohol-einfluss tat ein Übriges. Nichts befeuerte zuverlässiger zweifelhafte Anschuldigungen als das Geschenk der Göt-ter, das den Menschen aus Erbarmen gegeben worden war – wenn man Platons Worten über den Wein Glauben schenken wollte. Doch die Menschen waren undankbar. Sogar Küps sah skeptisch drein, allerdings auch ein we-nig amüsiert, denn es kam selten vor, dass seinem alten Freund die Spucke wegblieb.

Brandeisen bückte sich und kramte in seiner Akten-tasche.

»Keine Dummheiten!«, riefen fünf Kommissare gleichzeitig. Wie auf Kommando zückten sie ihre Dienst-waffen und richteten sie auf den Angesprochenen. Küps rührte sich nicht.

»Stellen Sie die Tasche ganz langsam auf den Tisch!«, befahl Hinterhuber.

Brandeisen tat wie geheißen. »Sie können unbesorgt sein, Waffen aller Art sind mir ein Gräuel. Ich möchte Ihnen nur ein Beweisstück präsentieren.« Er hielt demonstrativ Daumen und Zeigefinger hoch, vergewisserte sich, dass keine dieser Saufnasen losballerte, und zog – eine *Sieben*-DVD heraus. Nachdem er sie allen gezeigt hatte, warf er sie zu den anderen auf den Stapel. »Auch ich habe den Film mit der Post bekommen. Sieben Tote sind dem Absender anscheinend nicht genug.«

»Das bedeutet gar nichts«, sagte Neusig lahm.

»Lass gut sein, Brandeisen ist der Falsche. Sieht so aus, als säßen wir alle in einem Boot.« Hinterhuber senkte seine Pistole, die anderen schlossen sich an.

Jetzt war es an dem Staatsanwalt, einen kräftigen Schluck Silvaner zu nehmen. Genüsslich behielt er den Wein im Mund und spürte der tiefgründigen Mineralität nach, die im Zusammenspiel mit Fruchtnoten von Mirabelle und Reneklode sowie einer finessenreichen Säure dem Gaumen schmeichelte. »Ich muss mich über dieses Verhalten schon sehr wundern, Herrschaften. Was hätte ich denn für ein Motiv, Ihnen einen derartigen Schrecken einzujagen?«

»Stimmt«, sagte Glöckle.

»Da hat er recht«, gab Spänfleck zu.

»Tschuldigung«, rang sich Neusig ab.

Die Kommissare packten ihre Knarren weg und brüteten dumpf vor sich hin. Dabei streuten sie einen erfrischenden Rotling ein, der laut Etikett »Lust auf den nächsten Schluck« machte.

Riedl hatte eine Idee. »Und wenn's bloß ein Jux ist?«

»Ein Jux?«, fragte Hinterhuber ungläubig. »Bei all dem Aufwand? Acht DVDs kaufen und sie in unseren Heimatbezirken in die Post geben? Wer macht denn so was nur aus Spaß an der Freud?«

Beklommenes Schweigen.

Küps lehnte sich zurück und ließ noch einmal das Traminer-Rivaner-Cuvée über die Zunge rinnen, dessen dichte Fruchtfülle und eleganten Schmelz er trockeneren

Gewächsen vorzog. Ein paar quälende Sekunden wartete er noch, um sich an der allgemeinen Verunsicherung zu weiden. Dann ließ er die Bombe platzen. »Wenn ich mir eure blöden Gesichter so anschaue ... Das war's mir wert.«

Die Verblüffung kannte keine Grenzen.

»Häh?«, entfuhr es Riedl. »Sag das noch mal!«

»Die DVDs sind von mir. War gar nicht so schwer, das mit dem Poststempel zu deichseln – es gibt Versanddienste, die so etwas übernehmen. Und den Film gab's beim Media Markt im Sonderangebot.«

»Heißt das ...« Neusig sprang erregt auf.

»Brandeisen zu holen hat dem Ganzen eine gewisse Brisanz verliehen. Damit ihr euch richtig in die Hosen macht. Ich wusste, dass er nach diesem Todsündenschmarrn schnappt wie ein Terrier nach der Wurst.«

»Aber warum, um Himmels willen?« Riedl verstand die Welt nicht mehr. »Was haben wir dir denn getan?«

»Ihr habt mich vor einem Jahr des Mordes bezichtigt«, sagte Küps mit ernster Stimme. »Ich sollte Hinterhuber mit einem Schäuferla vergiftet haben! Ich! Als Gastgeber! Wo ich mir so viel Mühe bei der Zubereitung gegeben hab! Den ganzen Tag war ich in der Küche gestanden und hab geschwitzt wie ein Stier. Und dann musste ich mir so eine Beleidigung gefallen lassen. Unverschämtheit! Das schrie nach einem Denkzettel.«

Die Kommissare riefen sich die unschönen Szenen in Erinnerung – und mussten nacheinander einräumen, dass sie in Bamberg tatsächlich über das Ziel hinausgeschossen waren.

»Wachholz ist abgehauen. Findest du das auch witzig?«, fragte Riedl.

»Ein angenehmer Nebeneffekt. Der kleine Feigling ist uns sowieso nur auf den Wecker gegangen.«

Wieder blieb den Kolleginnen und Kollegen nichts anderes übrig als Zustimmung. Brandeisen garnierte das Verwirrspiel seines Bamberger Kompagnons mit einem Zitat von Heinrich Heine: »Wein stimmt mich immer weich und löst jedes Zerwürfnis.« Damit war alles zu dieser Scharade gesagt.

»Aber bevor ihr noch weiter rumheult ...« Küps rief die Bedienung. »Sie können jetzt das Dessert auftragen.«

Lang hatte die Küche den Nachtisch zurückgehalten. Endlich kam das Mohnparfait mit Blutorangenkompott, nicht mit Strychnin, sondern einer Rieslaner Beerenauslese, deren Bukett von getrockneten Feigen, Karamell und Rosinen durch den Äther wallte wie der Flügelschlag eines angeschickerten Engels.

Der Bamberger Kommissar hob sein Glas, um dem Engel die Flügel zu stutzen. »Die Rechnung geht übrigens auf mich.«

»Klingt super, Küps!«, frohlockte Neusig. »Aber ist bei dir der Wohlstand ausgebrochen?«

»Heuer werde ich fünfzig. Da habe ich mir für unseren Club eben was Besonderes einfallen lassen. Guten Appetit!«

Vergessen waren die sieben Todsünden, vor allem die der Völlerei. Es wurde eine denkwürdige Nacht, die den Kommissaren noch lange im Gedächtnis blieb. Zu den streng riechenden fränkischen Käsevariationen labten sie sich an einem edelsüßen Riesling-Eiswein von 2006 – in dem Jahr hatten Brandeisen und Küps ihren ersten gemeinsamen Fall gelöst. Die Damen schmolzen regelrecht dahin. Inzwischen lief wieder Roland Kaiser.

»Sieben Fässer Wein können manchmal die Rettung sein. Wie das Leben spielt, vieles löst sich von ganz allein.« Brandeisen, der mit Küpsens Musikgeschmack haderte und ihn schon einmal als kulturwidrig bezeichnet hatte, musste diesen Zeilen eine gewisse philosophische Prägnanz attestieren. Bevor er sich ein Stück Holzofenbrot mit Gerupftem in den Mund steckte, fragte er: »Warum haben Sie mich nicht eingeweiht, Gerhard?«

»Dann hätten die anderen vielleicht was gemerkt.«

»Sie verkennen mein schauspielerisches Talent!«

Küps grinste ihn verschmitzt an. Endlich war *er* einmal am längeren Hebel gesessen, endlich hatte *er* die Fäden gezogen und alle an der Nase herumgeführt. Dieses Gefühl war nicht mit Gold aufzuwiegen. Er konnte sich kein schöneres Geburtstagsgeschenk vorstellen.

»Warum antworten Sie nicht, mein Lieber?«, hakte Brandeisen nach. »Gemeinsam wären wir bestimmt noch subtiler vorgegangen.«

»Es hätte aber nicht so viel Spaß gemacht.«

# Das Loch, in Hoffmanns Manier

20 mal 20 Zentimeter. Staatsanwalt Brandeisen bewunderte die quadratische Öffnung im Boden. Wie praktisch! Wie erfindungsreich! Und so herrlich unkonventionell.

Einmal im Jahr besichtigte er das Bamberger E. T. A. Hoffmann-Haus und stieg über schiefe, verwinkelte Treppchen zum Dachgeschoss empor. Dort gelangte er in das sogenannte Poetenstübchen, wo der berühmte Jurist, Komponist, Kapellmeister, Zeichner, Schriftsteller und Trinker einst seine Fantastereien ersonnen hatte. Wenn Hoffmann dabei langweilig geworden war, hatte er durch das Loch mit seiner im darunterliegenden Wohnzimmer befindlichen Frau gesprochen. Und nicht nur das, er hatte dem Ehegespons auch allerlei komische Überraschungen bereitet, etwa durch das Herabhängenlassen eines langen Handtuchs oder Herabwerfen eines Stiefelpaars.

Das Loch war stets der Höhepunkt auf Brandeisens Besuchstour. Wenn es in seinem Büro einen ähnlichen Durchlass nach unten gäbe, könnte er die beiden verschnarchten Rechtspflegerinnen, die ein Stockwerk tiefer saßen, mit unvermittelten Maßregelungen piesacken: »Schluss mit Zeitunglesen, an die Arbeit!« So ein Loch eröffnete ungeahnte Möglichkeiten.

Er kniete sich hin und lugte hindurch. Schwarzbraune Holzbohlen waren zu sehen und ein Teil der weißen Wand. So weit, so unspektakulär. Doch plötzlich drangen Flüsterstimmen an sein Ohr.

Brandeisen verstand kaum etwas von den dahingezischten Worten, offenbar ein Dialog. Nur ein Satz stach heraus, hervorgepresst in brutalem Basston: »Ich bring dich um!«

Der Staatsanwalt fuhr zusammen. War das eine Morddrohung, direkt unter seinen Füßen?

»Lass los!«, kam es wie erstickt zurück aus einer weiblichen Brust. »Halt – fort!«

Und dann, in einer Millisekunde, die sich Brandeisen bald zu Minuten, Stunden und Tagen dehnen sollte, sah er ein liebreizendes Geschöpf, wie es voll Sehnsucht nach ihm heraufblickte, wohlgeformte Alabasterzüge, olympische Stirn, kastanienbraunes Haar – eine Schönheit, so himmlisch, als stammte sie von fernen Wandelsternen, und Augen, als gingen darin feuchte Mondesstrahlen auf. Während sich die Adjektive in Brandeisens Hirn überschlugen, verschwand das Gesicht.

Er ließ sich auf alle viere nieder, um mehr von der merkwürdigen Begebenheit zu erhaschen. Dabei knarzten die Bodenbretter erbärmlich – mit dem Effekt, dass die unbekannten Sprecher mit einem Schlag verstummten. Schritte waren zu vernehmen, noch ein herrisches »Ins Kristall bald dein Fall – ins Kristall!«, dann Stille.

Wie festgezaubert verharrte der Gesetzesmann. »Ins Kristall« – diese Sentenz kam ihm bekannt vor ... Indessen wurden seine forschenden Gedanken überlagert von der Erinnerung an die junge Frau. Was hatte in ihrem Blick nicht alles gelegen? Verzweiflung? Bedrängnis? Ein flehentliches Ersuchen um Beistand, um Hilfe?

Brandeisen erhob sich und eilte zum zweiten Obergeschoss hinunter. Das Zimmer unter dem Poetenstübchen war menschenleer, ebenso die anderen Räume. Irgendwo schlug eine Tür. Er stieg weiter hinab in den ersten Stock, wo die Museumsaufsicht gerade ein

Nickerchen machte. Auch dort fehlte von den eigenartigen Besuchern jede Spur. Nicht anders war es im Parterre. Der Staatsanwalt schaute im Zaubergarten nach und im Spiegelkabinett, das gleich neben dem Eingang lag. Schließlich riss er die Tür zur Straße auf und betrat das Trottoir.

Der Schillerplatz empfing ihn mit nachmittäglicher Geschäftigkeit. Automobile brausten geräuschvoll vorbei, Passanten strebten Richtung Innenstadt oder vice versa. Vom Stadttheater, wo Ernst Theodor Amadeus einst an Missgunst und Ignoranz gescheitert war, wehte ein unbestimmter Thaliengruß herüber. Doch nirgends war ein zartes Fräulein nebst rabiatem Begleiter auszumachen.

Er ging noch einmal zum Kassentisch der Museumsaufsicht hinein und rüttelte den Studenten, der dort Dienst hatte, aus dem Schlaf. Nein, gab jener zu Protokoll und strich über seinen Kotelettenbart, er habe keine anderen Gäste bemerkt außer dem Herrn Staatsanwalt und wolle vielmals um Entschuldigung bitten für die spontane Siesta. Aber die Nacht sei aufgrund einer Verkostung gewürzten Weines etwas lang gewesen.

Gewürzter Wein – allmählich wurde es immer hoffmannesker, fand Brandeisen. Jetzt fiel ihm auch wieder ein, woher er den »Kristall«-Ausspruch kannte: aus der Novelle »Der goldne Topf«, einem der besten Werke des manchmal allzu dichten Dichters. Sehr viel weiter brachte ihn diese Erkenntnis allerdings nicht.

Unschlüssig strich er durch die schmalen Gänge. Welch Teufelei mochte sich hier zugetragen haben? Ihm fiel ein muffiger Geruch auf, den er bei seinem ersten Rundgang noch nicht bemerkt hatte, nach altem Leder und schimmligem Papier. Aber die Exponate des Museums lagen sämtlich unter Glaskästen und waren mehr oder weniger luftdicht verwahrt. Spielten ihm seine Sinne seit Neuestem übel riechende Streiche?

Brandeisen hielt sich vorerst ans Reale: Ein Pärchen hatte sich offenbar gestritten und Hals über Kopf das Weite gesucht. Warum? Wieso? Zu welchem Ende? Wurde Gewalt angewandt? Musste man einschreiten, um Schlimmeres zu verhüten? Und war Lunissima, wie er die Mondstrahlenäugige fortan zu nennen beschloss, unter Zwang ihrem Begleiter oder gar Entführer gefolgt? Dann blieb nur eines: Befreiung.

Nun muss hier festgehalten werden, dass sich der Staatsanwalt als eiserner Junggeselle verstand. Von einer jähen Schülerliebe zu seiner 60-jährigen Lateinlehrerin, die ihm Ovid nahegebracht hatte, bitter enttäuscht war er zu einem Einsiedler geworden. Zwischengeschlechtliche Belange tangierten ihn nur mehr entfernt, er bewohnte ein deprimierend großes Haus im Berggebiet mit hinreichend Abstand zu den Nachbarn. Seiner ausgestopften Dogge Hilda hielt er endlose Monologe über die Schlechtigkeit der Welt, insbesondere über die Psychopathologie von Serienmördern im ausgehenden 19. Jahrhundert. Einer der wenigen Menschen, die hin und wieder Zugang erhielten zu seinem Einsamkeitspalast, war Kommissar Küps, sein treuer Ermittlungspartner. Der Polizist weilte momentan auf einer Schusswaffenschulung im Bayerischen Wald. Von Brandeisens Manie, in Bamberg endlich einmal einen schillernden Mordfall aufzutun, war er in der Regel wenig begeistert.

Hinzu kam, dass der Staatsanwalt unter einem Konglomerat kurioser Neurosen und Malaisen litt:

Berührungsangst, Mysophobie (Angst vor Schmutz und Ansteckung), Waschzwang, Abtrocknungszwang, diverse Formen des Heuschnupfens und der Hautreizungen, Besserwisserei und eine unheilbare Dummheits- und Kulturlosigkeitsallergie. Wegen Letzterer lag er auch im Dauerclinch mit den Rechtspflegerinnen. Die waren trotz Fachhochschulabschluss von stupender Stupidität – im Volksmund hieß es »blöd wie zehn Meter Feldweg« – und hatten ihn mit dem Spottnamen »Stelze« belegt, weil er fast zwei Meter maß.

Brandeisen war demnach mit Fug und Recht als exzentrisch zu bezeichnen. Nichtsdestotrotz zeigte er sich für die Lockungen des Ewig-Weiblichen nicht unempfänglich. Man konnte nie wissen: Irgendwann öffnete sich Amors Tempel vielleicht auch ihm. Dann würde er seinem Glück lächelnd entgegenschreiten und die mönchischen Zeitläufte hinter sich lassen. Irgendwann ...

Und nun das! Eine Jungfer in Nöten! Lunissima legte ihm, dem Paragrafenhengst, mit einem einzigen Augenaufschlag ihr Schicksal in die Hände, daran bestand kein Zweifel.

Doch besaß er weitere Anhaltspunkte? Beweise, Indizien, Zeugenaussagen? Nichts davon. Nur ein Bild in seinem Kopf.

In den folgenden Tagen durchkämmte Brandeisen sämtliche Polizeimeldungen nach ungewöhnlichen Vorkommnissen. Er spannte die beiden Rechtspflegerinnen ein, Marion und Daniela mit Namen. Vergebens.

Im Schlaf plagten ihn Nachtmahre. Lunissima wurde erdrosselt, erstochen und sonst wie dramatisch ums Leben gebracht – und er musste tatenlos zusehen, starr vor Entsetzen, von unsichtbaren Mächten in Ketten geschlagen. Schweißnass – er hasste es zu transpirieren! – schreckte er hoch, tastete nach einem Glas Wasser auf dem Nachtkasten und trank wie ein Fiebernder. Wo war die kühlende Hand, die sich auf seine Schläfe legte, wo ein beruhigendes Wort? Stattdessen kroch ihm jedes Mal aufs Neue dieser undefinierbare Modergeruch aus dem Museum in die Nase. Was hatte es damit auf sich? Seine Kombinationsgabe schien ihn zu verlassen. Es war ihm, als sänke er mit jedem Erwachen nur noch tiefer in eine Gruft, wo die Würmer der Ratlosigkeit seinen präfrontalen Kortex bei lebendigem Leibe zerfraßen.

Gegen seine Gewohnheit ging er jeden Tag aus, um dem Zufall Gelegenheit zu geben, ihm auf die Sprünge zu helfen. Und wie von selbst trugen ihn seine Füße zur Universität in der Altstadt. Ein junges, geistvoll leuchtendes Wesen wie Lunissima konnte nur an einem Hort der Bildung seine Kreise ziehen. Sie musste Studentin sein, keine Frage, und ganz sicher hatte sie sich nicht bei den Wirtschaftswissenschaftlern am Stadtrand eingeschrieben, diesen blinden Erfüllungsgehilfen des Kapitalismus. Nein, sie strebte nach Höherem. Vielleicht war sie eine angehende Romanistin, Italianistin gar? Brandeisen, dem das Gesetz in Erlangen zur Berufung geworden war, trauerte seinen vier anfänglichen Germanistik-Semestern in Bamberg immer noch nach. Er hielt es für eine ausgemachte Sache, dass die schwerfällige deutsche Kultur sich immer dann zu höchsten Höhen aufschwang, wenn sie in Dialog mit der Antike trat. So war es in der Weimarer und der Wiener Klassik gewesen, einer unerreichten Blüte des Guten, Wahren, Schönen, deren Strahlkraft sogar noch den gebürtigen Königsberger E. T. A. Hoffmann erfasst hatte. Seither ging es mit den Künsten und den Wissenschaften bergab.

Zuerst betrat Brandeisen den Campus und atmete den Hauch der Jahrhunderte. Hier war er Mensch, hier durft er's sein! Das alte Gemäuer, vormals ein Gymnasium, schien ihn förmlich zu umarmen. Die Studierenden schoben sich an ihm vorbei, gramgebeugte Häupter, gehetzt, von Eile getrieben. Seltsam. Seit wann waren Studierende in Eile?

Vielleicht stand ja in der Mensa an der Austraße etwas Besonderes auf der Karte. Schäuferla? Er reihte sich in die Schlange ein und bekam nostalgische Gefühle. Wie oft hatte er seinen Darm mit Grünkernbratlingen stillgelegt? Und die rote Soße, die es zu Spaghetti und fast allem anderen gab, war ein zuverlässiges Abführmittel gewesen.

Doch auf der Karte standen nur vermeintliche Gourmetgerichte: Tilapiafilet in Kurkuma-Mango-Tomatensoße, Ebly-Gemüsepfanne an Olivensalsa und dergleichen mehr. Nun, warum sollten nicht auch Studenten Anteil haben an der allenthalben grassierenden Kochwut?

Als Brandeisen an der Reihe war, nahm er das Tilapiafilet, gab sich an der Kasse als Gast aus und setzte sich unter die jungen Leute.

Es wurde ein denkwürdiges Mittagsmahl. Kulinarisch unterschied es sich zunächst nicht von denen früherer Zeiten. Brocken irgendeines – wer mochte es genau sagen? – Tieres waren mit der berüchtigten, anscheinend alterslosen roten Pampe vermischt. Das war nicht weiter schlimm. Als aufschlussreicher erwiesen sich die Gespräche der Tischnachbarn.

Es ging nicht um die Themen der Vorlesungen, nicht um kauzige Professoren, nicht um fachliche Fragen, die gerade in der Fakultät diskutiert wurden. Es ging nicht einmal um irgendwelche Liebeleien oder Partys. Es ging um »Credit Points«.

Auf Nachfrage erfuhr Brandeisen, worum es sich dabei handelte. Offenbar hatte er einiges verpasst.

Sämtliche Studiengänge, auch die geisteswissenschaftlichen, waren durch die Bologna-Reform gnadenlos verschult und in ein Punktesystem gepresst worden. Jeder Student hatte pro Semester bestimmte Module zu belegen, die Leistungen wurden haarklein dokumentiert, alles zählte für die Endnote bzw. den Bachelor. Die akademische Freiheit, die einem Studenten früher erlaubte, fachfremde Seminare zu belegen oder es mal ruhiger angehen zu lassen, um ein bisschen Erfahrung im nichtakademischen Bereich zu sammeln – all das war vorbei. Man musste schuften wie am Band, was der Entfaltung kritischer Vernunft nicht unbedingt förderlich war. Und wozu die ganze Punkte-Fron? Die Berufsaussichten von Literaturwissenschaftlern waren schlechter als die eines Versicherungsvertreters. Was für eine Schande für die Goethe-Nation!

Nach und nach kam es Brandeisen so vor, als sähe er überall seine Angebetete: intelligente junge Frauen, die um Hilfe flehten. Befreie uns aus dieser Tretmühle! Wir wollen nicht für Prüfungen, sondern fürs Leben lernen! Und wo könnte mehr über das Leben zu erfahren sein, über seine Gipfel und Wipfel, Fallstricke und schwärzesten Nachtseiten, als in der Dichtung? Denn wer es wagt, durch das Reich der Träume zu schreiten, gelangt zur Wahrheit.

Plötzlich erblickte er eine Gestalt durch die Fensterfront. War es ein Trugbild, dessen er da gewahr wurde, oder wandelte dort leibhaftig, unversehrt, atmend aus wogendem Busen ... Lunissima?

Sie ging an der Mensa vorbei, eine schwere Tasche hing ihr über der Schulter. Ihr nach, was zauderst du? Brandeisen dankte allen Göttern und Musen, dass sie in sein irdisches Sein hineingriffen wie in ein weites Rad. Er raffte seine Kräfte zusammen, sprang auf und wollte sich zum Ausgang hindurchwinden.

Unglücklicherweise kam ihm eine Schar Archäologen mit übervollen Tabletts in die Quere – erkennbar an einem pantagruelischen Appetit und der staubigen Klamottur. Von diesen Steinepinslern hatte er noch nie viel gehalten, und jetzt behinderten sie ihn auch noch!

»Der Aufklärung eine Gasse!«, rief er in Abwandlung des Schiller-Diktums und stürmte nach draußen – mehrere Ebly-Gemüsepfannen segelten durch die Luft. Fort mit Schaden.

Im Freien angelangt drehte sich der Staatsanwalt um die eigene Achse. Lunissima, wo war sie geblieben? Ziellos irrte er in seinem exaltierten Zustande umher und betrat eines der Lehrgebäude, die U5. Wo mochte seine herzliebe Imme wohl den Honig der Bildung saugen? In einer Vorlesung, logicamente.

Er rauschte in den nächstbesten Hörsaal. Die Studenten empfingen ihn mit Bankklopfen – offenbar hatten sie einen Professor erwartet, der sich verspätete.

»Sind Sie die Vertretung für Sprachwissenschaft I?«, fragte ein Streber aus der ersten Reihe.

Brandeisen zierte sich nicht. Aus dem Stegreif konnte er über die westgermanische Konsonantengemination dozieren, und als echtem Bamberger war ihm auch die binnendeutsche Konsonantenschwächung nicht fremd.

Also stellte er sich ans Pult und redete munter drauflos, fing mit einer Gliederung in das Ost-, Nord- und Westgermanische an, unter Ausklammerung des Langobardischen, aber mit Berücksichtigung des Gotischen und Altnordischen – währenddessen er die stufenförmigen Sitzreihen nach Lunissima absuchte. Indes, sie glänzte durch Abwesenheit.

Mit einem »Bin gleich zurück« stahl er sich aus dem Hörsaal. Schwierigkeiten waren da, um überwunden zu werden.

Wohin jetzt? Er begab sich in den Hinterhof. Dort hatte sich seit seiner Studienzeit einiges verändert. Statt eines Parkplatzes stieß er auf den lichtdurchfluteten Glasbau der Teilbibliothek 4.

Der Staatsanwalt konnte sich noch an die alte Bibliothek erinnern, ein babylonisches Gemäuer, in dessen Bauch er Stunde um Stunde Nachschlagewerke gewälzt hatte, an schummrigen, von schwachen Leselampen erhellten Arbeitsplätzen, wie in einem Dachsbau. Der neue Bücherhort stellte in gewisser Weise einen Fortschritt dar mit seinen durchsichtigen Wänden.

Und da sah er sie durch die Scheibe, wie sie an einem schlichten Tische saß, das holde Antlitz über einen Folianten gebeugt, neben sich stapelweise Bücher. Vor lauter Wehmut und Entzücken quollen ihm glühende Tränen aus den Augen, und er stöhnte laut auf: »Lunissima!«

»Wie?« Eine Studentin mit schwarzer Hornbrille musterte ihn von Kopf bis Fuß.

Und es war ihm, als lähme eine Art Starrsucht nicht sowohl sein ganzes Regen und Bewegen, als vielmehr nur seinen Blick, den er nicht abwenden konnte von der ergötzlichen Erscheinung. Die Wunderbare hatte ihre hohe Stirn in Denkerinnenfalten gelegt. Worüber mochte sie brüten, während ihr luftiges Sommerkleidchen von der Seite Ansichten bot, die einen weniger beherrschten Manne als Brandeisen leicht in triebhafte Turbulenzen stürzen konnten? Er wagte es, ein paar Schritte näher heranzugehen. War da nicht das Portrait des unvergleichlichen E. T. A. auf den Buchdeckel geprägt? Forschte Lunissima am Ende ... über Hoffmann?

»Was glotzen Sie denn so?«, fragte es neben ihm.

Er fuhr herum und war nicht wenig betroffen, als er zwei weibliche Personen registrierte, die ihn argwöhnisch taxierten.

»Verzeihen Sie, verehrte Fräuleins«, hub er an, »doch mein Interesse und auch mein Wohlgefallen gilt Ihrer Kommilitonin dorten unter dem Kristallsturz, den man moderne Architektur nennt. Ob Sie mir wohl Namen und Adresse aufschreiben wollen?«

»Bist du ein Spanner oder so was?«

»Weit gefehlt, o Töchter der Kalliope. Beschützer möcht ich sein des braven Mädchens, damit ihr kein Leid geschehe.«

»Hau bloß ab!« Die beiden Studentinnen zückten ihre Handys. »Sollen wir die Bullen rufen? Alter Sack geilt sich an jungen Dingern auf?«

»Ihr Gänse!«, entfuhr es Brandeisen. »Gehet hin und rettet das Kapitol!«

»Das reicht.« Die Hornbebrillte trat ihm gegen das Schienbein.

»Arschloch!«, giftete die andere.

Hinkend gab Brandeisen Fersengeld, verfolgt von Verwünschungen, die sich auf sein Genital bezogen. Da hatte er sich wohl missverständlich ausgedrückt, dämmerte es ihm. Der Schmerz holte ihn auf den Boden der Tatsachen zurück.

Zu Hause sann er über sein ungeschicktes Betragen nach. Nun ja, ein Gutes hatte der Vorfall; nun wusste er: Lunissima gab es wirklich. Sie war eine ganz normale Studentin und befasste sich mit einem für die Bamberger Germanistik typischen Forschungsgegenstand. Und wie es schien, war sie nicht unmittelbar von einem Entführer oder sonst einem Schurken bedroht.

»Ich bring dich um«, sagte er zu Hilda, die in Habachtstellung über seinen Fünfuhrtee wachte und sich von den Launen ihres Herrchens selten aus der Fasson bringen ließ. »Dergleichen rutscht einem schon mal heraus im Eifer des verbalen Gefechtes. Ein Streit unter Bekannten, es wird emotional, man trägt dick auf, übertreibt. Wir haben uns umsonst Sorgen gemacht.«

In Hildas Blick stand der Zweifel. »Und wenn nicht?«, sollte das heißen. Dem Präparator war mit der ausgestopften Dogge ein Meisterstück gelungen, die Augen wirkten lebensecht.

»Jedenfalls geht es uns nichts an. Lunissima kommt ohne uns zurecht. Vermutlich kann sie auf die blamablen Nachstellungen eines alten Narren, den nichts als väterliche Sorge leitet, gut verzichten.« Brandeisen nahm einen Schluck Darjeeling und zog den Gürtel seines Crêpe-de-Chine-Hausmantels fester. Er legte Beethovens Fünfte auf, Musik, die Hebel des Schauers, der Furcht, des Entsetzens bewegt und jene unendliche Sehnsucht erweckt, die das Wesen der Romantik ist.

Dann kam der Anruf. Küps meldete sich, vom Ballertraining im Niederbayerischen glücklich zurückgekehrt.

Er hatte noch eine schwere Zunge. Wenn Polizisten mit Waffen hantierten, wurde hernach immer eifrig dem Schnaps zugesprochen.

»Wir haben hier einen Selbstmord, falls es wirklich einer war. Ist das was für Sie?«

»Sind Sie jetzt zu einem Meisterschützen geworden, mein Lieber? Davon wird man noch reden in den spätesten Zeiten.«

»Geht so. Kommen Sie vorbei? Herzog-Max-Straße, ein Student hat sich aus dem vierten Stock gestürzt.«

»Bei den Zuständen an den Universitäten ist das auch kein Wunder.«

»Er hatte so einen Backenbart, ziemlich schräg. Und wahrscheinlich trug er einen Zylinder, als er seinen Flugschein gemacht hat. Das Ding lag neben der Leiche.«

Brandeisen horchte auf. »Zylinder?«

»Und einen komischen Anzug hatte er an, Jacke bis zu den Knien. Wie dieser Schriftsteller ...«

»E. T. A. Hoffmann?«

»Genau. Dabei ist Fasching doch längst vorbei.«

»Bin gleich bei Ihnen.«


Als Brandeisen am Tatort eintraf, war die Spurensicherung noch mit Fotos beschäftigt. Der Tote ähnelte einem gefallenen Engel. Mit weit ausgebreiteten Armen war er in ein kleines Treibhaus im Hinterhof des Anwesens gestürzt. Glassplitter lagen überall verstreut und bedeckten den Leichnam mit einer kristallin schimmernden Schicht. Es handelte sich um die Museumsaufsicht, Stefan Fietkau, wie Küps von seinem Notizblock ablas.

»Ich kenne den Mann«, sagte der Staatsanwalt. »Aus dem E. T. A. Hoffmann-Haus, er saß dort an der Kasse.«

Der Kommissar schnaubte verächtlich. »Wenn ich in dieser Geisterbahn arbeiten müsste, wär ich auch suizidgefährdet.«

»Keine dummen Witze, bitte. Ich fürchte, da steckt mehr dahinter.«

Brandeisen stieg die Treppen zu Fietkaus Mansardenwohnung hoch. Der Studiosus hatte in einer winzigen Kemenate gelebt, vollgestopft mit Büchern. Es sah idyllisch aus, vor allem, weil die Bücher vorwiegend dem 19. Jahrhundert entstammten: solide Einbände, Lederrücken. Nur ein paar Regalbretter mit zeitgenössischer Fachliteratur verwiesen auf die Gegenwart.

Alles hier zeugte von E. T. A. Hoffmann: Seine Werke waren in mehreren Ausgaben vorhanden, an den Wänden hingen Kopien seiner Zeichnungen und Kompositionen, es gab ein Feuerzangenbowlen-Set, historische Pfeifen sowie ein antikes Pianoforte, allerdings in miserablem, unrestaurierbarem Zustand. Sogar ein Kater strich Brandeisen um die Beine – Murrs Reinkarnation? Fietkau war nicht einfach ein Fan gewesen, er hatte Hoffmann gelebt, mit Leib und Seele.

Die Tür zu einem handtuchgroßen Balkon stand offen. Geländer aus Schmiedeeisen, ein Bistrostuhl. Von dort war Fietkau in den Tod gestürzt. Im Rausch? Das musste der Rechtsmediziner klären. Doch eine Batterie leerer Weinflaschen, die auf dem Boden herumlagen, sprach Bände.

»Der hat sich hier sein eigenes Museum eingerichtet.« Küps kam schnaufend herein. Sein Bierbauch war nicht auf vier Stockwerke ohne Aufzug ausgelegt. »Und gesoffen hat er wohl wie ein Loch. Der Junge tut mir ja leid. Aber wenn man's nicht verträgt, soll man die Finger davon lassen.«

Boden. Loch. Die Zahnräder in Brandeisens Oberstübchen begannen ineinanderzugreifen.

»Sparen Sie sich Ihre bürgerlichen Vorbehalte, mon commissaire. Hoffmann war ein Universalgenie, verkannt zu seiner Zeit. Üben Sie sich in Nachsicht mit seinen Bewunderern.« Er ließ sich auf dem Parkett nieder und klopfte die einzelnen Stäbe ab.

»Was machen Sie denn da? Haben Sie jetzt auch einen an der Klatsche?«

»Ich suche etwas.«

»Tun Sie sich keinen Zwang an.« Küps sank auf eine abgewetzte Ottomane, die Fietkau dem Sperrmüll entrissen haben mochte. Er schnappte sich eine altertümliche Pfeife und stopfte sie mit frischem Tabak aus einer Dose auf dem Schreibtisch.

»Das sind vielleicht Beweisstücke«, mahnte der Staatsanwalt. Er sah aus wie eine Giraffe, die sich für einen Ameisenbären hält.

»Papperlapapp.« Binnen Kurzem erfüllten aromatische Rauchwolken die Luft. »Gar nicht schlecht, das Kraut. Drogeneinfluss können wir schon mal ausschließen.«

»Sie sind mir eine große Hilfe.«

»Weiter rechts.«

»Wie meinen?«

»Da klafft das Parkett ein bisschen auseinander.«

Brandeisen untersuchte die Stelle – richtig, ein Stab ließ sich herausnehmen. Weitere Stäbe folgten. »Ein Geheimfach!«

»Und was enthält es?«

Der Hohlraum besaß die Größe eines Aktenordners. »Leer.«

»Dann hat sich das Rumkriechen ja voll gelohnt.«

»Sicher.« Der Staatsanwalt zupfte sich Spinnweben aus den Haaren. »Hier *fehlt* etwas, verstehen Sie? Fietkaus Mörder hat entwendet, was auch immer sich in diesem Versteck befand, und danach alles so arrangiert, dass die Polizei von einem Freitod ausgeht.« Er schnüffelte. Lag da nicht etwas von dem Geruch in der Luft, den er im Museum wahrgenommen hatte? Wie von Stockflecken und vergilbten Seiten?

Küps beugte sich vor und blies seinem alten Freund eine Ladung *Käptn Barsdorfs Bester* ins Gesicht. »Aha.«

Brandeisen richtete sich hustend auf. »Muss das sein?«

»Eine Pfeife ohne Tabak ist wie ein Hirn ohne Ideen.« Der herumstromernde Kater sprang auf den Schoß des Kommissars und ließ sich streicheln, als bewürbe er sich bei einem James-Bond-Bösewicht. Bekanntlich fördert beides, Streicheln und Gestreicheltwerden, die Behaglichkeit und das Denkvermögen. »Was könnte ein armer Student, der sein ganzes Geld in diesen Krempel hier steckt, wohl Wertvolles besitzen?«, fragte Küps.

»So wertvoll, dass er dafür sterben musste ...«

»Und dass es sich da drin aufbewahren ließ ...«

»Ein Buch?«

Küps lehnte sich zurück. »Das ist Ihr Metier. Ich gebe nur sachdienliche Hinweise.«

Brandeisen durchforstete Fietkaus Arbeitsplatz. Der junge Mann hatte keinen Computer besessen, nicht einmal eine Schreibmaschine. Er schien seine Aufsätze handschriftlich abgefasst zu haben – wahrscheinlich war er der Schrecken korrekturfauler Dozenten gewesen.

Doch die Suche zeitigte kein Ergebnis. Falls Fietkau der Hüter eines Schatzes gewesen war, hatte er nicht Zeugnis darüber abgelegt. Es sei denn, auch diese Notate waren gestohlen worden.

Zeit, Küps ins Vertrauen zu ziehen, so schwer es Brandeisen fiel. Er erzählte ihm alles über Lunissima, deren wahren Namen er nicht kannte. Gab es eine Verbindung zwischen ihr und dem Toten?

Sie machten sich daran, die Identität der Studentin herauszufinden. Für die vergangenen Wochen waren auffallend viele Hoffmann-Ausleihen im Bibliothekscomputer gespeichert, obwohl derzeit keine spezielle Lehrveranstaltung zu dem Autor und seiner Epoche angeboten wurde. Die Daten ließen sich leicht zurückverfolgen. Fietkau hatte sich nur die neuesten Aufsatzsammlungen und Symposiumsberichte besorgt. Der Löwenanteil der Ausleihen, die nahezu alle bedeutenden Publikationen über Hoffmann umfassten, ging auf das Benutzerkonto einer Studierenden namens Anna Plock. Bei ihrer Immatrikulation hatte sie ein Passbild abgegeben. Es zeigte keine andere als – Lunissima.

Brandeisen ordnete eine Hausdurchsuchung in der Kapuzinerstraße an, Annas aktueller Adresse, und leitete sie höchstpersönlich. Doch anscheinend hatte sie sich überstürzt aus dem Staub gemacht. Ihre Toilettenartikel fehlten, der Kleiderschrank stand offen. Flucht – ein Beleg ihrer Schuld?

»Die ist heute Morgen mit einem Reisetrolley abgezischt«, sagte ihr Zimmernachbar, ein blasser, von nächtlichen Computerspielen gezeichneter Lemur. »Sie wollte zu ihren Eltern in Hannover, glaub ich.«

»Wenn das mal keine falsche Fährte ist«, wandte der Staatsanwalt ein. »Großfahndung!« Er war in seinem Element. »Möglicherweise will sie das Diebesgut ins Ausland schaffen.«

»Im Ernst?«, stöhnte Küps. »Und wenn es nur ein Streit unter Turteltäubchen war? Anna Plock hat Fietkau den Laufpass gegeben, daraufhin nahm er sich das Leben, weil er so poetisch veranlagt war.«

»Und das Geheimfach?«

»Kleines Marihuana-Lager. Weil er sein Geld für diesen ganzen Hoffmann-Kram ausgab, konnte er sich kein Dope mehr leisten. Deswegen war das Fach leer.«

»Wenn schon Drogen, dann Opium beziehungsweise Laudanum, damit hat sich so mancher Romantiker auf den Mond geschossen.« Brandeisen überlegte. Vielleicht gab es gar keine dritte Person, keinen zürnenden Begleiter, von dem er ursprünglich ausgegangen war. Vielleicht hatte sich Anna Plock im Museum ... mit Fietkau gestritten! Und als die beiden bemerkten, dass jemand ihre Auseinandersetzung mitbekam, war Anna klammheimlich verschwunden, während Fietkau sich an die Kasse begeben und ein Nickerchen vorgetäuscht hatte.

»Ins Kristall bald dein Fall – ins Kristall!« Brandeisen konnte sich verhört haben. Eventuell hatte der verstorbene Student ja gedroht »Ins Kristall bald *mein* Fall – ins Kristall!« und damit seinen Suizid angekündigt.

Die Summe des Möglichen ... Egal, der Staatsanwalt rief bei den Rechtspflegerinnen an. Zumindest die Passagierlisten der Flughäfen in Nürnberg, Frankfurt, München und Leipzig sollten die unterbeschäftigten Büromäuse überprüfen lassen, und zwar prestissimo.

»Können das nicht meine Leute machen?«, fragte Küps.

»Danke, nein, ein bisschen Arbeit hat noch niemandem geschadet.«

Während die Fahndung ihren Lauf nahm, schritten die beiden Ermittler an den Bücherregalen der Studentenwohnung entlang. Vielleicht erführen sie dabei etwas über Anna, das mehr Licht in diesen vertrackten Fall brächte.

»Sieh an: fantastische Literatur.« Der Staatsanwalt staunte nicht schlecht. Da standen reihenweise Fantasy-Klassiker in den Regalen, seine Jugendträume. J.R.R. Tolkiens *Herr der Ringe*, William Goldmans *Brautprinzessin*, *Gormenghast* von Mervyn Peake und jede Menge mehr. Diese Romane hatten einst zu Brandeisens literarischem Vademekum gehört, als seine Tage noch glücklicher und unbeschwerter gewesen waren. Sie in Annas Freihandbestand wiederzufinden, machte ihn ein wenig sentimental. Hätte die Mondstrahlenäugige doch früher seinen Weg gekreuzt! Wie profund hätten sie sich austauschen können über eine Kunstform, welche die Herzen der Menschen im Innersten bewegte und als deren Pionier Hoffmann galt.

Doch auch zahlreiche neuere Fantasy-Titel waren vertreten. Sie sagten Brandeisen nicht das Geringste. Schon die überbunten, kitschigen Buchrücken stießen ihn ab. Im Grunde hielt er fast alles, was nach Tolkien kam, für epigonales Stückwerk. Es gab sogar einen amerikanischen Autor, der sich erfrechte, seinem Vornamen ein »R.R.« hintanzustellen. Gleichgültig, ob das eine Hommage sein sollte oder ob der Mann wirklich so hieß: Die Schuhe des Oxford-Professors waren mit Sicherheit zu groß für ihn.

Auch Küps war der giftgrüne *Herr der Ringe*-Schuber nicht fremd. Er hatte ihn immer im Blick gehabt, als er mit seiner ersten Freundin intim geworden war. Zu seinem Leidwesen lag diese Begebenheit Äonen zurück.

Endlich rief Marion, eine der Rechtspflegerinnen, an: Die Plock hatte für 20.40 Uhr des gestrigen Tages einen Flug von Nürnberg nach London-Heathrow gebucht.

»Von wegen Eltern!«, triumphierte Brandeisen. »Hab ich's doch gewusst.«

Sie habe den Flieger jedoch nicht bestiegen, ergänzte Marion. Anna Plock sei gar nicht erst eingecheckt. Sie habe ihn wohl verpasst.

»Wie das?«

Daniela, die andere Rechtspflegerin, wusste Rat. Ein herrenloser Renault Twingo, der auf Anna Plock registriert war, sei auf dem Rastplatz Regnitztal nördlich von Forchheim gefunden worden. In der Nähe des WCs, zwischen Disteln und Farnen, lag eine Leiche.

Es war schon dunkel, als Brandeisen und Küps an dem Rastplatz eintrafen. Die Szenerie wurde von Halogenscheinwerfern unnatürlich beleuchtet, Kriminaltechniker waren bereits zugange. Einer von ihnen führte Frankens traurigsten Staatsanwalt zu der Toten.

Seine Vorahnung erfüllte sich auf grausige Weise. Wehe! Es war ihm, als bebte die Erdkruste und bräche auf, ihn zu verschlingen. Denn im Gesträuch lag erdrosselt: Lunissima. Matt die einstmals so verführerisch glänzenden Augen, erschlafft der grazile Leib, Einstiche in der Ellenbogenbeuge. Unter einem wolkenlosen Vollmond hatte ihr Mörder Hand an sie gelegt und den Odem der Sternengleichen brutal erstickt. Welche

Schuld ihr auch immer zuzuschreiben war – solch ein Ende hatte sie nicht verdient. Brandeisen verzagte. Die Welt war voller Gefahren, und es gab viele dunkle Orte in ihr. Doch wenn sich selbst das Schönste mit Leid mischte und verging – was blieb für die Sterblichen dann noch übrig, das des Bleibens lohnte?

»Anscheinend wollte sie fliehen.« Küps wies auf die Strecke, die Anna Plock vom WC bis zu den Farnen zurückgelegt hatte – sie hatte sich ihrem Mörder entziehen wollen, das lag auf der Hand.

Es gab also doch einen Dritten! Brandeisen hatte sich nicht getäuscht.

»Der Twingo ist professionell gefilzt worden«, sagte ein Kriminaltechniker. »Jemand hat die Verkleidung der Türen herausgerissen, die Fußmatten und so weiter, sogar die Sitze sind aufgeschlitzt. Der hat irgendwas gesucht.«

»Und nicht gefunden!«, durchfuhr es Brandeisen. Hoffnung erfüllte ihn mit neuem Leben. »Anna Plock hat den Schatz, der zuvor Fietkau gehörte, versteckt! Er muss hier noch irgendwo sein.«

»Das bilden Sie sich nur ein«, sagte Küps, der seinen Ermittlungspartner langsam für hochgradig spinös hielt.

Der Staatsanwalt betrat die – freie – Damentoilette. Er kontrollierte die Kabinen. Mondstrahlen leckten herein und spendeten spärliches Licht. In der zweiten Kabine bemerkte er einen vorspringenden Backstein. Er zog ihn heraus – und zusammengerollte Schriftstücke fielen ihm entgegen.

Der Geruch kam ihm bekannt vor. Moder. Muff von Tausenden, nein, eher Hunderten Jahren.

Brandeisen trug weiße Baumwollhandschuhe. Sein Büro glich einem Archiv. Überall lagen beschriebene Blätter herum.

Anna Plock hatte einen Stapel Papier mit ihrem Leben verteidigt. Er stammte, das entging selbst Küpsens ungeübtem Auge nicht, aus alter Zeit. Die Schrift ähnelte auffällig den Kopien, mit denen Fietkau die Wände seiner Studentenbude geschmückt hatte. Es konnte sich um nichts Geringeres als ein Originalmanuskript von E. T. A. Hoffmann handeln! Und nicht nur das. Aufgrund einer ersten kursorischen Lektüre kam Brandeisen zu dem Schluss, dass er hier einen bislang unbekannten Roman vor sich hatte.

Was für ein Glücksfall der Literaturgeschichte, von unschätzbarem Wert für die Fachwelt – und leider auch für Kreaturen mit niederen Beweggründen! Deshalb untersuchte Brandeisen die Handschrift in seinem Dienstzimmer. Niemand sollte vorerst davon erfahren.

Die einzigen Menschen, die das Manuskript zu Gesicht bekamen, waren Küps, die beiden neugierigen Rechtspflegerinnen und ein Professor der Bamberger Universität, in dessen Fachgebiet Hoffmann fiel: Kajetan von Welck. Brandeisen hatte den Hochschullehrer unverzüglich um seine Expertise gebeten.

Allesamt lasen sie nun das Manuskript. Der Umfang war beträchtlich – ungewöhnlich für Hoffmann, der eher in der kurzen Form zu Hause gewesen war, zumal in seiner Bamberger Zeit. Einen verbindlichen Titel gab es nicht. Der Autor hatte mehrere Entwürfe aufs Deckblatt geschrieben und jeden durchgestrichen. »Der Fluch des Alchimisten« stand ganz oben, gefolgt von »Gefangen in Askalon« und »Kultstätte des Todes«.

»Klingt alles superspannend«, sagte Küps. »Würd ich sofort kaufen.«

Brandeisen pflichtete ihm bei. »Angesichts der Seitenzahl hatte Hoffmann wohl eine Trilogie geplant. Ein findiger Verleger streckt das heutzutage gut und gern auf sieben Bände.«

Professor von Welck war anderer Meinung. »Offenbar haben wir es hier mit einer minderen Arbeit Hoffmanns zu tun, Unterhaltungsware zur Aufbesserung seiner notorisch klammen Finanzen. Schiller hat mit seinem *Geisterseher* ja Ähnliches versucht – und sich dann lieber Theaterstücken zugewandt, das brachte ihm höhere Honorare.«

»Trotzdem ist es ein außergewöhnlicher Fund«, entgegnete Brandeisen.

»Der auf einer Autobahntoilette gemacht wurde.«

»Ich stelle mir das so vor: Fietkau hat das Manuskript an einem verborgenen Ort im Hoffmann-Haus entdeckt, vielleicht sogar unter losen Dielenbrettern, warum nicht? Er verwahrte seinen Schatz bei sich zu Hause, sonst hätte er ihn herausgeben müssen – ein Idealist. Dann ist diese kleine Sensation in die Hände von Anna Plock gelangt –«

»Würde mich nicht wundern, wenn sich dieses Geschreibsel als Fälschung entpuppt«, sagte von Welck mit tiefer Stimme und schüttelte skeptisch den Kopf. »Am besten, Sie überlassen mir die Seiten zur weiteren Analyse. Die Archäologen sollen mithilfe der Radiokarbonmethode feststellen, ob es sich um Betrug handelt.«

»Die Archäologen?« Brandeisens Argwohn erwachte. »Die können doch Pergament nicht von Backpapier unterscheiden.«

»An meinem Lehrstuhl ist diese Loseblattsammlung jedenfalls in sicheren Händen. Darf ich Sie darauf hinweisen, dass von Amateuren gehobene Kunstschätze dem Bayerischen Staat gehören?«

Küps hatte sich bislang aus der Fachsimpelei herausgehalten. Aber das Argumentationsschema des Professors kam ihm verdächtig vor. Erst abwiegeln, dann drohen. »Und der Staat, das sind Sie?«

»Genau.« Von Welck lächelte gewinnend.

»Zufällig bin ich das auch. Und der Staatsanwalt hier. Und jeder, der sich für Hoffmann interessiert, nicht nur Beamte. Wir alle sind der Staat. Das nennt man Republik.«

»Sie machen mir Angst, Herr Kommissar. Sollte in Ihnen ein verkappter Kommunist stecken? Das wird man in München nicht gerne hören. Ich habe Freunde im Innenministerium ...« Von Welck schickte sich an, die Blätter einzusammeln.

Brandeisen wollte schon einschreiten, als ein Zwischenruf ertönte.

»Ist ja der Hammer!« Es war Daniela, die immer noch konzentriert las. »Wenn ich das auf Facebook poste ...«

»Unterstehen Sie sich!«

»Worum geht es denn in dem Roman?«, fragte Küps. Auf den Inhalt des apokryphen Werkes waren sie noch gar nicht zu sprechen gekommen.

Die Rechtspflegerinnen hatten sich über beide Ohren in das Opus vertieft. Doch sie waren etwas formulierungsschwach. Erst nach und nach ergab sich ein Bild. Aus der kleinen wurde eine große Sensation.

Das Manuskript handelte von einem jungen Zauberlehrling namens Henricius. Er entwickelte seine magischen Kräfte in einer Klosterschule weiter und entdeckte allmählich, dass ihm ein gewisser Waldemar, der sich der Nekromantie verschrieben hatte, nach dem Leben trachtete. Ein klassischer Vater-Sohn-Konflikt, angereichert mit allerlei mythischem Kolorit wie Drachen, Werwölfen, Zentauren und einem Dreiviertelriesen. Leider kamen auch liebeskranke Teenager vor, eine kindliche Truppe, die in einem *Fünf Freunde*-Roman besser aufgehoben gewesen wäre, wie Brandeisen meinte.

»Das ist astrein *Harry Potter*, Weltauflage 500 Millionen!« Marion hob beschwörend die Hände und erklärte die Parallelen zwischen Hoffmanns Roman und dem Bestseller von Joanne K. Rowling. Sie sprangen förmlich ins Auge. Schon der Name des Helden: Henricius ... Brandeisen indes ignorierte diesen Potter seit Jahren geflissentlich. Medienhypes waren ihm prinzipiell suspekt.

»Wenn herauskommt, dass Hoffmann die Idee dazu hatte ...«, fing Daniela an.

»Was soll da groß passieren?«, fragte Küps.

»Die Umsätze brechen ein. Und Rowling gilt bis zu ihrem Lebensende als Nachahmerin. Jedermann denkt doch, sie hätte abgeschrieben ...«

»... weil sie dieses Manuskript kannte. Oder eine Abschrift davon, die möglicherweise wirklich existiert. Hoffmann ging nach seiner Bamberger Zeit ja nach Leipzig, Dresden, Berlin. Wer weiß, ob dort nicht weitere Versionen des Romans versteckt sind – oder versteckt waren und schon früher gefunden wurden.« Brandeisen spann den Gedanken fort. »Wie auch immer: Niemand würde der *Potter*-Autorin glauben, sie stände als Plagiatorin da.«

»So etwas lässt man nicht gern auf sich sitzen«, meinte Küps.

»Es wäre am besten für sie, die Blätter aufzukaufen und zu vernichten, sie aus dem Verkehr zu ziehen. Den ehrlichen Finder würde sie natürlich fürstlich entlohnen.« Brandeisen blickte zum Professor. »Haben Sie ein Alibi für gestern Abend, 23.00 Uhr?«

»Unverschämtheit, das lasse ich mir nicht bieten!« Von Welck hatte die Diskussion mit einer Überraschung verfolgt, die nur gespielt sein konnte. Nach und nach war er näher an die Tür gerückt. Inzwischen hatte er einen Großteil der herumliegenden Blätter an sich gerafft.

Dem Staatsanwalt wurde nun klar, wer die dritte Person im Museum gewesen war und wie der von Hoffmann inspirierte Ausspruch richtig gelautet hatte: »Ins Kristall bald *sein* Fall!« Er klagte an: »*Sie* haben Fietkau in den Tod gestürzt! Und Anna war Ihre Komplizin.«

»Lächerlich.«

»Vermutlich haben Sie die arme Seele schon seit Langem mit – wie heißt das jetzt? – mit Credit Points geködert und in schändliche Bande gezwungen, deren sexuelle Natur genauer zu bezeichnen mir die Pietät verbietet. Doch Anna verliebte sich in den arglosen Studenten, der ihr von seinem Fund erzählte. Daraufhin verschaffte sie Ihnen Zutritt zu seiner Mansarde, möglicherweise in der Annahme, Sie als Hoffmann-Experte wüssten Rat, wie mit der Handschrift weiter zu verfahren sei. Und Sie wussten Rat! Solch eine Gelegenheit konnten Sie sich nicht entgehen lassen, da Ihr Vertrag mit der Universität ja bald ausläuft und Sie demnächst auf der Straße sitzen.«

»Was fällt Ihnen ein ...«

»Mir fällt so einiges *zu* aus der Personalabteilung meiner ehemaligen Alma Mater.« Brandeisen ging darauf nicht weiter ein. Seine Kontakte zur Univerwaltung beruhten auf einem mittäglichen Espresso im *Café Rondo* am Schönleinsplatz, dem Treffpunkt der Bamberger

Academia. »Um es kurz zu machen: Sie sind Fietkaus Mörder. Gemeinsam mit Anna besuchten Sie den Studenten, doch Sie allein beförderten ihn übers Geländer. Und da Sie sich nicht mit lästiger Sucherei aufhalten wollten, überließen Sie es Anna, das Manuskript zu finden. Dies gelang ihr nach einiger Zeit, als Sie, Herr von Welck, schon längst wieder im Hörsaal oder Ihrem Büro waren. Ich möchte mir die Gewissensnöte nicht ausmalen, die in Anna tobten, als sie das Versteck entdeckte. Welch übles Elixier vermochte es, ihr gleichermaßen Herz und Verstand zu trüben? Ich habe die Einstiche an ihrem Ellenbogen gesehen ...«

»Wollen Sie mich auch noch zum Drogendealer machen? Es wird immer absurder.«

»Ich bin gleich fertig: Gestern Abend, als Sie beide nach London fliegen wollten, um den schimpflichen Handel mit der *Potter*-Autorin perfekt zu machen, haben Sie Anna auf dem Weg zum Aeroport beseitigt. Damit Sie mit niemandem teilen mussten. Doch Sie rechneten nicht damit, dass Ihre Adeptin das Manuskript auf der Toilette verstecken würde, sodass Sie unverrichteter Dinge nach Bamberg zurückkehren mussten.«

»Sie sind ja verrückt!« Von Welck versuchte, fest zu klingen, welkte aber sichtlich dahin, als er sich von den grimmigen Gesetzeshütern umringt sah. Plötzlich verhärteten sich seine Züge, und er holte eine Pistole aus den Tiefen seines Jacketts. Die Waffe mochte noch aus seiner APO-Zeit stammen, die er zugunsten einer Karriere im Staatsdienst beendet hatte, um den Marsch durch die Institutionen anzutreten und ein willfähriger Reaktionär zu werden. Er lud durch. »Jetzt habt ihr die Scheiße, die ihr gewollt habt!« Zitierte er auch noch Andreas Baader?

Marion wurde es zu viel. Mit einem Karateschlag entwaffnete sie den Professor, während sich Daniela zu einer eingesprungenen Beinschere aufschwang und von Welck auf der Auslegeware festnagelte.

Es dauerte nicht lange, bis Küpsens Gehülfen eintrafen.

»Arrestzelle!«, gebot der Kommissar.

Und der Staatsanwalt fügte hinzu: »Verruchter! Hebe dich hinweg!«

Damit war der Fall gelöst. Küps hegte keinen Zweifel, dass die Spurensicherung genug gerichtsfestes Material auftreiben würde, um den Professor des zweifachen Mordes zu überführen. Das incroyable Manuskript wanderte ins Archiv der Staatsbibliothek, wo es an jedem Montag von 7.30 bis 7.45 Uhr für ausgewiesene Hoffmann-Forscher im Lesesaal eingesehen werden konnte. Ein Katalogeintrag war nicht vonnöten, fand Brandeisen, es hatte keinen Sinn, die Pferde scheu zu machen. Natürlich musste die breite Öffentlichkeit irgendwann die Wahrheit erfahren. Aber bis dahin blieb noch Zeit genug.

Aufgrund der Vakanz, die von Welcks Festnahme im Lehrkörper der Universität hinterlassen hatte, wurde Brandeisen vorübergehend zum Honorarprofessor berufen. Fürderhin durfte er sich endlos über Verlags- und Urheberrecht verbreiten. Und obwohl er sich als gestrenger Zuchtmeister verstand, nahm er sich vor, Credit Points mit goethescher Großzügigkeit zu vergeben. Denn wer die Augen offen hält, dem wird im Leben manches glücken, doch noch besser geht es dem, der es versteht, eins zuzudrücken.

Brandeisen hatte eine verschwiegene Hoffnung: In naher oder ferner Zukunft saß vielleicht ein lernwilliges

Individuum in seinem Seminar, das von Hoffmann begeistert war. Nach eingehender Prüfung würde er ihm (oder ihr) das propädeutische Rüstzeug nahebringen, welches dazu befähigte, die Romantik mit all ihren Imponderabilien recht eigentlich zu begreifen. Dann, und nur dann, würde er das Geheimnis lüften und Hoffmanns Roman aus dem Dornröschenschlaf erwecken. Ein kleiner Fingerzeig, und der junge, forschende Geist würde eine Entdeckung machen, auf die sich eine wissenschaftliche Laufbahn gründen ließ und deren Früchte die Welt bereicherten. Bis dahin sollte das Manuskript in der Staatsbibliothek schlummern wie so manch anderes Pretiosum aus vergangenen Jahrhunderten.

Als Zeichen der Versöhnung lud der Staatsanwalt die beiden Rechtspflegerinnen zu einem luxuriösen Abendessen ein. Er reservierte einen Tisch für drei in einem der besten Restaurants der Stadt und warf sich in seinen Smoking – wenn schon, denn schon. Auch Marion und Daniela hatten sich herausgeputzt. Zur Feier des Tages trugen sie knallgrüne Schlauchkleider, eine Reminiszenz an die schlangengleiche Serpentina aus dem »Goldnen Topf«. Dadurch zeigten sie wohl, dass sie Bambergs literarisches Erbe durchaus zu würdigen wussten.

Die Vorspeise kam, eine Terrine von der Königstaube à la Berganza, benannt nach Hoffmanns sprechendem Hund. Ja, sinnierte Brandeisen, auch Hilda hatte sich einst einen Spaß daraus gemacht, Tauben zu jagen. Doch die Taube *seiner* Herzensträume war unwiderruflich entflogen.

Die Beamtinnen ließen es sich schmecken. Zunächst leistete Brandeisen wortreich Abbitte und bedankte sich für die tatkräftige Hilfe in der Strafsache von Welck. Beim zweiten Gang, einer Totentrompetenessenz, räumte er sogar ein, dass *Harry Potter* gar nicht schlecht geraten sei, stellenweise zwar arg kompilatorisch, doch im Großen und Ganzen eine recht ordentliche Mär. Mit den Abenteuern, die er und Küps erlebten, könne das juvenile Werk allerdings nicht konkurrieren. »Sind wir uns darüber einig, dass die wirklichen Erscheinungen im Leben oft viel wunderbarer sich gestalten als alles, was die regste Fantasie zu erfinden trachtet?«

Marion und Daniela wechselten stumme Blicke und löffelten weiter ihre Totentrompetenessenz. Eine Leberknödelsuppe wäre ihnen zwar lieber gewesen, aber sie hatten sich vorgenommen, Brandeisen größtmöglich zu schädigen und nur die teuersten Gerichte zu bestellen. Zu jedem Gang tranken sie Champagner mit Eiswürfeln und Aperol. Den Kellner traf fast der Schlag.

Im weiteren Verlauf des Menüs war Brandeisen nicht mehr so recht bei der Sache. Lunissima wollte ihm nicht aus dem Kopf. Im Tod hatte sie noch zauberischer ausgesehen als im Leben. Niemals würden sie sich wiederbegegnen.

»Ich Unglücklicher«, dachte er. »Nun werde ich vergehen in Schmach und Elend.« Und er versank in eine Melancholie, an der auch die immer übermütiger sich gerierenden Rechtspflegerinnen in ihren hautengen Viskoseschläuchen nichts ändern konnten.

Doch plötzlich war ihm, als wehte eine Stimme durch das Zimmer: »Brandeisen«, schien sie zu flüstern, »glaube, liebe, hoffe!«

Froh pochte da sein Herz. Jeder Laut strahlte in den Kerker seiner Gefühle hinein. Und er merkte, dass nur die Erinnerung an Lunissima es war, die ihm den Aufenthalt auf Erden künftig erträglich machte. Ad hoc fasste er einen Entschluss: Sooft er konnte, würde er das Hoffmann-Haus besuchen und zum Poetenstübchen hinaufsteigen, um des wundersamen Augenblickes zu gedenken, als SIE in der Bodenluke erschienen war. Und wie von selbst stahl sich ein Gedicht in sein planetengroßes Cerebrum:

> Ich will mich lagern an dem Loche,
> Da wandelt täglich sie vorbei;
> Dann will ich reden als im Traume,
> Wie sie mein süßes Leben sei.

# Fluchtpunkt Sandkerwa

»Hal-lo! Hal-lo-oo!« Kommissar Küps schüttelte den schlaffen Körper zum wiederholten Mal durch. »Hören Sie mich?«

Die Schnapsleiche schlug die Augen auf. »Was'n los?« Staatsanwalt Brandeisen drehte sich vorsichtshalber weg. »Riecht nach Birnenbrand.«

»Zehn Willis! Und davor hammer Gaasmaßn getrunkn!« Mit einem hirnerweichten Lächeln richtete sich der junge Mann auf – und kotzte ins Gras der Uferböschung.

Brandeisen und Küps warteten geduldig, bis er seinen Mageninhalt von sich gegeben hatte. Derweil hielten sie nach Sanitätern Ausschau. Bei dem Kinderkarussell am Leinritt entdeckten sie einen mobilen Trupp. Nachdem sie dem Mann auf die Beine geholfen hatten, schleppten sie ihn am Gefängnis vorbei, das die Bamberger aufgrund seiner Lage direkt an der Regnitz »Café Sandbad« nannten, und ergötzten sich am Blick auf Klein-Venedig.

»Dabei bin ich heut gar nicht im Dienst«, moserte der Kommissar. »Wenn wir den Schluckspecht abgeliefert haben, genehmigen wir uns endlich ein Bier.«

»Mit dem größten Vergnügen, alter Freund. Nach den Kümmelbratwürsten vorhin wäre das genau das Richtige.«

»Ich hab aa scho widder Durscht«, lallte der schwankende Zecher, bevor ihn ein Rettungshelfer in Empfang nahm und prüfte, wie weiter zu verfahren war. Ein Transport ins Klinikum schien wohl nicht vonnöten zu sein. Solch verzweifelte Maßnahmen passten eher zum Oktoberfest.

Brandeisen und Küps stürzten sich wieder ins Getümmel. Wie durch ein Wunder fanden sie einen gerade frei gewordenen Tisch beim *Haus zum Engel*. Die resolute Wirtin stellte ihnen zwei Seidla hin. »Zum Wohl!«

Es war ein lauer Sommerabend Ende August, Tag zwei der Sandkirchweih. Alles schien darauf hinzudeuten, dass die Gratwanderung zwischen liebenswertem Volksfest und betreutem Besäufnis auch in diesem Jahr glücken würde. Um 18 Uhr war der Kirchweihbaum vor St. Elisabeth aufgestellt worden. Brandeisen und Küps hatten der Zeremonie wie immer beigewohnt. Es gab noch weitere feste Programmpunkte, die eingefleischte Sandkerwagänger niemals versäumten: Eröffnung im Festzelt, Fischerstechen und Hahnenschlag. Doch die meisten Touristen, die von nah und fern herbeiströmten, konnten mit den traditionellen Attraktionen wenig anfangen. Bei denen war einfach nur Dauerparty angesagt.

»Habt ihr noch Platz?«

Brandeisen wollte verneinen – zu spät. In Sekundenschnelle wurde der Biertisch von einer achtköpfigen Frauengruppe okkupiert. An den Rand gedrängt wie ein Hering musterte er die Neuankömmlinge.

Die Damen waren alle um die 30 und auf den ersten Blick durchaus ansehnlich. Sie hatten ein bisschen viel Schminke aufgelegt, ihre Parfümwolken nahmen einem fast den Atem, und sie trugen knappe, dirndlartige, vorwiegend neongrüne Kleidchen mit noch knapperen Blusen. Dadurch kamen nicht nur die Reize ihrer Anatomie zur Geltung, sondern auch zahlreiche Tätowierungen wie Rosen, Schmetterlinge und Delfine. Lebkuchenherzen hingen ihnen um die Hälse, beschriftet mit »Superhasi«, »Traumfrau« und »Toller

Käfer«. Kaum hatten sie sich niedergelassen, bestellten sie schon ein Tablett Jägermeister und machten Handyaufnahmen, als würden sie dafür bezahlt. Es war ein Quieken, Keckern und Kreischen wie in einer Kleintierpraxis.

»Wo seid ihr denn her?«, fragte Küps anstandshalber.

»Aus Poppenhausen in der Rhön«, lautete die Antwort, gefolgt von dröhnendem Gelächter wegen der anrüchigen Doppelbedeutung des Ortsnamens. »Bobbn, verschdesst? Mir schnaggseln gern.« Das Gelächter wurde infernalisch.

Brandeisens rechte Augenbraue zuckte.

Doch eine Frau unterschied sich von den anderen. Ihr »Dirndl« war pinkfarben und so tief ausgeschnitten, dass man meinte, bis zum Bauchnabel, wenn nicht gar weiter blicken zu können. Auf ihrem Lebkuchenherz stand »Schlussverkauf«, zahlreiche Unterschriften zierten ihre schulterfreie Bluse. »Bammela«, wie sie gerufen wurde, schien die Wortführerin der beschwipsten Truppe zu sein. Als der Jägermeister kam, schnappte sie sich ein Glas und rief: »Hamm alle was?«

Die neongrünen Sieben hoben ihre Stamperl. »Schdößla!«, gaben sie zurück.

»Ihr seid wie Milch!«

»Warum?«, erschallte es im Chor, offenbar ein Ritual.

»Wer euch stehen lässt ...«

»... der macht uns sauer!« Die Bande exte den Kräuterlikör und orderte unter großem Hallo Nachschub.

Den Staatsanwalt beschlich ein unheimlicher Verdacht: Sie waren in einen Junggesellinnenabschied geraten. Die Bammela, recte Pamela, sah wohl ihrer baldigen Verheiratung entgegen. Und bevor sie in den Stand der

Ehe trat, ließ sie es mit ihren Poppenhausener Freundinnen noch einmal richtig krachen.

Ein Albtraum wurde wahr. Eingekeilt zwischen der Wand des *Hauses zum Engel* und den Feierbiestern blieb Frankens scharfsinnigstem Ermittlerduo nichts anderes übrig, als gute Miene zum bösen Spiel zu machen. Hatte sich mitten auf der Sandkerwa ein Höllenschlund aufgetan, um sie zu verschlingen? Wie schlimm würde es kommen?

Schon schwenkte die Bammela ein winziges Textil, bei dem es sich nur um ihr Höschen handeln konnte. »Bereit?« Ihre volltönende Stimme reichte mit Leichtigkeit von der Rhön bis zum Grabfeldgau.

Die munteren Mädels machten sich unter dem Tisch zu schaffen. Nacheinander förderten sie diverse Erzeugnisse der Dessousindustrie zutage und warfen sie in die Mitte wie einen Wetteinsatz. Minidirndl konnten praktisch sein.

Daraufhin wandte sich eine hochgewachsene Bauernvenus dem stoischen Küps zu. »Was schaust'n so bös, Glaaner?«

Beiläufig ließ der Kommissar seinen Ehering aufblitzen.

»Dei Fangeisen stört mich net. Lass mich mol vo deim Bier dringn.«

Ruckzuck war das Seidla leer. Eine neue Runde Jäger kam – und Bier zum Nachspülen.

»Ich bin die Jasmin«, hauchte ein Fitnessstudio-Geschöpf, das neben Brandeisen saß. »Und aweng spitz bin ich fei aa.«

Er spürte eine Hand auf seinem Oberschenkel und erschauderte. Welche Ausschweifungen, ohne Zweifel sexueller Natur, kündigten sich hier an? Im Gegensatz zu diesen rolligen Landfrauen verstand er sich als echter Junggeselle, dessen Berührungsangst, auch Aphephosmophobie, sogar amtsärztlich beglaubigt war. Der Austausch von Körpersäften lag jenseits seiner Vorstellungskraft.

Eigentlich befürwortete Brandeisen die Emanzipation. Vor hundert Jahren hätte er sich gemeinsam mit den Suffragetten ans Tor der Ulanenkaserne gekettet und den Schlachtruf »Wir fordern die Hälfte der Welt!« skandiert. Aber mit der Frauenrechtsbewegung hatte das Gebaren der wenig damenhaften Damen nur entfernt etwas zu tun.

Er versuchte es mit Konversation. »Seit wann sind Sie denn in unserer schönen Stadt?«

Es stellte sich heraus, dass die Rhönerinnen schon seit Mittag auf der Piste waren. Der Staatsanwalt lenkte das Gespräch auf die Bamberger Sehenswürdigkeiten – »Im Dom warn mer noch net!« – und gewann dadurch Zeit.

Währenddessen trank der Kommissar mit der Bammela Brüderschaft. Seine Gattin befand sich auf Verwandtenbesuch im Fichtelgebirge, die hatte bestimmt Verständnis.

Die Alkoholversorgung riss nicht ab, und die beiden Kriminaler hielten mit, um die guten Beziehungen zwischen den fränkischen Stämmen nicht unnötig zu belasten. Als herauskam, dass Küps Bulle und Brandeisen Staatsanwalt war, kannte die Bewunderung der krimibegeisterten Rotte, allesamt *Tatort*-Fans, keine Grenzen mehr. Sie nahmen ihre Kerwatrophäen in die Mitte und bearbeiteten sie nach Kräften, allen voran Pamela, die vor dem Monogamiehorror anscheinend noch ein paar Kerben in ihre Bettkante ritzen wollte. Die Zimmer in einem nahegelegenen Hotel an der Markusbrücke seien schon seit Langem gebucht ...

»Was ist denn das?«, fragte Küps und horchte auf. »Hört sich an wie ein Hubschrauber.«

»Na und?« Die Bammela rieb sich an seiner Flanellhose, die er bei den Greiff-Werken verbilligt gekauft hatte. Es kam zu einem elektrostatischen Knistern.

Auch Brandeisen wunderte sich. Bislang war er mit ein paar Knutschflecken von Jasmin davongekommen, ohne in Schreikrämpfe oder Schnappatmung zu verfallen. »Ungewöhnlich, dass die so niedrig fliegen«, sagte er. »Vielleicht eine Rettungsaktion?«

Doch die Rotorgeräusche bewegten sich in eine Richtung, die tabu war: zum Knast. Dort feierten die Gefangenen der Bamberger Justizvollzugsanstalt gerade ihr Sandkerwa-Grillfest. Einmal im Jahr hatten sie nicht nur eine Stunde Hofgang, sondern zwei – ein Zugeständnis an die Qualen, denen sie durch Bratwurstdünste und lautstarken Kerwatrubel ausgesetzt waren.

»Wir müssen da mal nach dem Rechten sehen.« Der Kommissar sprang auf.

»Do simmer dabei«, verkündete die Bammela und bezahlte die gesamte Zeche. Geschlossen setzte sich die bunte Schar in Bewegung.

Brandeisen und Küps schoben sich mit gezückten Ausweisen durchs Gedränge. Am Elisabethenplatz angelangt beobachteten sie das Unglaubliche. Ein schwarzer Hubschrauber ohne Kennung schwebte dicht über ihren Köpfen, in einer Höhe von vielleicht 20 Metern. Langsam näherte er sich der JVA. Schließlich verharrte er direkt über dem Innenhof. Eine Maschinengewehrsalve war durch den Lärm zu vernehmen. Um die Wachen einzuschüchtern, vermutete Brandeisen. Dann wurde ein Stahlseil heruntergelassen.

»Das ist ein Ausbruch!«, schrie Küps. »Jemand versucht zu fliehen.« Doch seine Worte gingen im allgemeinen Tumult unter.

Kurz darauf sah man, wie ein Mann hochgezogen wurde und in den Hubschrauber kletterte. Die Maschine drehte sofort ab und entfernte sich Richtung Neuer Residenz. Eine Bilderbuch-Flucht. Das Ganze war so schnell gegangen wie ein Solo-Sie.

»Hinterher!«, brüllte Küps in dem Bewusstsein, dass seine Kollegen noch keinen blassen Schimmer hatten, was Sache war. Kostbare Minuten würden verstreichen, in denen der Hubschrauber über alle Berge verschwand. Und davon gab es in Bamberg ja mehr als genug.

Plötzlich verspürte Brandeisen ein flaues Gefühl im Magen. Unweit der Apoll-Skulptur des Großkünstlers Markus Lüpertz stützte er sich an der Kirchenmauer ab und übergab sich. Küps tat es ihm gleich. Sie reiherten sich die Seele aus dem Leib.

Als sie die Kontrolle über ihre Verdauungssäfte zurückerlangten, waren die Rhönweiber wie vom Erdboden verschluckt.

»Was jetzt?«, fragte Brandeisen.

»Verfolgung.« In Küps erwachte der Jagdtrieb. »Wir greifen uns diesen Knastbruder.«

»Meinen Sie, dass wir Unterstützung rufen sollten?«

»Brauchen Sie einen Arzt?«, protestierte der Kommissar.

»Na, dann los!«

Obwohl noch etwas wacklig auf den Beinen, rannten sie die Elisabethenstraße hoch. Am Ottoplatz wollte es der Zufall, dass ein Anwohner gerade die Tür seines parkenden Smarts öffnete.

»Kripo Bamberg, schau, dass d' verschwindst!«, rief Küps.

»Ihr Wagen ist beschlagnahmt«, ergänzte Brandeisen, nahm dem verdutzten Mann die Autoschlüssel ab und setzte sich ans Steuer. Küps möhrte sich umständlich in den Beifahrersitz, dann starteten sie durch.

Mit Karacho ging es hinauf zum Domplatz. Auf Verdacht bog der Staatsanwalt in die Obere Karolinenstraße ein und bretterte über das Kopfsteinpflaster stadtauswärts, am Torschuster vorbei und weiter über den Jakobsberg.

»Wo fliegen die hin?«, überlegte der Kommissar.

»Vermutlich riskieren sie es nicht, lange in der Luft zu bleiben, das wäre zu auffällig. Je früher sie landen, desto besser. Irgendwo außerhalb, nehme ich an.«

Die beiden wurden in dem Kleinwagen durchgeschüttelt wie in einem Würfelbecher. Brandeisen knallte mit dem Kopf andauernd gegen den Dachhimmel, Küps tanzte korkengleich auf und ab. Erneut regte sich Übelkeit.

Der Kommissar klappte das Handschuhfach auf, spie hinein und schloss es rasch. »Warum ist uns bloß so schlecht? Das waren doch nur ein paar Seidla.«

Auch Brandeisen forschte nach Gründen für das Spontanerbrechen, während er den Smart die steil ansteigende Wildensorger Straße hochpeitschte und weitere Speiseröhreneruptionen unterdrückte. »Vielleicht hat uns jemand etwas ins Bier getan.«

»Das waren bestimmt diese Kerwaluder! Wenn ich die erwisch!«

»Aber wieso? Welchen Nutzen sollten diese, wenn auch ordinären, so doch harmlosen Geschöpfe daraus ziehen –«

»Uns lahmzulegen?« Küps zuckte mit den Schultern. »Ist doch klar: Weil die Schiss vor uns haben.«

»Vor den besten Gesetzeshütern weit und breit! Von denen bekannt ist, dass sie auf der Sandkerwa ihre Kreise ziehen.« Brandeisen dämmerte es. »Wir mussten ausgeschaltet werden, damit die Flucht reibungslos über die Bühne ging. Eine konzertierte Aktion. Der Junggesellinnenabschied war nur Tarnung. Pamela und ihre Freundinnen sind Komplizinnen des Ausbrechers.«

»Gut, dass wir uns davor noch die Kümmelwörscht reingedreht haben. Die haben das Gift – oder was das war – fast aufgesaugt.«

»Es geht doch nichts über solides Metzgerhandwerk.« Der Smart quälte sich eine Hügelkuppe hoch, die Bamberg von Wildensorg trennte. In der Ferne kam der Hubschrauber in Sicht. Brandeisen drückte das Gaspedal durch und kachelte bergab.

»Da hinten landet der Sack!« Küps deutete auf einen brachliegenden Acker am Rande des Michelsberger Waldes. »Die wollen auf einen Fluchtwagen umsteigen. Silberner Van.«

Brandeisen bremste scharf ab. An einer Engstelle gondelte ihnen zwischen parkenden Autos ein unförmiges Gefährt entgegen: der berüchtigte Sechs-Hügel-Bus, der schon so manch braven Fahrzeuglenker schnurstracks in die Nervenklinik getrieben hatte. Plötzlich blieb der gelbblaue Kasten stehen.

»Das gibt's doch nicht. Der hat den Motor abgewürgt!« Küps drohte mit der Faust, doch die Straße war blockiert. Nicht einmal der schmale Smart passte mehr durch.

Kostbare Minuten verstrichen. Da auch die Sicht versperrt war, mussten sie machtlos mit anhören, wie der Hubschrauber aufstieg und weiterflog. Nach einer halben Ewigkeit fuhr der Bus wieder an und schaukelte der Anklageschrift wegen Behinderung eines Polizeieinsatzes entgegen, die Brandeisen schon im Geiste formulierte. Ein paar Wimpernschläge später bogen sie in das Wohngebiet am Schlagfeldweg ein. Nach 200 Metern hörte die Bebauung auf, und das Aurachtal erstreckte sich vor ihnen in spätsommerlicher Fülle. Als sie den Landeplatz des Hubschraubers erreichten, stiegen sie aus.

Neben dem Feldweg lagen Reste von schwarzer Folie auf dem Acker.

»Damit haben die den Hubschrauber abgeklebt«, sagte Küps. »Das Ding könnte jetzt völlig unverdächtig aussehen, wie eine Maschine vom ADAC oder dem Roten Kreuz.«

»Überaus professionell.« Brandeisen runzelte die Stirn. »Ich frage mich, wer da wohl stiften gegangen ist. Das Café Sandbad ist doch kein Hochsicherheitsgefängnis, da sitzen keine Schwerverbrecher ein.«

»Abgesehen von Kurt Scharthammer. Den haben wir doch kürzlich verhaftet, wegen Steuerhinterziehung.«

»Stimmt!« Brandeisen begriff. »Jetzt ergibt das Ganze einen Sinn.«

Scharthammer ... Der Klang dieses Namens ließ jeden aufrechten fränkischen Gesetzeshüter erblassen. Drogenbaron, Zuhälterkönig, Schutzgeldmogul, Schmugglerfürst – die Synonyme für den Erzschurken waren so zahlreich wie seine Betätigungsfelder. Von Schweinfurt aus kontrollierte er fast alle kriminellen Aktivitäten der Region. Doch Brandeisen und Küps hatten ihm nie etwas nachweisen können, was vielleicht daran lag, dass Scharthammer auch als Bestechungspapst galt und die halbe Polizei schmierte. Nur aufgrund eines geringfügigen Deliktes war er ihnen ins Netz gegangen: Er hatte »vergessen«, eine Reihe neuer Mitarbeiterinnen aus dem Gunstgewerbe für Lohnsteuer und Sozialabgaben anzumelden. Wegen seiner zahlreichen Vorstrafen und einer machohaften Renitenz hatte Brandeisen Beugehaft erwirkt. Der zuständige Richter war senil und deswegen immun gegen jede Vorteilsnahme im Amt, die ihm von Scharthammers Schergen in Aussicht gestellt wurde, als da wären: Ibiza, Gratispuffbesuch und dergleichen mehr.

Doch ein Scharthammer ließ sich nicht einsperren. Er hatte einen Ruf zu verlieren: Wenn bekannt würde, dass ein kniefieseliger Provinzstaatsanwalt ihn festzusetzen imstande war, konnte er nicht mehr auf Gefolgschaft rechnen. Keiner hätte mehr Angst vor ihm – und Angst war die Währung, die in seinem Geschäft zählte.

Oder er befürchtete, Brandeisen würde noch mehr über seine Machenschaften ausgraben, während er Thrombosestrümpfe verpackte – das war die Arbeit, die es für Häftlinge im Knast gab. Einmal hinter Gittern, kam man unter Umständen nicht so leicht wieder heraus. Und die Kollegen Drogenbarone aus Nürnberg, Aschaffenburg und Hof rieben sich die Hände. Schon jetzt liefen viele lukrative Deals an ihm vorbei.

Scharthammer hatte mehr als genug Gründe für eine spektakuläre Flucht, das wurde Brandeisen und Küps klar. Sie mussten ihn fassen. Aber wie?

Die Reifenspuren des Fluchtwagens führten in den Michelsberger Wald. Noch war die Spur heiß, Eile tat Not. Küps, von Statur kräftig-quadratisch, bog die Beifahrertür des Smarts nach außen und riss sie ab. So konnte er der Fährte besser folgen.

Mit Schrittgeschwindigkeit tuckerten sie in die grüne Hölle, und schon bald beschatteten mächtige Baumriesen den in der Abenddämmerung stetig dunkler werdenden Pfad. Das Fluchtfahrzeug schien schwer beladen zu sein, die Abdrücke der Reifen waren ungewöhnlich tief. Küps beugte sich hinaus, damit ihm keine Richtungsänderung entging.

Eine Weile fuhren sie die Waldwege entlang. Überhängende Äste schienen mit uralter Zaubermacht nach dem hobbitgroßen Smart zu greifen und ihn mit einem einzigen knorrigen Griff zerquetschen zu wollen. Fledermäuse umschwirrten die beiden Ermittler, und nicht wenige Käuzchen entboten ihnen einen unheilvollen Gruß.

Der Kommissar erwies sich buchstäblich als Spürhund. An einer Gabelung, wo es nach Kolmsdorf, Weipelsdorf und zu anderen fernen Gemarkungen ging, die für eine unauffällige Flucht mehr als geeignet waren, fiel ihm eine frische Spurrinne auf. Sie wies zurück nach Bamberg.

»Kein Zweifel möglich?«, fragte Brandeisen.

»Nein, die sind hier abgebogen. Todsicher.«

Also fuhren sie zurück ins fränkische Rom und harrten der Gefahren, die sie dort erwarteten. Der Smart streifte Holzstapel am Wegesrand und nahm jedes Schlagloch mit, die Achse ächzte bedenklich, das Kühlwasser kochte. Mehrmals prüften sie, ob sich der Ausbrecher nach Bischberg oder Gaustadt abgesetzt hatte. Doch die Spuren waren eindeutig.

Sie verließen den düstren Forst und befragten eine Spaziergängerin, die gerade ihren Rauhhaardackel Gassi führte. Ja, ein silberner Van sei gerade an ihr vorbeigestochen.

»Scharthammer will noch auf die Sandkerwa«, sagte Küps. »Das lässt er sich nicht nehmen.«

»Außerdem ist es der Ort, wo man ihn jetzt am wenigsten vermutet.« Brandeisen knirschte mit den Zähnen. »Aber wir werden ihm die Suppe versalzen.«

Sie brausten die St.-Getreu-Straße hinunter, schossen durch die Storchsgasse und näherten sich über den Jakobsberg ihrem Zielgebiet. Dann fanden sie den silbernen Van. Er parkte unterhalb vom Torschuster. Leer.

Als sie dem zunehmend übel riechenden Smart entstiegen, machte die Achse endgültig die Grätsche. Aus Sympathie schloss sich die Karosserie an, und das Ding fiel auseinander. Mit einem letzten Zischen gab der überhitzte Motor seinen Geist auf.

»Ein tapferer Geselle«, sagte der Staatsanwalt. »Aber diese Kleinwagen sind nicht für uns gebaut.«

Zu Fuß setzten Brandeisen und Küps die Verfolgung fort. Inzwischen herrschte auf der Sandkerwa Ausnahmezustand. An allen Zugängen waren Polizeiautos aufgefahren. Nach und nach traf Unterstützung von Forchheim und Bayreuth ein. Das Volksfest wurde abgeriegelt. »Als ob das etwas nützt!«, klagte Brandeisen. Jeder, der herauswollte, wurde kontrolliert. Aber wer hineinwollte, durfte seltsamerweise passieren. Bullenlogik.

»Wohin jetzt?«, fragte Küps. »Scharthammer könnte überall sein. Wir suchen nach der Stecknadel im Heuhaufen.«

Sie standen wieder am *Haus zum Engel*, Untere Sandstraße, mitten im Geschehen.

»Servusla«, intonierte höchst undeutlich ein Mann mit glasigem Blick und einer allzu bekannten Birnenbrandfahne. »Ich bin der Maddin.«

Der Staatsanwalt staunte nicht schlecht über das erneute Zusammentreffen. Manchmal hatte das Universum in einer Nussschale Platz. »Was für eine Freude, Sie wiederzusehen. Geht es Ihnen besser?«

»Bassd scho.« Der Maddin rülpste geräuschvoll. »Möcht ihr a Schnäbbsla?« Auf diese Weise bedankte sich ein Franke für die Rettung vor einem Erstickungstod à la Jimi Hendrix.

Nach all der Aufregung sagten Brandeisen und Küps nicht Nein. Sie ließen den Kurzen, den die Engel-Wirtin eilends servierte, seine Wirkung tun und fühlten sich spürbar erquickt.

Der Maddin strahlte. »Gell, der geht nunder wie Öl.«

Auch Küps wusste, wie klein die Welt sein konnte, vor allem in Bamberg. Einen Versuch war es wert. »Hast du den Scharthammer gsehn? Wasst scho, den Gangster aus Schweinfurt.«

Pause. Dann erhellte sich das gerötete Gesicht. »Der Kurt? Der is unten am Leinritt, beim *Mainseidla*.«

»Geh zu!«

»Normalerweis hockt er immer vorn am Katzenberg und gibt Runden aus. Oder im *Schlenkerla*. Aber heuer hält er sich a weng zurück.«

Das *Mainseidla* war eine Bierspezerei aus Breitengüßbach, die in der Nähe des Kinderkarussells ausgeschenkt wurde, vor einem jüngst renovierten Fischerhäuschen. Dort hatte ein neuer Stand aufgemacht, unter privater

Führung, mit wenigen Tischen. Für Scharthammer der ideale Ort, um unerkannt die Sandkerwa zu besuchen. Die unmittelbare Nähe zum Knast schien ihn besonders zu reizen. Dadurch drehte er der Polizei eine lange Nase.

»Verbindlichsten Dank«, sagte Brandeisen und wandte sich dem Kommissar zu. »Sollen wir Ihre Kollegen verständigen? Das Haus umstellen lassen? Spezialeinheiten anfordern?«

»Bloß nicht! Sonst funken uns die Bayreuther dazwischen. Das erledigen wir lieber selbst.«

Gesagt, getan. Sie begaben sich in die Höhle des Löwen.

Zurück ins Gedränge. Zweimal um die Ecke gebogen, dann schlichen sie sich gegen den Wind an den Ausschank heran wie Waidmänner auf der Pirsch nach einem kapitalen Hirsch. Gerade einmal zwei Biertische standen unter einem Pavillon, voll besetzt mit gedrungenen, dem Gerstensaft eifrig zusprechenden Gestalten. Doch von Scharthammer war nichts zu sehen.

»Wolld'er was dringn?«

»Später.« Glücklicherweise kannte Küps den Betreiber dieser Lokalität, einen baumstarken, aber gutmütigen Eggolsheimer. »Is der Kurt da?«

»Den hab ich hinten im Innenhof platziert, damit mer ihn net sicht, den oldn Schnallentreiber.« Mit diesen Worten ließ der furchteinflößende Mann die Ermittler durch.

»Scharthammer hat sich richtig eingeigelt.« Brandeisen schob sich durch einen schmalen Gang. »Was machen wir, wenn er Widerstand leistet?«

Küps schnappte sich einen Bierkrug aus dem Spülbecken. »Dann hau ich nä die Schlöbbn nauf.«

Wenn der Kommissar ins heimische Idiom verfiel, war Schluss mit lustig. Meist ließen dann offene Kieferbrüche und angeknackste Hirnschalen nicht lange auf sich warten.

Es bot sich ihnen ein Anblick, der die Anspannung löste. Scharthammer saß mit den Rhönweibern an einer Biergarnitur, friedlich wie ein Gänseblümchen. Die Bammela räkelte sich auf seinem Schoß und strich ihm liebevoll über den Glatzkopf.

Als er Küps sah, trank er sein Seidla aus. »Ich hob scho gwusst, dass ihr mich wieder eifangt. Dem Brandeisen und dem Küps kummst net aus, hob ich zu meiner Madla gsacht, des sin zwaa Verregger, die spürn dich überoll auf.« Selig betrachtete er seinen Krug. »Aber wenigstens hob ich a Sandkerwabier in Freiheit dringn gekönnt.«

Die »Madla« schauten etwas bedröppelt drein. Offenbar schämten sie sich, die Kriminaler mit K.-o.-Tropfen hinters Licht geführt zu haben.

»Der ganze Aufwand wegen eines einzigen Bieres?«, fragte Brandeisen ungläubig.

»Des wor's mer wert.«

»Ihnen, als Schweinfurter?«

»Ich bin doch im Sand geborn! In der Kasernstrass. A Sandkerwa ohne den Kurt, des gibt's net.«

»Du bist scho a Hund«, versetzte Küps, und mit dieser Respektbezeugung war alles gesagt. Scharthammer ließ sich widerspruchslos abführen, während das Team Poppenhausen in Heulen und Wehklagen verfiel und weitere Festnahmen wegen Strafvereitelung und Körperverletzung befürchtete. Doch Brandeisen ließ die höschenlosen Sirenen unbehelligt. Wie sagte schon der

Philosoph Luc de Clapiers, Marquis de Vauvenargues? »Großherzigkeit ist der Klugheit keine Rechenschaft über ihre Motive schuldig.«

Sie lieferten Scharthammer ohne viel Aufhebens an der Pforte der JVA ab. Die Wachleute beglückwünschten ihn zu dem Fluchtversuch. Hubschrauber und Maschinengewehr – das hatte dem Café Sandbad einen Hauch von Alcatraz verliehen. Morgen würde der *FT* wegen Interviews anrufen, niemand war zu Schaden gekommen.

Daraufhin meldete sich bei Brandeisen und Küps der Hunger. Schließlich waren ihre Mägen so leer wie das Stadtsäckel, wenn die örtliche Kulturszene um Almosen nachsuchte.

»Ein Schäuferla käm jetzt grad recht«, schlug der Kommissar vor.

»Auf der Sandkerwa, so nah am Fluss?« Der Staatsanwalt war anderer Ansicht. »Mir steht der Sinn mehr nach Makrele. Scomber scombrus.«

»Die schwimmen in der Regnitz ja schwärmeweise rum.«

Egal, sie holten sich zwei fachgerecht gegrillte Fische von dem Stand unter der Markusbrücke und setzten sich ans Ufer am Leinritt. Inzwischen war es dunkel geworden, Klein-Venedig erstrahlte in Festbeleuchtung.

Der freundliche Eggolsheimer brachte ihnen zwei Mainseidla, und auf einen Schlag war alles gut. Erneut hatte das Gesetz über das Verbrechen gesiegt, der Schweinfurter Pate saß wieder hinter Schloss und Riegel. Dummerweise musste man diesen Smart-Besitzer irgendwie entschädigen. Aber wer solche Kisten fuhr, war selber schuld.

Im Schein der bunten Lichterketten setzten sich zwei Kerwabesucherinnen an ihren Tisch. Sie trugen luftige Sommerkleidchen. Sommerkleidchen waren etwas Schönes, vor allem bei Anbruch der Nacht.

Man wechselte Blicke. Lächelte.

Brandeisen, inzwischen schwer angeheitert, kam ins Schwärmen. Ein schwarzer Helleninnenkopf und Mähnenpracht, kastanienbraun! Gesichtszüge wie gemeißelt, Marmorschmelz auch auf den Schulterpartien, und die jungen Rehzwillinge weideten unter Rosen und rundeten sich zum Pläsier des Betrachters. Hier lockte geistvolle Gesellschaft.

Durch und durch enchantiert suchte Brandeisen nach einer Gesprächseröffnung. Auf Altgriechisch fiel ihm nichts Passendes ein. Vielleicht Italienisch? Qual buon vento vi porta qui? Welch guter Wind führt euch hierher? Von Küps kam keine Hilfe, der war über seiner Makrele eingepennt.

Brandeisen wollte gerade zu sprechen beginnen.

Doch die Mähne war schneller.

»Kummt ihr aa vo Rattelsdorf?«

# Alle Neune auf Norderney

Ein weiteres Tablett mit Kurzen war fertig. »Hiegel, hagel, hugel – Prost!« Die Westfalen konnten es kaum erwarten, ihre Gläser zu heben.

An einem Nebentisch drehte Staatsanwalt Brandeisen die Augen zur Decke. »Worauf haben wir uns da bloß eingelassen?«

Kommissar Küps zuckte mit den Schultern. »So sind eben die Gebräuche. Früher hab ich im Polizeisportverein auch so manchen Pudel geschossen und keinen einzigen Kegel erwischt. Das zieht dann flüssige Strafen nach sich.«

Eine stark alkoholisierte Männergruppe scharte sich um den Tresen und grölte bei jeder neuen Runde Schnaps, als gäbe es etwas umsonst. »Was macht der Franz mit der Axt? Holz, Holz Holz!« Gelächter. Trinken. So ging es schon seit Stunden. Was die Westfalen nicht wussten: Sie standen unter Beobachtung.

Brandeisen und Küps saßen in der Hotelbar namens *Seehund*. Am Nachmittag waren sie per Fähre nach Norderney übergesetzt und hatten im *Vier Jahreszeiten* Quartier bezogen, einem Haus mit eigener Kegelbahn. Brandeisen insistierte auf zwei Einzelzimmern, denn das hartnäckigste Ermittlerpaar Frankens war nur ausgeruht voll einsatzbereit. Und das war nicht gewährleistet, wenn Küps wie ein Walross schnarchte. Dagegen half nicht mal Ohropax.

»Meinen Sie, einer von diesen Kerlen ist unser Mann?«, fragte der hoch aufgeschossene Staatsanwalt.

»Wenn der mit einem ganzen Klub hier ist, würde ihn das ziemlich einschränken.«

»Wäre aber eine gute Tarnung. Wie wir wissen, geht der Kegelkiller äußerst raffiniert vor.«

Der Kommissar runzelte die Stirn und faltete die Hände buddhagleich über seinem Bierbauch. »Raffiniert? Was ist an eingeschlagenen Schädeln denn raffiniert?«

Nichts anderes als die Jagd nach einem Mordverdächtigen führte das ungleiche Duo mitten im Februar zum »St. Moritz der Nordsee«. Norderney war nämlich nicht nur für seine Strände, das Watt und den Leuchtturm bekannt. Die Insel galt auch als beliebter Kurort – und als wahres Mekka für Freunde der gepflegten Kugel. Zuhauf strömten Kegelklubs von nah und fern auf das Eiland, um dort ihrem Hobby nachzugehen und dabei mal fünfe – oder eher alle neune – gerade sein zu lassen. Das Pensum, welches die Vereine so wegsoffen, ging auf keine Kuh- bzw. Robbenhaut.

Doch kein Paradies ohne Schlange. Seit einigen Monaten erschütterte eine beispiellose Mordserie diese urdeutscheste aller Sportarten, der schon Schiller in Weimar gefrönt hatte. Ein brutaler Killer trieb sein Unwesen auf den Bohle-, Asphalt- und Scherenbahnen überall im Lande. Zuletzt hatte er in Bamberg zugeschlagen, und zwar buchstäblich: Uschi Zenkel, eine der Topspielerinnen des Bundesligateams SKC Victoria, war mit zertrümmerter Gehirnschale aufgefunden worden. Tatwaffe: ein schwerer, stumpfer Gegenstand, offenbar eine Kegelkugel.

Brandeisen und Küps hatten sogleich im Milieu recherchiert und einen schrecklichen Zusammenhang erkannt: Uschi war nicht das erste, sondern das sage und schreibe achte Opfer eines perfiden Killers. Die Blutspur, die er hinterließ, zog sich durch das gesamte Bundesgebiet, und immer waren es Keglerinnen, die unter Zuhilfenahme einer mörderischen Kugel ins Jenseits befördert wurden.

»Man muss kein Freudianer sein, um zu bemerken, dass diese Gräueltaten sexuell konnotiert sind.« Brandeisen trank einen Schluck Melissentee. »Wenn Frauen fortwährend Phallussymbole umschmeißen, muss sich das für einen Psychopathen mit einem entsprechenden Komplex wie Kastration im Akkord anfühlen.«

»Sie mit Ihrem Intellektuellenscheiß«, raunzte Küps. »Alle Mordopfer waren Asse in ihrem Sport. Da könnte doch eine Konkurrentin neidisch geworden sein und sich vorgenommen haben, die Besten in der Rangliste vor ihr abzuräumen.«

»Grau, *mon commissaire*, ist alle Theorie.«

»Da drüben sitzen sie beisammen.« Der Kommissar wies auf einen langen, ausschließlich weiblich besetzten Tisch. »Die deutsche Nationalmannschaft der Frauen. Stark dezimiert, aber inzwischen sind ja einige in die Top Ten nachgerückt. Dieses Jahr verbringen sie ihr Trainingslager auf Norderney. Deswegen sind wir hier. Und eine von ihnen ist die Täterin, da bin ich mir sicher.«

Brandeisen widersprach. »Vermutlich ist eine das nächste Opfer. Wir sollten noch einmal die Männer in ihrem Umfeld überprüfen.«

»Hat doch nichts ergeben. Freunde, Ehegatten, Trainer – alle haben Alibis. Wir können nur abwarten, was passiert.«

Abwarten – diese Taktik verfolgte auch ein Sondereinsatzkommando des LKA Niedersachsen, mit dem Brandeisen und Küps zusammenarbeiteten. Die Kollegen saßen an einem Ecktisch, von wo aus sie den ganzen

*Seehund* im Blick hatten. Unter der Führung von Kommissar Malte Trauernicht, einem wortkargen Ostfriesen, ließen sie die Keglerinnen nicht aus den Augen. Die Amtshilfe aus Franken hielten sie für ausgemachten Blödsinn. In den Zimmern der Damen, die Verdächtige und Lockvögel zugleich waren, hatten sie Kameras und Wanzen angebracht. Lückenlose Überwachung.

Doch am ersten Abend passierte ebenso wenig wie an den nächsten drei Tagen, kein Killer trat in Erscheinung. Der Ablauf war stereotyp: Morgens gingen die Keglerinnen an der Strandpromenade joggen, gefolgt von zwei Trainern und einem Physiotherapeuten – und von Brandeisen und Küps, der dafür einen Golfcart organisiert hatte. Die LKAler hechelten zu Fuß hinterdrein. Dann stand Kegeln auf dem Programm bis zum Lunch im *Vier Jahreszeiten*. Nachmittags machten die Herrinnen der Kugel gemeinsame Ausflüge auf der Insel, um daraufhin wieder zu kegeln. Anschließend Abendessen und Ausklang an der Bar. Die westfälische Trinkertruppe wurde von Pfälzern, Schwaben, Sachsen und anderen Hotelgästen abgelöst, die sich mal aufdringlicher, mal galanter, stets aber erfolglos an die Profi-Keglerinnen heranmachten, ansonsten änderte sich nichts.

»Vielleicht sind wir zu dicht dran«, sagte Brandeisen bei einer Lagebesprechung. »Das schreckt den Killer ab.«

»Oder die Killerin«, korrigierte Küps.

Stumm schüttelte Kommissar Trauernicht den Kopf.

»Sind Sie anderer Meinung, werter Kollege?«, wollte der Staatsanwalt wissen. »Bislang haben Sie und Ihre Leute sich ja nobel zurückgehalten.«

»Dat is Schietkram. Die ganze Überwachung.«

»So? Und warum?«

»Der Killer schlächt nich auf Norderney zu. Weil dat ne Insel is. Da kommt er nich mehr wech, wenn wir ihm mal auf den Fersen sind.«

»Verstehe. Und wenn er sich mit einem Boot davonmacht?«

»Auf See können wir den viel schneller orten als an Land – Radar.« Trauernicht machte eine bedeutungsvolle Pause, als sei Radar ein technisches Wunderwerk. »Nee, wir vertun hier nur unsere Zeit.«

Die Argumentation des LKA-Mannes hatte etwas für sich, fand Brandeisen. Doch war er nicht so weit in den Norden gereist, um nach ein paar Tagen aufzugeben. »Wir kommen hier schon zurecht. Fahren Sie ruhig zurück nach Hannover, wenn dort Dringenderes auf Sie wartet.«

Das ließen sich die Niedersachsen nicht zweimal sagen. Mit einem knappen »Moin!« zum Abschied brachen sie die Zelte ab und verschwanden mit der nächsten Fähre Richtung Festland. Nur Trauernicht II blieb auf seinem Posten, ein Neffe des ungnädigen Kommissars, der in einem Observationswohnmobil die Kamera- und Wanzenaufzeichnungen verfolgte und im Fall des Falles Alarm schlagen sollte.

»Die wären wir los.« Küps atmete auf. »Haben mich ganz nervös gemacht mit ihrer Schweigerei.«

Brandeisen blickte zu den Keglerinnen hinüber. Sie saßen im Hotelrestaurant und aßen zu Mittag. »Scheint so, als brächte nichts unsere Zielpersonen aus dem Konzept. Langsam frage ich mich, ob es nicht besser wäre, die Damen einzuweihen.«

»Niemals! Wir halten Abstand wie vereinbart. Die müssen sich ganz natürlich verhalten, sonst hat die Aktion keinen Sinn.«

»Ob denen schon aufgefallen ist, dass wir sie beschatten? Nach dieser Mordserie haben sie bestimmt eine Heidenangst.«

»Aus diesem Grund bleiben sie ja unter sich und bandeln mit niemandem an. Die sind quasi in Klausur.«

»Wer ist denn Ihrer Ansicht nach das nächste Opfer?«

»Die aktuelle Nummer eins«, meinte Küps. »Ludmilla Plösen.« Er wies auf eine stämmige Rothaarige, der es sichtlich schwerfiel, die Avancen der Urlauber in der Bar abzuwehren. Keglerinnen waren ja selten Kinder von Traurigkeit.

»Und die mutmaßliche Täterin?«

»Nummer zwei natürlich, Gesine Bous.«

»Die blonde Kugelgöttin mit dem Rapunzelzopf?«

»Genau.«

Gesine war eine wahre Meisterin im Abräumen. Wenn sie Anlauf nahm, erzitterten die Kegel förmlich und fielen fast von alleine um. Sie wirkte auch ehrgeiziger als ihre Sportskameradinnen. Und sie teilte mit Ludmilla das Zimmer.

»Was ist mit den anderen acht?«, fragte Brandeisen.

»Können wir vernachlässigen. Die sind nur Beiwerk.«

»Glauben Sie, dass es auf der Kegelbahn passieren wird?«

»Zu viele Zeugen«, sagte Küps. »Nein, das ist eine Frage der richtigen Gelegenheit. Wir brauchen Geduld.«

Für den nächsten Tag war eine Wattwanderung angesetzt. Das brachte die Franken in arge Verlegenheit, da sie auf ihr lieb gewonnenes Golfcart verzichten mussten. Also schlüpften sie in Gummistiefel und harrten der Dinge. Es sollte mit der Fähre nach Norddeich gehen und mit dem Bus weiter nach Neßmersiel, einem

Dorf auf dem Festland. Von dort erfolgte dann die Watt-überquerung zurück nach Norderney – ohne Begleitung durch Trainer und Betreuer.

»Moin, moin!«, rief Kommissarsanwärter Trauernicht II, als die beiden Ermittler gerade die Fähre betreten wollten. Der junge Mann war ganz aufgeregt. Um sechs Uhr in der Frühe, so seine Auskunft, habe er ein merkwürdiges Telefonat aus Zimmer 17 aufgezeichnet, wo Ludmilla und Gesine logierten. Ein Anruf von außen, Ortsgespräch, tiefe, männliche Stimme. »Das Ei ist im Möwennest.« Mehr nicht.

»Muss ein Code sein«, sagte Küps. »Aber wofür steht er? Und für wen war er bestimmt, für Ludmilla oder Gesine?«

»Schwer zu sagen«, erwiderte Trauernicht II. »Es hat sich nur jemand mit ›Ja‹ gemeldet.«

»Heute wird es ernst.« Brandeisen richtete sich zu seiner vollen Größe auf. »Ab jetzt ist höchste Wachsamkeit geboten.«

Sie setzten mit der Fähre nach Norddeich über. Während die zehn Keglerinnen und ihr Wattführer einen bereitstehenden Kleinbus bestiegen, winkte der Staatsanwalt ein Taxi herbei. Die Fahrt nach Neßmersiel und weiter zum Hafen dauerte eine Viertelstunde. Es herrschte Niedrigwasser, ein steifer Nordwest blies, der Himmel war bleigrau. Jeder hatte sich dick eingepackt – im Winter konnte es an der Waterkant recht ungemütlich werden. Von Weitem sah man den Leuchtturm von Norderney. Die Wanderung begann.

Brandeisen und Küps gaben der Gruppe einen kleinen Vorsprung. Dann folgten sie den Spuren im Schlick. Das fiel ihnen gar nicht so leicht, denn die Damen waren flott unterwegs – Sportlerinnen eben.

»Eine Geschwindigkeit legen die vor ...«, schnaufte der kurzbeinige Kommissar und beobachtete einen Krebs, wie er davonwackelte. »Wie weit ist es denn bis Norderney?«

»Drei Kilometer Luftlinie. Aber die halten sicher ein bisschen nach Westen, um in der Mitte der Insel anzukommen.«

»Und das einem alten Plattfuß wie mir.«

Brandeisen schritt raumgreifend aus. »Schluss mit dem Genöle! Die frische Luft tut Ihnen gut.«

Küps fluchte und fügte sich in sein Schicksal. Verbissen stapfte er Meter für Meter vor sich hin. Doch nicht nur die beiden Kriminaler, sondern auch die Keglerinnen schienen unterschiedliche Auffassungen vom Gehtempo zu haben. Allmählich zog sich die Gruppe immer weiter auseinander. Der Wattführer gab grob die Richtung an, ging aber ganz hinten und unterhielt sich mit den Nachzüglern. Die Spitze bildeten Ludmilla und Gesine, erkennbar an einer pinken und einer leuchtend grünen Jacke.

»Sehen Sie unsere Zielpersonen da vorne? Wir verlieren den Anschluss«, mahnte Brandeisen.

»Da kann ich auch nicht helfen!« Küps hyperventilierte, bei jedem Schritt versank er knöcheltief im Schlick. »Das Zeug ist nicht für einen Franken gemacht.«

»Ihr Lokalpatriotismus nervt.«

»Gehen Sie doch voraus!«

»Mit dem größten Vergnügen!«, gab der Staatsanwalt zurück. »Ich nehme eine Abkürzung.«

Gesagt, getan. Bis nach Norderney waren es noch circa fünfhundert Meter. Der Weg durchs Watt beschrieb einen weiten Bogen. Brandeisen entschied sich für die Direttissima.

Doch er hatte nicht mit Prielen und schlammigen Stellen gerechnet, die sein Vorankommen immer wieder verzögerten. Wie ein Austernfischer aus der Gattung der Wat-, Möwen- und Alkenvögel stakste er an den Hindernissen vorbei. Als er den Kopf hob, erreichten Ludmilla und Gesine gerade das Ufer.

Woraufhin das Unvermeidliche geschah. Eine schwarze Gestalt erhob sich aus den menschenleeren Dünen, der Statur nach ein Mann. Offenbar trug er einen Surferanzug für niedrige Temperaturen. Mit der rechten Hand schwang er eine Kegelkugel und stürzte sich auf die Frau in Neongrün.

Gesine wandte sich zur Flucht. Nach zehn, zwanzig Metern blieb sie im Schlick hängen und fiel hin. Schon war der Killer über ihr. Er holte weit aus und versetzte seinem Opfer einen furchtbaren Hieb. Dann machte er sich Richtung Leuchtturm im Inselinneren davon.

Nach ein paar Minuten trafen Brandeisen und Küps fast gleichzeitig bei der panisch kreischenden Ludmilla ein. Sie hatte den feigen Anschlag wie angewurzelt mitangesehen, der Staatsanwalt und die anderen Keglerinnen konnten sie kaum beruhigen – während der Kommissar das neunte Opfer vorsichtig untersuchte. Gesines schlaffer Körper, vor allem ihr Kopf, steckte im Watt. Er drehte ihn mit einem schmatzenden Geräusch auf die Seite.

»So einen Schlag überlebt niemand«, sagte er. Der Abdruck der Kegelkugel war im Schlick deutlich zu sehen. »Hier kann man nichts mehr tun.«

»Sicher?«

»Ich fürchte: ja. Schnappen wir uns den Killer.« Brandeisen bedeutete Küps, ihm zu folgen.

»Und wie sollen wir den kriegen? Wo ist er hin?«

»Zum Flugplatz, der liegt nur einen Kilometer entfernt. Seine Exitstrategie. Keine Fragen jetzt, Bewegung!«

»Am besten nehmen Sie meinen Buggy«, sagte der Wattführer. Er hatte den Ernst der Lage erfasst, deutete auf ein Gefährt, das in Strandnähe geparkt war, und warf Küps den Schlüssel zu.

Das seltsame Vehikel kam ihnen gerade recht. In Windeseile bretterten sie zum Parkplatz Ostheller. »Das Ei ist im Möwennest«, erläuterte Brandeisen. »Eigentlich ganz einfach. Das Ei steht für die Kegelkugel, das Mordinstrument. Damit ist der Killer heute Morgen auf Norderney gelandet, im Möwennest, also auf dem Flugplatz. Die Botschaft lautet entschlüsselt: Alles bereit. Kann losgehen.«

»Heißt das, Ludmilla ist seine Komplizin?«

»Möglich.«

Am Flugplatz angekommen, der eher eine große Wiese mit ein paar Asphaltbahnen war, erspähte Küps ein startendes Sportflugzeug. Es war nur eine einmotorige Maschine, Typ fliegender Rasenmäher. Der Pilot trug einen schwarzen Surferanzug. Er hatte nicht mal die Kapuze abgenommen.

Unbarmherzig durchpflügte der Strandbuggy den mageren Rasen. »Drücken Sie drauf!«, rief Brandeisen.

Die Cessna beschleunigte und drohte abzuheben. Doch der Kommissar holte auf und setzte sich daneben. Ein Schlenker mit dem Lenkrad – Rammkurs. Der Frontschutzbügel des Buggys kickte das Flugzeug von der Startbahn in die Botanik.

Es war ein Leichtes, dem vom Unfall benommenen Kegelkiller Handschellen anzulegen. Brandeisen verständigte das LKA Niedersachsen und ordnete an, Ludmilla Plösen festzunehmen, damit die norddeutschen Kollegen auch noch zum Zuge kamen.

Darüber wurde es Abend auf Norderney. Die Wolken verzogen sich, und eine milde Februarsonne ging über der Kimm unter.

»Radar«, sagte Trauernicht I gedehnt. »Als die Flut kam, wollte die Mittäterin an Bord eines Krabbenfischers fliehen. Aber wir haben sie kurz vor dem Festland erwischt.«

Es stellte sich heraus, dass Ludmilla im Zuge der nächsten Ranglistenaktualisierung hinter Gesine zurückgefallen wäre. Bei dem Kegelkiller handelte es sich um einen verrückten Fan, der ihr jeden Wunsch von den Augen ablas und ihre sportlichen Konkurrentinnen nur allzu gern beseitigt hatte. Die beiden hatten gewissermaßen die Rollen getauscht: Ludmilla baute die Kegel auf, und ihr brutaler Freund räumte sie ab.

»Wir lagen beide richtig«, sagte Brandeisen. »Es war ein Serienkiller, aber er wurde von einer der Top-Ten-Keglerinnen angestiftet. Man sollte Stalker nie zu Geliebten machen. Dabei kommen nur Psychopathen heraus.«

»Ich werd's mir merken«, sagte Küps. »Für den Fall, dass ich mal gestalkt werde.«

»Was für ein Glück, dass Gesine Bous noch lebt. Der Schlick hat den Hieb mit der Kugel abgeschwächt, sie kam mit einer Gehirnerschütterung davon.«

»Robuste Naturen, diese Keglerinnen.«

»Das Watt hat sie gerettet«, meinte der Staatsanwalt. »Bleiben wir doch noch ein paar Tage auf Norderney. Wir könnten zum Ostende der Insel laufen, das ist ein schöner Spaziergang. Nur vierzehn Kilometer einfach.«

»Sie und ich? Ohne Golfcart?«
»Natürlich.«
»Nie im Leben.«

# Bei Aufguss Mord

Ein Schweißtropfen rann über den Nasenrücken von Kommissar Küps. Er rann und rann, Millimeter für Millimeter. Über Poren und Äderchen, Talgdrüsen und Nervenendigungen. Über einen kleinen Leberfleck. Endlich erreichte er die Nasenspitze, die im Falle des Kommissars weniger eine Spitze war als vielmehr die Wölbung eines knollenförmigen Riechkolbens. Der Tropfen blieb dort hängen und schien zu überlegen, ob er herunterfallen sollte.

Staatsanwalt Brandeisen beobachtete ihn gebannt. Er musste an das Pechtropfenexperiment von Brisbane, Australien, denken. Dabei handelte es sich um einen Langzeitversuch zur Erforschung des Fließverhaltens von Pech. Seit 1930 hatten sich insgesamt acht Tropfen der zähen, teerartigen Substanz abgelöst, zuletzt am 28. November 2000. Geradezu fieberhaft erwartete die Fachwelt den neunten fallenden Tropfen.

Küps verharrte regungslos, sein Bierbauch fühlte sich an wie ein Fesselballon. In der Feuersauna betrug die Temperatur 95 Grad. Jede Bewegung zu viel konnte einen Kollaps und Schlimmeres auslösen.

Es war der 23. Dezember. Ein ungewöhnlich krimineller Advent hatte die Nerven des Ermittlerduos fast zerrüttet. Wer in Bamberg schnell noch einen Mord oder zumindest eine Körperverletzung mit Todesfolge begehen wollte, bevor das alte Jahr zu Ende ging, war unter seinem Stein hervorgekrochen und in Aktion getreten. Doch Brandeisen wusste, dass sie aus dem Gröbsten noch lange nicht heraus waren. Weihnachten bot reichlich Anlass, den familiären Genpool ein wenig zu dezimieren. Nach dem Auspacken der Geschenke kam es in Franken häufig zu Disputen, die mit dem Hausbeil oder der Kettensäge ausgetragen wurden – getreu dem Sprichwort: »Alte Schuh' verwirft man leicht, alte Sitte schwerlich weicht.«

Deshalb waren Brandeisen und Küps zur Therme Obernsees gefahren: um vor den Feiertagen die Akkus aufzuladen. Das Wellnessparadies lag in der Nähe von Hollfeld, tief in der Fränkischen Schweiz, und verfügte über sage und schreibe sieben verschiedene Schwitzräume. Die beiden hatten klassisch mit der Finnischen Sauna »Silentium« begonnen. Nach einer Ruhephase waren sie in die Blockhaus-Sauna gegangen. Dann hatten sie ihre geplagten Leiber für eine Weile ins Sole-Sprudelbecken gesenkt. Den Abschluss sollte die sogenannte Feuersauna bilden. In der Mitte des kreisförmigen Raumes loderte ein Kaminfeuer, durch schmale Fenster konnte man die Hügellandschaft der Umgebung sehen. An diesem Vormittag war in Obernsees wenig los, Entspannung pur.

Der Schweißtropfen hing immer noch an der Nase des Kommissars. Brandeisen hingegen transpirierte nur verhalten. Er maß fast zwei Meter und war ganz gut in Form. Aufgrund seiner durch die Hitze geröteten Haut ähnelte er einem Flamingo. Aus den Augenwinkeln nahm er die anderen Saunagäste wahr, die sich in den letzten Minuten zu ihnen gesellt hatten.

Sie waren vorwiegend weiblich. Als überzeugter Junggeselle konnte er den offen zur Schau gestellten Brüsten und Schamteilen wenig abgewinnen. Er wunderte sich jedoch über eine neue Mode, die überhandnahm wie der

Holzeinschlag im Regenwald: die Totalenthaarung des Intimbereichs.

»Schauen Sie mal nach rechts«, raunte er seinem alten Freund zu.

Küps schwieg und schwitzte.

»Lila Handtuch ...« Damit meinte er eine junge Dame, die sich nackt auf der obersten Saunabank ausgestreckt hatte und ihre Epilationsergebnisse ungeniert präsentierte. Vielleicht war sie auf der Suche nach einem Heiratskandidaten. Oder feierte sie nur ihre Weiblichkeit?

Einen Meter daneben unterhielt sich ein mittelaltes Pärchen auf Englisch. Auch hier hatte der Rasierapparat gerodet, was zu roden war. Bei Männern sah es besonders grotesk aus. Dem Staatsanwalt fiel eine Natur-Doku ein, die Babyferkel kurz nach der Geburt gezeigt hatte.

»Hier geht es zu wie auf dem Bauernmarkt«, flüsterte er.

Der Kommissar kämpfte stumm mit dem Kreislauf. Glücklicherweise saß in seinem Sehkreis nur ein Geschöpf, das sich mit einem Handtuch von der Größe eines Schiffssegels verhüllt hatte. Langes, feuchtes Haar hing der Frau ins Gesicht, sie starrte ins Leere. Ganzkörperentblößung schien ihre Sache nicht zu sein.

Zum 76. oder 77. Mal blickte Küps auf die Sanduhr in der Hoffnung, dass er seine Viertelstunde Höllenqualen endlich abgesessen hatte. Plötzlich wurde die Tür aufgerissen. Ein Mitarbeiter der Therme, erkennbar an Polohemd, Shorts und Sandalen, stürmte herein.

»Die sind alle tot!«, keuchte er aufgebracht. »Überall Leichen!«

»Was sagen Sie da?«, fragte Brandeisen.

»In der Biersauna ...« Der Mann konnte sich kaum auf den Beinen halten. Er wurde von einem Hustenanfall geschüttelt. »Ein Massaker! Polizei!«

Der Schweißtropfen des Kommissars fiel herunter – und hinterließ einen großen Fleck auf dem Holzboden. Die hereinströmende kalte Luft weckte die Lebensgeister. »Kripo Bamberg«, brummte Küps. »Immer mit der Ruhe.«

Eigentlich waren Brandeisen und Küps in Obernsees gar nicht zuständig. Aber da sie nichts Besseres zu tun hatten, konnten sie zumindest den Tatort besichtigen. Sie schlüpften in ihre Bademäntel.

Die übrigen Gäste der Feuersauna wollten schleunigst verschwinden. Brandeisen brachte sie zusammen mit anderen beunruhigten Gästen zur Rezeption. Dort ordnete er an, dass die Ausgänge bis auf Weiteres verschlossen werden mussten und wegen dringenden Mordverdachts niemand das Thermengelände verlassen durfte. Er verständigte die Bayreuther Kollegen und rief einen Krankenwagen.

Küps ließ sich unterdessen von dem geschockten Mann zur Biersauna führen und nahm die Personalien auf.

»Rüdiger Seiß, Fachangestellter für Bäderbetriebe. Ich arbeite hier schon seit meiner Ausbildung, aber so was ist mir noch nie passiert. Heiliges Blechla!«

Die Tür zur Biersauna stand offen. Der Kommissar scheuchte ein paar hartnäckige Schaulustige weg und warf einen Blick hinein. »Massaker« stimmte. Hier hatten nicht weniger als fünf Personen das Zeitliche gesegnet.

Küps zählte vier nackte Leichen, drei davon weiblich, jung – und überaus ansehnlich, wie er trotz der gebotenen

Pietät konstatierte. Sie mussten eng beieinander gesessen haben, denn ihre Körper wirkten so, als seien sie einträchtig darniedergesunken. Bei Nummer vier handelte es sich um einen kleinen Dicken. Er hatte eine ähnliche Statur wie Küps und lag auf dem Bauch, ein paar Meter von den Nymphen entfernt. Das fünfte Todesopfer war angezogen: ein anderer Thermenmitarbeiter, direkt neben dem Saunaofen. Seine Finger umklammerten ein weißes Handtuch.

»Das ist der Nüssleins Michel«, erklärte Seiß mit heiserer Stimme, »unser neuer Aufgießer. Ich hab noch kontrollieren wollen, ob er alles zur Zufriedenheit gemacht hat. Und dann steh ich vor diesem Friedhof.«

»Sie bleiben hier.« Küps zog seine Adiletten aus und betrat den Tatort barfüßig, um ihn so wenig wie möglich zu kontaminieren. Er fühlte Nüssleins Puls – nichts. Die drei Schönheiten hatten ebenfalls ihre letzten Atemzüge getan. Und dem Dicken hing die Zunge so effektvoll aus dem Mund, dass auch bei ihm keinerlei Zweifel bestand. »Die schauen aus, als wären sie erstickt.«

Brandeisen stieß hinzu und machte sich ein Bild von der Lage. »Ich glaube, wir stehen hier vor einem kriminalistischen Rätsel.« Er klatschte freudig in die Hände. »War der Aufguss zu heiß?«

»Blödsinn.« Seiß räusperte sich vernehmlich. »Daran ist noch niemand gestorben, jedenfalls nicht bei uns. Das war kein Unfall.«

»Aber anscheinend hat es diese armen Teufel alle gleichzeitig erwischt ...« Küps ging in die Hocke und untersuchte den Bottich, den Nüsslein für seinen letzten Aufguss benutzt hatte. Die Flüssigkeit roch nach Rauchbier – wie die gesamte Sauna. »Was ist da drin? Schlenkerla?«

Das »Schlenkerla« war eine Bamberger Traditionsbrauerei, als deren Spezialität ein dunkles Märzenbier galt. Der rauchige Geschmack entstand, indem das Malz über brennendem Buchenholz gedarrt wurde.

»Laut Aufgussplan war Rauchbier um elf Uhr an der Reihe«, sagte Brandeisen. »Ist das überhaupt gesund?«

Seiß fühlte sich in seinem Element. »Das Mischungsverhältnis beträgt eins zu neun. Neun Teile Wasser, ein Teil Bier. Dadurch entsteht ein Geruch nach gebackenem Brot und Schinken. Unsere Gäste lieben das.«

»Der Bottich muss ins Labor«, sagte Küps. »Vielleicht wurde da noch mehr zugesetzt als Rauchbier. Zum Beispiel ein geruchloses Gift, das die Atemwege angreift. Wir können von Glück sagen, dass es durch die offene Tür zu einem Luftaustausch gekommen ist.« Ein besorgter Blick zu Seiß. »Wahrscheinlich haben Sie was abgekriegt. Sie müssen sofort in ärztliche Behandlung.«

»Der Krankenwagen trifft bald ein. Bleiben Sie so lange an der frischen Luft.« Brandeisen dirigierte Seiß zu einer Liegestuhlgruppe im Freien, der Kommissar folgte.

Von der Terrasse bot sich ihnen eine herrliche Aussicht, die lästigen Zuschauer hatten sich verzogen. Sie nahmen Platz, legten die Füße hoch und genossen die kühle Brise, während die Leichen in das erste Verwesungsstadium eintraten. Die Ermittlung begann.

»Fünf Tote«, meinte Küps. »Das hat sich gelohnt.«

»Fragt sich nur, wer von den fünfen das eigentliche Ziel war. Oder glauben Sie, die hatten alle eine Gemeinsamkeit, aufgrund derer sie sterben mussten? Zeugen in einem Mordfall? Erben eines großen Vermögens?«

»Für den Anfang würde es reichen, wenn sie sich einfach nur kannten.«

»Wir müssten erst einmal die Identität der Opfer feststellen. Aber das überlassen wir lieber den Kollegen.«
Der Staatsanwalt machte eine seiner rhetorischen Pau-
sen. »Ich wage nämlich schon jetzt zu behaupten, dass
wir es hier mit einem Kollateralverbrechen zu tun haben.
Einer der fünf sollte ins Jenseits befördert werden, der
Rest war nur zur falschen Zeit am falschen Ort.«

Küps kannte den besserwisserischen Tonfall des
Staatsanwalts nur allzu gut. »Sie haben doch schon einen Verdacht. Raus mit der Sprache!«

»Ist Ihnen an dem Adipösen etwas aufgefallen?«

»Dem Adi-was?«

»Lesen Sie keine Zeitung?«

»Das Lokalblatt, und da auch nur den Sport.«

»Aber Sie sind doch gut katholisch?«

»Was soll das nun wieder heißen?« Küps ging nur
noch an Weihnachten in die Kirche, und zwar in die Mit-
ternachtsmesse – die er jedoch meist in seinem Fernsehsessel verschlief.

»Der Dicke ist kein Geringerer als Monsignore Pirmin
Löffelsterz, päpstlicher Visitator und Sonderermittler. Er
sollte im Auftrag des Vatikans die Finanzen des Erzbis-
tums Bamberg überprüfen und Fälle von Verschwen-
dungssucht aufdecken. Sein Foto ging durch die Presse.«

»Das ist ja hochbrisant!« Der Kommissar verarbeitete
diese Information. Mit dem Klerus hatte er sich schon
lange nicht mehr angelegt. Schaudernd erinnerte er sich
an seine letzte Beichte im zarten Alter von 14 Jahren,
als ihn ein Karmelitenpater wegen ein paar harmloser
Prügeleien und der Lektüre einschlägiger Hochglanz-
magazine zusammengestaucht hatte. Die daraus resul-
tierende seelische Erschütterung hatte ihn einst in den

Polizeidienst und in die Ehe getrieben. Ergab sich hier eine Gelegenheit, es den Schwarzröcken heimzuzahlen? »Und was machte dieser ... Monsignore in Obernsees?«

»Saunen«, gab Brandeisen knapp zurück. »In Kirchenkreisen ein überaus beliebter Zeitvertreib nach dem Motto ›Nicht anfassen, nur gucken‹.«

»Das hätte er doch auch in Bamberg haben können.«

»Dort war er inzwischen aber zu prominent. In Obernsees konnte er eher sein Inkognito wahren. Aus dem gleichen Grund sind *wir* doch hier. Oder meinen Sie, ich zeige mich im Bambados, unserem bei Jung und Alt beliebten Familienbad, unbekleidet?«

»Auch wieder wahr.«

Der Staatsanwalt nickte begütigend. »Sicher wollen Sie meine Ausgangshypothese hören ...«

»Dann legen Sie mal los.« Küps seufzte.

»Löffelsterz ist bei seinen Nachforschungen auf etwas gestoßen, das dem Domberg gar nicht in den Kram passte. Schauen Sie sich allein die Bauprojekte aus der jüngsten Vergangenheit an. Das neue erzbischöfliche Archiv – ein Protzbau! Das Priesterseminar – braucht niemand mehr in dieser Dimension, aber kostspielig renoviert. Und das ist bestimmt nur die Spitze des Eisbergs. Bei dem letzten Börsencrash hat die Kirche wahrscheinlich Millionen in den Sand gesetzt. Von den Unterhaltszahlungen für diverse illegitime Kinder ganz zu schweigen.«

»Na und? Das fällt doch alles unter laufende Kosten.«

»Der Monsignore wurde einigen Leuten zu unbequem. Wer weiß, was er alles herausgefunden hat? Ich sage nur: Hexenverbrennungen. Wenn der Bischof Wiedergutmachung leisten müsste für all die Flammentode und Enteignungen, die durch seine Vorgänger vor 400 Jahren veranlasst wurden, ginge das richtig ins Geld.«

»Zum Beispiel durch den Bau eines Hexenmuseums, das wäre das Mindeste.«

»Und den Tatort haben Sie ja selber gesehen. Löffelsterz starb in einer öffentlichen Sauna, in Gesellschaft dreier nackter Sexgöttinnen. Das gibt Gerede und diskreditiert ihn zusätzlich.«

Küps geriet ins Grübeln. »Damit hätten wir ein Motiv. Aber wie wurde der Monsignore umgebracht? Und wer hat es getan?«

»Das Wie ist einfach«, schaltete sich Seiß ein, der sich mittlerweile erholt hatte. »Unten neben der Rezeption des Saunabereichs gibt es einen Teamraum. Da stehen Kanister für die Aufgüsse bereit, mit entsprechenden Aufklebern. Könnte doch sein, dass jemand den Rauchbier-Aufguss durch einen vergifteten ausgetauscht hat.«

»Und dieser Jemand hat im Vorhinein gewusst, dass Löffelsterz den Aufguss um elf mitmacht?«, fragte der Kommissar ungläubig.

»Ich hab den Mann schon oft hier gesehen. Der hatte feste Gewohnheiten.« In Seiß erwachte der Detektiv. »Außerdem könnte der Täter quasi in letzter Sekunde zugeschlagen haben. Er hat beobachtet, wie Löffelsterz in die Biersauna ging, ist dann schnell runter in den Teamraum und hat seinen Giftkanister platziert, bevor ihn Nüsslein für den Aufguss mitgenommen hat.«

»Bravo, mein Lieber«, applaudierte Brandeisen. »Wenn Sie sich beruflich verändern wollen, hätte ich einen Job für Sie.«

Seiß errötete. »Man hält nur die Augen offen.«

»Und wer soll es gewesen sein?«, fragte Küps. »Die Schaulustigen aus dem Ruhebereich, die ich weggeschickt habe?«

Der Staatsanwalt spitzte die Lippen. »Ohne sie zu befragen, nehme ich an.«

»Dazu war keine Zeit vor der Tatortbegehung.«

Brandeisen erhob sich aus seinem Liegestuhl und schnürte den Bademantel enger. »Der oder die Mörder hielten sich ganz in der Nähe auf. Vielleicht sogar in der Feuersauna ...«

Weiter kam er nicht. Der Geschäftsführer der Therme stieg die Stufen zum erhöhten Biersaunabereich herauf. »Was um Himmels willen ist hier los?«

Küps zeigte ihm die Toten und erklärte nur so viel wie unbedingt nötig.

»Scheußliche Sache.«

»Wir stecken gerade mitten in der Fallanalyse«, mahnte der Staatsanwalt.

»Aber die Leute sind total aus dem Häuschen. Die spielen mir komplett verrückt!«

»Sorgen Sie bitte dafür, dass sich alle Saunagäste zur Vernehmung bereithalten. Geben Sie Freigetränke aus, das hat noch jeden Franken gefügig gemacht.« Brandeisen schickte den Mann zusammen mit Seiß weg. »Wir verlassen uns auf Sie!«, rief er ihnen hinterher.

Ein winterlicher Windstoß machte den beiden Gesetzeshütern bewusst, dass es untenrum etwas kühl wurde. Bibbernd begaben sie sich wieder in die Feuersauna und ließen die Tür offen stehen, um nicht ein weiteres Mal gesotten zu werden.

»Na dann«, fing der Kommissar an. »Wer steckt hinter diesem Fünffach-Mord? Würde mich nicht wundern, wenn Sie schon eine Anklage parat hätten.«

Brandeisen machte eine raumgreifende Geste, als wollte er die Personen, die hier bis vor Kurzem noch geschwitzt hatten, heraufbeschwören. »Gehen wir die Verdächtigen durch. Das lila Handtuch. Typ Femme fatale, möglicherweise die Vertraute eines Domkapitulars, der den Monsignore auf eigene Rechnung über den Jordan schicken wollte.«

»Wer so aussieht, lässt sich doch nicht mit den Weihrauchschwenkern ein«, wandte Küps ein. »Das wäre ja die pure Verschwendung.«

»So? Dann haben Sie die Vorzüge der jungen Dame also bemerkt? Standen Sie vorhin nicht kurz vor dem Hirntod?«

»Aber blind bin ich noch nicht. Weiter.«

»Das mittelalte Pärchen. Kam mir gut eingespielt vor. Die sprachen Englisch.«

»Und?«

»Nehmen wir mal an, dass konservative Kreise im Vatikan etwas gegen Löffelsterz haben. Die greifen doch gern auf ehemalige CIA-Agenten oder Opus-Dei-Leute zurück. Zwei Auftragskiller, das wäre eine todsichere Lösung. Einer beobachtet den Aufgießer, während sich der andere um das Gift kümmert.«

»Nette Verschwörungstheorie. Sie mögen's wohl *ganz* groß?« Küps lächelte nachsichtig. »Bleibt noch die Frau, die sich in ihr Badetuch gewickelt hat wie in eine Burka. Die ist *meine* Favoritin.«

»Warum?«

»Es könnte doch jemanden geben, der sich seit Langem zu unserem Monsignore hingezogen fühlt. So ein Schwesterlein, das ihm auf Schritt und Tritt folgt? Dadurch erklärt sich ihre Schamhaftigkeit. In Wahrheit ist sie eine Art Todesnonne. Sie erträgt es nicht, dass Sankt

Pirmin mit nackten Weibern Umgang hat. Zurückgewiesene Liebe. Manche Frauen macht das zu Furien.«

»Schauen Sie immer noch diese Billig-DVDs mit dem gesammelten Kitsch der Neuzeit?«

»Man muss doch auf dem Laufenden bleiben!«

Bleiernes Schweigen folgte. Wenn's ans Spekulieren ging, konnten sich Brandeisen und Küps mit den durchgeknalltesten Thrillerautoren messen. Doch momentan wussten sie nicht weiter.

Die Sirene eines Krankenwagens ertönte. Bald würden auch die Rivalen der Bayreuther Polizei eintreffen. Viel Zeit blieb ihnen nicht mehr, den Fall zu lösen.

»Schauen wir uns noch mal die Leichen an«, schlug Brandeisen vor. »Das hilft immer.«

»Von mir aus.«

Durch eine Fensterfront fielen nunmehr Sonnenstrahlen in die Biersauna – mit einem erstaunlichen optischen Effekt, was die drei toten Fräuleins betraf.

Es war, als umhülle Marmorschmelz die Idealmaße des dahingegangenen Trios und brachte wohlgeformte Schultern, Taillen, Brüste, Gesäße und Schöße erst jetzt angemessen zur Geltung. Nun war Brandeisen gewiss kein Freund der Nekrophilie. Doch was sich hier zu einem finalen Fest der Sinne übereinandergelagert hatte, hingegossen, verschwendet an den Sensenmann, weckte seinen Kunstsinn. Er kannte seinen Lovis Corinth und erst recht seinen Raffael. »Drei Grazien!«, entfuhr es ihm in Anspielung auf die berühmten Gemälde gleichen Titels. »Was für ein Jammer! Vanitas vanitatum.«

»Behalten Sie Ihre lateinischen Sauereien für sich«, knurrte Küps, der selber an sich halten musste, er war ja kein Mönch.

Plötzlich erschien Rüdiger Seiß in der Tür. Er hatte das Mädchen von der Rezeption im Schlepptau.

»Wissen Sie, wer die drei sind?«, fragte er aufgeregt.

Brandeisen und Küps tauschten verständnislose Blicke.

Das Mädchen stellte sich in fränkischer Diktion als »die Daddjana« vor. Sie entfaltete eine kostenlose, reich bebilderte Zeitschrift. Die Postille war nicht das Papier wert, auf dem sie gedruckt wurde. Sie bestand nur aus Fotos regionaler Möchtegern-Prominenz und Werbung.

»Ich hab mir gleich gedenkt, dass ich die Lüschla kenn«, sagte Tatjana. »Da, schaun S' her.«

Aus dem Heft ging Folgendes hervor: Bei den drei weiblichen Todesopfern handelte es sich um

1. die amtierende Miss Volksfest Bayreuth
2. das aktuelle »Sandmadla« der Bamberger Sand-kirchweih
3. Miss Oberfranken 2013.

Alle waren in der engeren Auswahl für die »Miss Franken Classic« gewesen, ein begehrter Titel, der in Nürnberg verliehen wurde, mitten in der Metropole.

Der Kommissar blätterte die Zeitschrift durch und stieß auf ein verräterisches Foto. Bei der letzten Miss-Oberfranken-Wahl waren auch die Zweit- und Dritt-platzierten abgebildet. Eines dieser Bikini-Wesen war die Frau mit dem lila Handtuch. Sie hieß Susi Erlwein. »Die wollte ihre Konkurrentinnen beseitigen«, dämmerte es ihm, »weil sie bei den Schönheitswettbewerben ausge-stochen wurde.«

»Möglich.«

»Darauf verwette ich meine Adiletten!«

Brandeisen vertiefte sich ebenfalls in die Fotostrecken des Klatschmagazins. Schon der Blick des Enthaarungswunders, mit dem sie noch vor einer Stunde die Feuersauna geteilt hatten, schrie nach Rache und Mord. »Sie liegen richtig, Küps«, gab er schließlich zu. »Wir haben eine Hauptverdächtige.«

Nach kurzer Beratung wurde Susi Erlwein in die Feuersauna zitiert. Sie hatte immer noch ihren Bademantel an, der so lila wie ihr Handtuch war, und lächelte, als würde sie dafür bezahlt. »Sie suchen Zeugen, oder? Sorry, ich hab nix gesehen.«

Der Staatsanwalt taxierte sie schweigend. Hier hatte sich wohl Bauernschläue mit totaler Skrupellosigkeit gepaart, eine gar nicht so seltene Kombination. »Sagt Ihnen der Name Pirmin Löffelsterz etwas?«

»Häh?«

Küps erläuterte den Bekanntheitsgrad des Monsignore. Davon hatte die Erlwein wie erwartet keinen blassen Schimmer und lächelte eine Spur breiter.

Doch die ersten Fragen des Ermittlergespanns sollten sie nur in Sicherheit wiegen. »Wann haben Sie sich zuletzt mit Herrn Nüsslein getroffen?«, wollte Brandeisen plötzlich wissen.

»Mit ... dem Michel?«, kam es zögerlich zurück.

»Vielleicht in einer Diskothek?«

»Kann schon sein. Er ist aber nicht mein Freund! Wir haben uns nur zufällig kennengelernt.«

Brandeisen nickte. Das war die Bestätigung. Susi hatte mit Nüsslein angebändelt, um sich Zugang zum Teamraum zu verschaffen. Welch dunkle Freuden mochte sie in Aussicht gestellt haben, damit ihr der wackere Aufgießer ins Netz ging?

»Und mit wem sind Sie wirklich liiert, wenn ich fragen darf?«

»Mit … niemand!«

Küps hielt ihr die Zeitschrift hin. Auf einer Doppelseite war Susi Erlwein nicht nur mit einer der ermordeten Frauen abgebildet, sondern auch Arm in Arm mit einem bekannten Bamberger Ex-Apotheker und Botox-Dealer. Für den musste es ein Leichtes gewesen sein, ein Atemgift wie Sarin, Tabun oder Ähnliches zu beschaffen. Oder hatte er es selbst hergestellt?

»Und mal ehrlich«, sagte Brandeisen und spielte seinen letzten Trumpf aus. »Die drei verblichenen Damen sind doch viel hübscher als Sie.«

»Hübscher? Wie ich? Diese hässlichen Menscher?«, platzte es aus der Erlwein heraus. »Nie und nimmer. Sie werden schon sehen, wer die ›Miss Franken Classic‹ wird!«

Da war sie, die Fratze der Eitelkeit. Wenn es darum ging, als die Schönste weit und breit zu gelten, ließ sogar eine mit allen Wassern und Peeling-Gelen gewaschene Übeltäterin ihre Maske fallen.

»Haben Sie eigentlich Handschuhe getragen, als Sie den vergifteten Aufguss im Teamraum deponiert haben?«, fragte Küps.

Nervös fingerte Susi in einer Tasche ihres Bademantels herum. »Was für Handschuhe?«

»Aus dem Verbandskasten, um Fingerabdrücke zu vermeiden«, sagte der Kommissar.

»Ach so.« Dann bemerkte sie die Blicke der beiden Ermittler, zog rasch die Hand aus der Tasche und erstarrte, als ein hellblaues Vinylknäuel vor ihr zu Boden fiel. Sie hatte sich verraten. »Mist!«

»Das nehme ich als Geständnis«, sagte Brandeisen und hob den Handschuh auf. Mit Erlweins Bauernschläue schien es nicht weit her zu sein, wenn sie sogar

Küps auf den Leim ging. Suggestivfragen! Das Bobby-Car der Kriminalistik, aber manchmal kam man damit ans Ziel.

Inzwischen waren die Bayreuther Kollegen eingetroffen. Küps übergab ihnen die Mörderin. »Dass ihr *auch* schon da seid? Der Fall ist gelöst.«

»Jetzt komm ich bestimmt in die Talkshows«, meinte die Erlwein noch, während sie abgeführt wurde.

»Falsch. Jetzt kommen Sie in den Knast«, korrigierte Brandeisen. »Obwohl Talkshows vermutlich die härtere Strafe wären. Bei Ihnen hieße das: öffentliche Hinrichtung.«

Die beiden Ermittler erstatteten den Polizisten aus der Bezirkshauptstadt Bericht. Dann gingen sie erhobenen Hauptes duschen, zogen sich um und überließen alle weiteren Formalitäten den düpierten Hilfstruppen. Wieder einmal hatten sie für Recht und Ordnung gesorgt und das Verbrechen in seine Schranken gewiesen. Franken war ein bisschen sicherer geworden.

Auf der Rückfahrt nach Bamberg kehrten sie in Lohndorf ein, in einem Gasthof, der für die Größe seiner Fleischportionen bekannt war.

Brandeisen betrachtete den Schaum seines gut eingeschenkten Landbieres. »Vor die Tugend haben die Götter den Schweiß gesetzt.«

»Und hinter die Sauna das Schnitzel«, ergänzte Küps.

Sie stießen an und tranken, ihr Durst war gewaltig.

Der Staatsanwalt kam ins Sinnieren. »Von einem Kirchenskandal müssen wir uns wohl verabschieden.«

»Schade.«

»Wie gern hätte ich all die kleinen und großen Heuchler des Bistums einbestellt und einer peinlichen

Befragung unterzogen! Der gesamte Domberg vor Gericht – das wäre mein Hochamt geworden. *J'accuse!*«

»Bestimmt haben die noch ein paar Leichen im Keller.«

»Leider sieht es so aus, als habe der Monsignore einfach das Pech gehabt, mit den Zielpersonen eine Sauna zu teilen.«

»Sein Tod kommt gewissen Kreisen sicher sehr gelegen«, gab der Kommissar zu bedenken.

»Zumindest wird die Presse unangenehme Fragen stellen. Der Bischof wird im Dreieck springen, und der Vatikan wird *not amused* sein. Vielleicht schlägt ja einem Geistlichen das Gewissen, und er packt aus?«

»Vorschlag«, sagte Küps, beflügelt vom Bier. »Wir halten die Information, dass die Mörderin bereits gefasst ist, noch eine Weile zurück. Dauert sowieso eine Ewigkeit, bis die Bayreuther Schlafkappen unsere Ermittlung überprüft und alles gegengecheckt haben, von der Spurensicherung ganz zu schweigen. In der Zwischenzeit lassen wir die Pfaffen schmoren.«

»Oder schwitzen.«

»Oder beides.«

Brandeisen verkniff sich ein Lächeln. »Stehen Sie etwa mit Satan im Bunde?«

Küps trank sein Bier in einem Zug aus und deutete auf das leere Glas. »Ich kann hexen.«

»Frohe Weihnachten!«

»Selber.«

# Wem die Erlöserglocke schlägt

Kommissar Küps biss die Zähne zusammen. Ein Streifschuss. Hatte der Geiselnehmer ihn doch tatsächlich am Allerwertesten erwischt! Den Kriminellen fehlte heutzutage jeglicher Respekt.

»Geht's?«, fragte Staatsanwalt Brandeisen.

»Ist nur ein Kratzer.«

»Sie standen genau in der Schusslinie.«

»Mit einer Kalaschnikow trifft sogar meine Oma«, moserte Küps.

»Der Mann ist verzweifelt – ein in die Enge getriebenes Tier. Wir dürfen uns zu keinen unbedachten Aktionen hinreißen lassen.« Brandeisen spähte die Treppe zum obersten Stockwerk empor. »Wenn wir da hochstürmen, knallt er uns ab wie die Hasen. Er ist nun mal in der besseren Position.«

Das ungleiche Ermittlerpaar kauerte im zweiten Treppengeschoss des Glockenturms der Erlöserkirche. Die beiden hatten schon viel erlebt, aber was während der vergangenen Stunde in Bamberg geschehen war, schlug dem Fass – oder dem Weihwasserbecken – den Boden aus. Angefangen hatte es im Dom bei einem Orgelkonzert von Professor Willinger.

Ein mit Skihaube maskierter Mann war durch den externen Zugang neben der Veitspforte zur Empore hinaufgestiegen und hatte die musikalische Darbietung abrupt beendet. Mit vorgehaltener Waffe zwang er den Domorganisten, über Mikro eine Art Manifest zu verlesen. Doch nach den ersten Sätzen – es ging um irgendwelche Kirchenlieder – gelang Willinger die Flucht.

Leider kam er nicht weit. Der Maskierte holte ihn auf dem Domplatz ein und bohrte ihm den Gewehrlauf ins Genick. In Windeseile waren die beiden von japanischen Touristen umringt, immer mehr Schaulustige strömten hinzu. Zufällig fuhr auch noch eine Polizeistreife vorbei. Die Beamten stiegen aus, um den Anlass für diesen Volksauflauf zu ergründen. Daraufhin änderte der Übeltäter seinen Plan und zerrte den Professor in einen papamobilweißen Fiat Panda.

Die anschließende Verfolgungsjagd führte an zahlreichen Kirchen vorbei, mit denen das fränkische Rom ja mehr als gesegnet ist. Der Kreisverkehr am Wilhelmsplatz erwies sich für die Polizisten als dermaßen verwirrend, dass sie abgehängt wurden. Erst ein Anruf von der Erlöserkirche brachte die Gesetzeshüter auf die richtige Spur. Gleich drei völlig aufgelöste Pfarrerinnen waren am Apparat: »Unsere Glocken!«, klagten sie mit brennender Sorge. »Hoffentlich passiert denen nichts.«

Als Brandeisen und Küps eintrafen, waren die Fronten verhärtet. Der Maskierte hatte ein *Zutritt verboten*-Schild ignoriert und sich mit seiner Geisel im Glockenstuhl des 55 Meter hohen Turms verschanzt, von wo aus er auf alles schoss, was sich die hölzernen Stiegen hinaufwagte – zum Leidwesen des Kommissars und seines Hinterteils. Deeskalation war angesagt. Und dafür eignete sich niemand besser als der Staatsanwalt. Er sollte den Unterhändler spielen, weil er für seine ausufernde Eloquenz bekannt war. Manche sagten auch, dass der Verbrecher noch geboren werden musste, den Brandeisen nicht in Grund und Boden laberte.

Inzwischen war der Glockenturm von einem Sondereinsatzkommando umstellt. Küps reichte seinem alten Freund ein Megafon. »Sie sind dran.«

Brandeisen mochte Megafone. Er richtete das Gerät nach oben und drückte den Sprechknopf. »Hören Sie mich?«

Dem Kommissar blies es fast das Trommelfell raus. »Leiser!«

»Tschuldigung.« Er tat, wie ihm geheißen. »Hallo? Staatsanwaltschaft Bamberg hier. Mein Name ist Brandeisen, Sie haben nichts zu befürchten.«

»Kommt mir nicht zu nah! Sonst schieß ich!«

»Immer mit der Ruhe. Lassen Sie uns einfach nur ... reden.«

Schweigen. Der Maskierte überdachte wohl die neue Lage.

»Geht es Professor Willinger gut?«, wollte Brandeisen wissen.

»Zittert wie Espenlaub. Ist aber putzmunter.«

»Wäre ein Lebenszeichen zu viel verlangt?«

Flüstern. Dann die Stimme des Domorganisten. »Ich bin unverletzt.«

»Freut mich sehr, das zu hören. Ihre Konzerte sind Balsam für meine Ohren, Herr Professor. Ich bin ein großer Fan – und der Tonleiter durchaus kundig!« Was wie Geschwätz wirkte, hatte Methode. Brandeisen gab Willinger einen versteckten Hinweis. Da oben hingen Glocken, die unterschiedlich gestimmt waren. Jede hatte ihren eigenen Ton ...

»*Noch* ist er unverletzt«, drohte der Entführer. »Kann sich aber schnell ändern.«

»Mit wem habe ich denn das Vergnügen?«

»Nennen Sie mich *den Inquisitor*.«

»Schön, Sie möchten anonym bleiben. Dafür habe ich vollstes Verständnis.« Brandeisen ging Schritt für Schritt vor. »Haben Sie irgendwelche Forderungen? Was können wir tun, um diese unerquickliche Situation für alle Seiten angenehmer zu gestalten?«

»Ich will mein altes Gotteslob!«, kam es wütend zurück.

»Wie meinen?«

»Mein Gebetbuch mit den alten Liedern! Das soll wieder gelten! Holen Sie den Erzbischof, damit er's mir verspricht!«

Der Staatsanwalt musste noch mehrmals nachhaken, bis er begriff. Bei dem Inquisitor handelte es sich anscheinend um einen Traditionalisten. Die jüngst überarbeitete Fassung des katholischen Gesangbuches missfiel ihm. Darin fehlten nämlich viele Lieder, die fromme Kirchgänger jahrzehntelang mehr schlecht als recht intoniert hatten. Einfach gestrichen! Das Gefühl des Vertrauten, Althergebrachten – dahin. Und Markus Willinger als bestallter Dommusikant hatte an der Gotteslob-Reform des Bistums erheblichen Anteil. Deshalb war er ins Visier des Maskierten geraten.

»Sie wissen aber schon, dass Sie sich in einem evangelischen Glockenturm befinden?«, gab Brandeisen zu bedenken.

»Ich hab gedacht, die Lutherischen gewähren mir Asyl, wenn wir hier fertig sind. Ökumene und so.«

»Denken dürfen Sie, nur zu.« Ein fragender Blick nach unten zu den drei Pfarrerinnen, die am Fuße der Stiegen alles mitgehört hatten. Sie zeigten Brandeisen den Vogel. Nein, bei aller Liebe für die geknechteten Seelen dieser Welt, aber dämliche Psychopathen fanden in der Erlöserkirche definitiv keinen Unterschlupf. »Wird etwas schwierig mit dem Asyl.«

»Dann ... will ich einen Hubschrauber!«, fuhr der Inquisitor fort. »Wenn der Erdbeerschorsch da war und die Bullen abgezogen sind.«

»Sehr umsichtig. Ich glaube, wir können das möglich machen.«

»Echt jetzt?«

»Seine Eminenz wurde bereits auf seiner mittäglichen Joggingrunde verständigt und eilt gerade herbei.«

»Und der Hubschrauber?«

»Dauert leider ein bisschen. Welches Modell bevorzugen Sie? Einen Eurocopter oder den kleineren Robinson R44?«

»Egal.«

»Wir tun, was wir können. Geben Sie uns ein paar Minuten.« Brandeisen schaltete das Megafon aus. Puh, schwindeln strengte an.

In der Zwischenzeit war Küps nicht untätig gewesen. »Ich weiß, wie wir Willinger unversehrt aus dem Glockenturm befreien und den Inquisitor festsetzen.« Er hatte den Mesner der Erlöserkirche im Schlepptau.

»Schießen Sie los«, sagte Brandeisen.

Der Mesner, ein lebenspraktischer Mann, begann im Flüsterton. »Wir können das Geläut ja von unten steuern.«

»Daran habe ich auch schon gedacht.«

»Da oben hängen vier Glocken. Am besten setzen wir die zweitgrößte in Gang, unsere sogenannte Betglocke. Die ist auf das eingestrichene d gestimmt und erzeugt so starke Schwingungen, dass der ganze Turm wackelt. Manchmal beträgt der Ausschlag ganze sieben Zentimeter. Allerdings ...«

»Dann wäre der Inquisitor abgelenkt«, fügte Küps begeistert hinzu. »Überraschungseffekt. Wir müssen nur Willinger irgendwie signalisieren, was wir vorhaben.«

»Nichts leichter als das. Ich habe da schon eine Idee.« Brandeisen liebte gute Pläne, und noch mehr liebte er es, sie unverzüglich in die Tat umzusetzen. Er vergewisserte sich, dass alle Einsatzkräfte für einen Zugriff bereit waren. Der Mesner wollte noch etwas einwenden, doch die entschlossene Miene des Staatsanwalts ließ ihn verstummen. Also ging er nach unten in den Vorraum der Sakristei und wartete auf das Zeichen zum Läuten.

»Hallo?«, erschallte das Megafon, Brandeisen drehte es voll auf. »Der Erzbischof zeigt sich einsichtig und ist gleich bei uns. Ich möchte noch einmal mit dem Professor sprechen.«

»Von mir aus!«, rief der Inquisitor.

»Sie als Musiker kennen doch das eingestrichene d«, sagte Brandeisen. »Das Drama da droben dauert deutlich zu lang.« Er betonte die Ds. »Durchhalten! Dann dröhnen dir derart die Ohren!«

»Der Döskopp direkt druntersteht«, antwortete Willinger. Offenbar hatte er verstanden und wollte darauf hinweisen, dass sich der Inquisitor dicht bei der d-Glocke aufhielt.

»Duck dich und dränge nach draußen!«

Küps gab dem Mesner über Funk das Signal loszulegen.

»Was soll das Gequatsche?« Der Inquisitor wurde misstrauisch, aber zu spät. Mit Donnerhall fing die d-Glocke zu schlagen an. »DOOONG!«, hallte es in einer Lautstärke durchs Gemäuer, dass die beiden Ermittler nicht mehr wussten, ob sie Männlein oder Weiblein waren. Und es ging weiter, »DOONG, DOONG«, unbarmherzig, nervenzerreißend, hörsturzauslösend. Nach und nach kam die Glocke in Schwung – und mit ihr der gesamte Turm. Er schwankte, erst unmerklich, dann stärker. Brandeisen und Küps hielten sich wie zwei Rhesusäffchen am Geländer der Stiege fest, die an den Innenwänden emporführte. Doch in der Mitte klaffte gähnende Leere. Hört ihr's wimmern hoch vom Turm? Das ist Sturm!

Plötzlich ertönte ein ohrenbetäubendes Krachen und Splittern. Der Glockenstuhl durchbrach die Bohlenbretter des obersten Geschosses und stürzte hinab wie ein zürnender Gott, vorbei an den Kriminalern – bis zum Boden des zweiten Stockwerks, das er mit Leichtigkeit zerschmetterte. Mit vielem »Ding-Dang-Dong« ging der Fall weiter, um in einem ehernen Schlussakkord auf dem Boden zu enden.

Brandeisen kletterte hinauf, Küps hinab.

Willinger hatte sich auf den Aussichtsbalkon gerettet. Der Turm bewegte sich immer noch. »Hilfe!« Der Domorganist klammerte sich ans Geländer. Brandeisen gesellte sich zu ihm und schaute sich um. Doch von dem Inquisitor fehlte jede Spur.

Weiter unten sah es desaströser aus. »Der Glockenstuhl war einsturzgefährdet«, erklärte der Mesner. »Das wollte ich Ihnen vorhin noch sagen ... Wir sammeln gerade Geld für die Instandsetzung. Eigentlich hätten wir gar nicht mehr läuten dürfen. Aber wer konnte ahnen, dass da gleich alles runterkommt?«

Küps betrachtete die Trümmer. Die beiden großen Glocken standen wie eine Eins, aber die zwei kleineren hatten sich aus der Halterung gerissen und lagen auf der

Seite. Zusammen mit dem Gestänge des stählernen Glockenstuhls und allerlei morschem Plunder ergab das ein ganz schönes Kuddelmuddel.

Die drei Pfarrerinnen eilten hinzu und beklagten die Bescherung. »Was für ein Unglück! Gibt es Verletzte?«

Es machte »Ping!«. Das Geräusch kam von der d-Glocke. Offenbar befand sich jemand darunter.

Nach einer Ewigkeit wurde der Inquisitor mithilfe von Brechstangen und einem improvisierten Flaschenzug befreit. Er hörte schwer, hatte den Sturz aber einigermaßen heil überstanden – die Motive von Schutzengeln sind unergründlich. Das Sondereinsatzkommando entwaffnete ihn. Seine Kalaschnikow stammte angeblich aus alten Solidarność-Beständen von einer Wallfahrt nach Tschenstochau.

Inzwischen hatten die hölzernen Stiegen im Inneren des Turms auch noch den Geist aufgegeben. Brandeisen und Willinger mussten mit einem Hubschrauber in Sicherheit gebracht werden.

Sei's aus Gründen der Ökumene oder aus Gespür für gute PR – der Erzbischof schaute vorbei. Nachdem er sich ein Bild von den Forderungen des selbst ernannten Inquisitors gemacht hatte, verfügte der Kirchenfürst: Zumindest das Lieblingsgebet des Gotteskriegers sollte wieder ins Gotteslob aufgenommen werden. Es lautete wie folgt: »Herr, schenke mir Sinn für Humor, gib mir die Gnade, einen Scherz zu verstehen, damit ich ein wenig Glück kenne im Leben und anderen davon mitteile.«

Die drei Pfarrerinnen seufzten erlöst – und baten Seine Eminenz um einen saftigen Zuschuss zur Sanierung des Glockenturms. Schließlich sei es ja ein katholisches Schäflein gewesen, welches all den Schaden angerichtet habe.

Der Erzbischof stimmte huldvoll zu – mittlerweile waren Presseleute eingetroffen.

Derweil übte Brandeisen mit Willinger die *Toccata und Fuge* in d-Moll auf der Orgel der Erlöserkirche. Und Küps ließ die Wunde an seinem schmerzenden Hintern von einer pausenlos kichernden Sanitäterin behandeln. Verdammter Streifschuss!

# Kurschaden

Kommissar Küps begriff den Ernst der Lage. Er hatte es nicht glauben wollen, als er am Morgen zusammen mit Staatsanwalt Brandeisen vom heimischen Bamberg ins Allgäu aufgebrochen war. Doch die Indizien legten nur einen Schluss nahe. »Meine Frau steht unter Mordverdacht«, sagte er fassungslos.

Es war ein klarer, klirrkalter Januarnachmittag. Sie befanden sich in Oberjoch, einem heilklimatischen Kurort auf 1.200 Metern Höhe, wo angeblich das beste Lüftlein Bayerns wehte. Die Gattin des Kommissars hatte hier einen dreiwöchigen Kuraufenthalt angetreten, zur Linderung ihres Asthmas und zahlreicher anderer Beschwerden, wie sie sich über die Jahre eben so ansammelten. Seit fünfzehn Tagen weilte sie nun schon im *Hotel Geißenruh*. Die Einrichtung war auf die Behandlung von Atemwegserkrankungen spezialisiert und bestand aus mehreren weitläufigen Gebäuden.

»Hier ist es passiert«, erläuterte Kommissar Laimböck. Der Sonthofener Kollege stand zusammen mit Küps und Brandeisen vor dem Tauchbecken des abgesperrten Wellness-Bereichs. Drei Saunen gab es, ein Dampfbad und vieles mehr. »Wir haben die Leiche gleich abtransportieren lassen. Wenn Sie sich die Fotos anschauen möchten.«

Während Küps düster vor sich hin stierte, betrachtete der Staatsanwalt die Aufnahmen der Spurensicherung. Darauf war ein korpulenter Körper abgebildet, der bäuchlings im Wasser trieb. Weitere Fotos zeigten den Mann neben dem Becken auf den Fliesen liegend, friedlich, kaum aufgedunsen, mit geschlossenen Augen, als würde er schlafen. Sein Name war Joseph Mösl, 56, Verwaltungsbeamter aus Kulmbach. Bei einer Größe von einem Meter neunzig brachte er fast drei Zentner auf die Waage. Zu seinen Lebzeiten musste er eine gewaltige Erscheinung gewesen sein.

»Ertränkt, sagen Sie?«

»Vermutlich gestern Abend um kurz vor zehn. Da sind die meisten Kurgäste schon im Bett, niemand hat etwas bemerkt. Die Sauna schließt um 22 Uhr. Das Reinigungspersonal hat ihn wenige Minuten später entdeckt. Die haben einen gehörigen Schrecken bekommen. Wir sind dann sofort zur Tatortsicherung angerückt.«

»Und warum glauben Sie, dass Fremdeinwirkung im Spiel war? Könnte doch ein Unfall gewesen sein.«

Laimböck hielt einen Beweismittelbeutel hoch. »Diese Badesandale haben wir neben dem Tauchbecken gefunden. Sie gehört zweifelsfrei Frau Küps. In ihrem Zimmer stießen wir auf die zweite Sandale.«

»Wie bei Aschenputtel. Ein wenig dünn, meinen Sie nicht?«

Der Allgäuer räusperte sich und blickte verlegen zu seinem schweigenden Kollegen. Er wollte ihm wohl unangenehme Wahrheiten ersparen. »Frau Küps wurde als Letzte mit dem Opfer gesehen. Aufgrund mehrerer Zeugenaussagen gehen wir davon aus, dass die beiden ... sich freundschaftlich verbunden fühlten.«

»Ein Kurschatten?«, fragte Brandeisen unverblümt. »Hatten sie ein Verhältnis?«

»Beim Essen im Hotelrestaurant saßen sie immer zusammen an einem Tisch. Sie machten auch gemeinsame Ausflüge, fuhren Ski, trafen sich zum Nordic Walking.

Außerdem stammten sie beide aus Oberfranken. Bamberg und Kulmbach liegen ja nicht weit voneinander entfernt, da findet man sicher Berührungspunkte. Aber gestern haben sie sich gestritten. Beim abendlichen Büfett sollen die Fetzen geflogen sein.«

»Was sagt Frau Küps dazu?«

»Sie leugnet alles. Um ehrlich zu sein, zeigt sie sich ziemlich unkooperativ.«

»Wo hält sie sich zur Stunde auf?«

Laimböck konsultierte seine umfangreichen Notizen. »Gerade macht sie eine Thymian-Inhalation im Therapie-Trakt. Sie ist nicht gewillt, ihr Tagesprogramm zu unterbrechen – so hat sie sich ausgedrückt.«

»Klingt ganz nach der werten Gemahlin«, sagte Brandeisen zu Küps. »Sogar ich wage kaum, ihr zu widersprechen. Ein starker Charakter.« Damit meinte er, dass Frau Küps jeden ungespitzt in den Boden rammte, der ihr krumm kam. Gegen sie war Godzilla ein Schoßtier. Die gesamte Bamberger Polizeiinspektion ging in Deckung, wenn sie ihrem Ehemann auf der Arbeit einen Besuch abstattete. Jemanden zu ertränken war ihr wegen ihres stattlichen Körperbaus ohne Weiteres zuzutrauen.

»Wir müssen natürlich noch die Obduktion abwarten«, gab Laimböck zu bedenken. »Würgemale, Wasser in der Lunge und so weiter. Aber es sieht nicht gut aus. Sicher wollen Sie eigene Nachforschungen anstellen.«

Küps sagte noch immer kein Wort. Stattdessen mahlten seine Kiefer wie bei King Kong, dem wahrscheinlich einzigen Wesen, das Frau Küps Paroli bieten konnte. Doch der Kommissar besaß einen Dickschädel, der dem seiner Angetrauten in nichts nachstand. Die Liebe war eine Himmelsmacht.

»Sehr nett von Ihnen, dass Sie uns gleich verständigt haben und bei der Hauptverdächtigen Nachsicht walten lassen.« Brandeisen bedankte sich bei Laimböck, der die beiden Bamberger vollumfänglich eingeweiht hatte und ihnen vorerst freie Hand ließ. »Wir kommen mit Frau Küps schon zurande.«

»Es besteht ja keine Fluchtgefahr. Es sei denn, sie will sich nach Österreich absetzen.« Besorgt schaute er zu Küps. »Ein Geständnis würde uns allen weiterhelfen.«

»Wenn sich etwas Neues ergibt, geben wir sofort Bescheid«, sagte der Staatsanwalt.

»Na dann ... Ich hab noch in Bad Hindelang zu tun. Viel Erfolg.« Laimböck klopfte Küps kameradschaftlich auf die Schulter. »Nehmen Sie's nicht so schwer. Meine Alte ist mit einem Skilehrer abgehauen.« Er verließ den Tatort. Die Erleichterung war ihm anzumerken.

Sanft kräuselten sich die Wellen im Tauchbecken. Brandeisen seufzte. »Was für ein unerquicklicher Fall, mein lieber Gerhard. Wo wollen wir anfangen?«

Küps ignorierte seinen Freund und Ermittlungshelfer. Er ließ sich auf alle viere nieder und suchte die Wände des Beckens ab.

»Die Spurensicherung war schon hier. Was glauben Sie zu finden?«

Keine Antwort.

»Das muss ein harter Schlag sein. Als Junggeselle kann ich es nicht ganz nachempfinden, aber Gelegenheit macht Diebe, wie man so sagt. Diese Kurhotels sind wahre Kupplerabsteigen. Wochenlange Trennung vom Partner, übermäßiger Sauerstoffeintrag, Gewichtsverlust. Bei Reizklima kommt sicher auch der Hormonhaushalt durcheinander. Da kann selbst die beste Ehefrau von allen schwach werden.«

Küps hielt ein Haar hoch. Mithilfe einer Pinzette ließ er es in einem Plastikbeutel verschwinden und kroch weiter an dem Tauchbecken entlang. Nach einer Weile fand er ein winziges Stück ... Zehennagel?

Brandeisen beobachtete ihn. »Meinen Sie, die Sonthofener Polizei war nicht gründlich genug?«

»Ja, meine ich.« Der Kommissar stand auf. Sein Blick verfinsterte sich. »Und jetzt knöpfen wir uns diesen Mösl vor.«

»Der ... ist schon tot. Falls Sie auf Rache sinnen.«

»Da hat er aber Glück.«

Sie begaben sich zur Rezeption. Der Hotelmanager wartete händeringend. »Forchdbar, forchdbar«, sagte er mit sächsischem Akzent. »Ein Dodaa bei uns im Hause! Gänsefleisch än bischn diskret vorgehn?«

»Gern«, erwiderte Brandeisen, »wenn Sie uns Zugang zu Joseph Mösls Daten verschaffen.«

»Aber nadürlisch.« Der Manager geleitete die Oberfranken in sein Büro und rief auf seinem Computer die besagte Personalie auf. Das Hotel war zugleich eine therapeutische Einrichtung. Als solche speicherte es die gesamte Krankengeschichte seiner Patienten. »Der Beppo is bei uns ja Stammgast gewesen. Zum vierten Mal hat er sich auf *Geißenruh* verlustiert.«

»Was Sie nicht sagen!« Brandeisen nahm an dem Schreibtisch Platz. »Wie war er denn so?«

»Der hat sich mit jedem verstanden. Oder mit jeder. Der war ein Herzensbrescher, wie er im Buche steht.«

Küps knirschte mit den Zähnen.

»Sie glauben gar nisch, was bei uns Daach und Nacht los ist. Diese Mumien grieschn hier den zweiten oder dritten Frühling. Erst lassen die sisch runderneuern, und dann holla die Waldfee!«

»Nicht so despektierlich, bitte«, sagte der Staatsanwalt.

»So? Neulisch hab isch'n Bärschen im Moorbad erwischt, die konnten kaum noch loofn, aber alles andere hat funktioniert. Sauerei so was, mehr sooch isch nisch.« Der Manager verbreitete sich weiter über die Paarungsgewohnheiten seiner reifen und überreifen Gäste.

Brandeisen blätterte in Mösls Daten. »Interessant. Der Verblichene scheint so etwas wie ein Dauerpatient gewesen zu sein.« Er deutete auf den Bildschirm. »Schauen Sie nur. Er hat es in seiner Beamtenlaufbahn fertiggebracht, mindestens einmal im Jahr auf Kur zu gehen. Chronische Rückenschmerzen, Burnout, Entsäuerung, Arthrose, Essstörungen – und Asthma, ›wegen erhöhter Feinstaubbelastung durch Aktenordnergebrauch‹. Ist das zu glauben?«

»Also, die Damenwelt war ganz verrückt nach dem Kerl«, meldete sich der Manager wieder zu Wort. »Das musste ja böse enden.«

»Können Sie mir noch sagen, wo sich Frau Küps momentan befindet?«, fragte Brandeisen.

Mit ein paar Mausklicken rief der Manager den Therapieplan auf und machte einen Ausdruck auf einem Blatt Papier. »15 Uhr Salzmassage. Zutritt verboten.«

Zur Kaffeezeit kamen Kurgäste, die gerade keine »Anwendung« hatten, zumeist in den Wintergarten. Dort tat man sich am Kuchenbüfett gütlich und genoss die Aussicht auf das Bergpanorama. Der Geruch von Kräuterlikör und Klosterfrau Melissengeist hing in der Luft.

Brandeisen und Küps nahmen sich die Zeugen vor, die ihnen Laimböck aufgeschrieben hatte. Es waren ausschließlich Zeuginnen. Als Erstes platzten sie in eine Canastarunde. Brandeisen machte einen Diener und erkundigte sich höflich nach dem Toten.

Die Anführerin der betagten Rotte, eine Frau Pakebusch, musterte den hoch aufgeschossenen Staatsanwalt. Mit seinem schwarzen Anzug und der weißen Hemdbrust sah er wie ein Kranich aus, der sich verflogen hatte.

»Aber natürlich kannten wir den Beppo«, sagte sie. »Das war noch ein richtiges Mannsbild, voller Saft und Kraft, nicht so ein Spargel wie Sie.«

»Also, den kleinen Dicken würd ich nicht von der Bettkante stoßen«, ließ sich eine andere Greisin vernehmen. Damit meinte sie den gedrungenen Kommissar, der sich im Hintergrund hielt. »Zwerge sollen ja besonders ausdauernd sein.«

Ordinäres Kichern ertönte.

Brandeisen ignorierte die pikanten Bemerkungen. »Seit wann sind Sie schon auf *Geißenruh?*«, fragte er Frau Pakebusch.

»Seit vier Wochen, wie der Beppo. Bei der Wassergymnastik ist mir gleich aufgefallen, dass er gut bestückt war.« Sie schaute triumphierend in die Runde. »Da wusste man genau, was man kriegt. Oder, Adelgunde?«

Die Angesprochene nickte versonnen. »Voriges Jahr, als er wegen seines Ischias in Oberjoch war, sind wir uns zwischen zwei Schlammpackungen nähergekommen. Danach waren seine Schmerzen wie weggeblasen.«

Erneutes Kichern, unverhohlen schmutzig.

»Er hat ja immer darauf geachtet, seine Gunst gleichmäßig zu verteilen«, ergänzte die Bettkanten-Greisin und gab eine weitere Anekdote zum Besten. Darin ging es um Elektrostimulation des Bewegungsapparates.

Und die letzte Canastaspielerin im Bunde berichtete von gemeinsamen Akupressur-Abenteuern, bei denen der Beppo das Feingefühl eines chinesischen Qi Gong-Meisters an den Tag gelegt habe.

Brandeisen wurde es immer unbehaglicher. Ihm war klar, dass manche Leute mit fortschreitendem Alter kein Blatt mehr vor den Mund nahmen. Irgendwie brannten ihnen die Sicherungen durch, sei es aus beginnender Demenz oder weil sie meinten, die gute Kinderstube auf den letzten Lebensmetern über Bord werfen zu können. Früher waren die Jungen vorlaut und oversexed gewesen, heute übertrumpften sich die Alten mit Berichten von der Erotikfront. Aber die Anzüglichkeiten dieser Kneifzangen und das Kopfkino, das sie auslösten, bewegten sich am Rande des Erträglichen. Langsam dämmerte ihm, was der Hotelmanager auf *Geißenruh* zu leiden hatte. Das Kurhotel schien ein wahres Alpengomorrha zu sein.

»Kennen Sie Frau Küps?«, fuhr er mit der Befragung fort, während der Kommissar innerlich kochte.

»Was unser Beppo an der fand, ist mir schleierhaft«, ätzte die Pakebusch. »Er hat ja keine andere mehr angesehen. Dauernd scharwenzelte er um sie herum, wir haben uns regelrecht geschämt für ihn. ›Meine Walküre‹, so hat er dieses eingebildete Weib genannt. Ich schätze sie auf Ende 60, obwohl sie allen weismachen will, dass sie erst 52 ist. Mit uns hat die kein Wort geredet, nur mit Beppo. Na ja, das hat er jetzt davon.«

Die anderen pflichteten ihr wortreich bei. »Kein Wunder, dass sich die feine Dame jetzt rar macht«, sagte Adelgunde, »nach dem Streit gestern Abend in aller Öffentlichkeit. Im Knast soll sie schmoren!«

»Und aus welchem Grund könnte Frau Küps Herrn Mösl umgebracht haben?«, hakte Brandeisen nach.

»Vielleicht hat sie gedacht, er würde sie heiraten.« Die Pakebusch prustete los. »Unser Beppo? Der hätte sich nie fest gebunden!«

»Und weil er nicht so wollte, wie dieses Luder es sich vorgestellt hat, musste er dran glauben.« Adelgunde kamen die Tränen. »Bei jeder Schlammpackung muss ich an ihn denken. So ein stattlicher Mann! Und so vital, trotz seiner Gicht.«

»Der Arme durfte ja kaum noch was Richtiges essen«, sagte die Bettkante. »Wegen der hohen Harnsäurewerte war er auf Diät. Wie oft hat er von einem knusprigen Braten geträumt. Ob er so was im Himmel bekommt?«

»Waren Sie in letzter Zeit in der Sauna?«, fragte Brandeisen.

»Das ist mehr was fürs Jungvolk.« Frau Pakebusch zählte wie ihre Freundinnen über siebzig Lenze. »Fragen Sie besser mal Faustina und Cassildis.« Sie deutete auf zwei Frauen, die gerade einen freien Tisch suchten und etwa zehn Jahre weniger auf dem Tacho hatten. »Die gehen andauernd schwitzen.«

»Waren die beiden Herrn Mösl ebenfalls herzlich zugetan?«, wollte Brandeisen wissen.

»Die sind neu hier.« Adelgunde konnte ihre Geringschätzung nicht verbergen. »Kann sein, dass sie sich vor ein paar Wochen noch Hoffnungen beim Beppo gemacht haben. Aber als die Walküre eintraf, haben sie kein Land mehr gesehen.«

»Die Polizei hat uns schon alle vernommen«, zischte Frau Pakebusch. »Und jetzt stören Sie uns nicht weiter. Guten Tag.«

Brandeisen und Küps gingen von Tisch zu Tisch. Aufgrund des Mitteilungsbedürfnisses der weiblichen Kurgäste dauerte das eine Weile. Überall war es das Gleiche: Joseph Mösl wurde schmerzlichst vermisst. Und die beiden Ermittler bekamen mehr über Sexpraktiken im Herbst des Lebens zu hören, als ihnen lieb war. Es stellte sich heraus, dass Frau Küps mit Abstand zu den jüngsten Insassen auf *Geißenruh* zählte.

Gegen 16 Uhr machten sie eine Pause.

Allmählich sorgte sich Brandeisen um den Kommissar, der verbissen schwieg und die Befragten stets nur mit kaltem Blick taxierte. »Tut mir leid, das zu sagen, alter Freund, aber Mösl hat im Laufe der Jahre einen ganzen Harem um sich geschart.«

»Hm«, machte Küps.

Brandeisen zog den Therapieplan von Frau Küps zurate. »Ihre bessere Hälfte bekommt gerade eine Magnetotherapie. Ich habe den Eindruck, dass sie sich ein wenig ... entzieht.«

»Sie macht, was sie sich vorgenommen hat. So war sie schon immer.«

»Aber angesichts einer drohenden Mordanklage ...«

Küps stand auf und nahm einen Kellner beiseite, der begann, die Tische abzuräumen. Nach ein paar Minuten kam er zurück.

»Neuigkeiten?«

Der Kommissar schwieg.

Schließlich beendeten sie ihre Pause und gingen zum Tisch der beiden Saunafans, die den Gesprächen interessiert gelauscht hatten. Brandeisen stellte sich als fränkischer Staatsanwalt vor und machte Küps zu seinem Rechtspfleger, wie er es die ganze Zeit über getan hatte. Niemand brauchte zu erfahren, dass der Kommissar in diesen Fall persönlich involviert war.

Die beiden hießen Faustina Halbhuber und Cassildis Hopf. Blasser Teint, sparsames Make-up, Kurzhaarfrisuren. Damit standen sie in krassem Gegensatz zu Pakebusch und Konsorten, die alles daransetzten, ihr wahres Alter zu verschleiern. Allein die Haare der Canastaspielerinnen irrlichterten in sämtlichen Farben, die einem fantasievollen Coiffeur zu Gebote standen. Von der sonnenstudiogebräunten Haut und Eingriffen der plastischen Chirurgie ganz zu schweigen.

Brandeisen fiel etwas ein, das er am Computer des Hotelmanagers gelesen hatte. Sogleich ging er in medias res. »Können Sie uns etwas über die letzten Stunden von Joseph Mösl erzählen?«

»Wir?«, fragten Faustina und Cassildis einstimmig.

»Sie waren doch gestern Abend in der Sauna. Das wurde uns von mehreren Quellen bestätigt.« Ein Bluff. In Wirklichkeit hatten nämlich alle Befragten angegeben, den Wellnessbereich nach sechs Uhr nicht mehr aufgesucht zu haben.

»Ja, schon«, sagte Faustina. Als einziges modisches Zugeständnis erlaubte sie sich blutrot lackierte Fingernägel. »Saunen soll gesund sein.«

»Wir haben nur einen Aufguss mitgemacht«, beteuerte die ergraute Cassildis. »Zur Erfrischung. Nach dem

Essen muss man aufpassen, dass man es nicht übertreibt.«

»Und plötzlich bekamen Sie noch mal Hunger.« Endlich schaltete sich Küps in die Vernehmungen ein.

Cassildis runzelte die Stirn. »Worauf wollen Sie hinaus?«

»Sie haben doch um halb neun noch eine XXL-Bierhaxe bestellt. Das weiß ich vom Kellner.«

»Eine Bierhaxe?«, fragte Cassildis ungläubig.

»Zum Mitnehmen.«

Betreten tauschten die beiden Frauen Blicke.

»Etwas Handfestes, nach der reduzierten Klosterkost, die Sie gewohnt waren.« Brandeisen zwinkerte dem Kommissar zu. »Machen Sie uns nichts vor. Sind Sie aus Ihrem Nonnenstift ausgetreten? Oder wurden Sie rausgeschmissen?«

»Aber ... das ist doch ...!«, schnappte Cassildis.

»Nahe an der Wahrheit?« Der Staatsanwalt fuhr unbeirrt fort. »Ihre ausgefallenen Vornamen – die haben Sie beim Eintritt in den Konvent Sankt Urbania angenommen, oder nicht?«

»Sankt Urbania?«, fragte Faustina mit Unschuldsmiene. »Was soll denn das sein?«

»Eine Abtei in der Oberpfalz. Joseph Mösl ist dort im Sommer auf Exerzitien gewesen, das steht in seinem Krankenblatt. Klöster öffnen ihre Pforten ja immer häufiger für Laien. Wo haben Sie einander kennengelernt? Im Schweigeseminar? Oder beim Kneippen? Aber hier in Oberjoch wollte Ihr Beppo nichts mehr von Ihnen wissen und hatte nur noch Augen für Frau Küps. Wie heißt es bei Augustinus? Qui non aemulatur, non amat. Wer nicht eifersüchtig ist, der liebt auch nicht.«

»Zuerst haben Sie dem ausgehungerten Mösl eine Bierhaxe spendiert«, sagte der Kommissar. »Dadurch machten Sie ihn gefügig. Dann lockten Sie ihn in die Sauna, wo er Sie vermutlich immer noch nicht erhörte. Und als er ins Tauchbecken stieg, rächten Sie sich für die Zurückweisung und drückten ihn mit vereinten Kräften unter Wasser.« Küps hielt zwei Plastikbeutelchen hoch. »Ich möchte wetten, dass dieses kurze graue Haar Schwester Cassildis verloren hat. Und das Stück Finger- oder Zehennagel, rot lackiert, stammt von Schwester Faustina.«

Brandeisen vollendete das Szenario: »Und ad letzt versuchten Sie, die schändliche Tat Frau Küps anzuhängen, indem Sie eine Badesandale von ihr am Tatort deponierten. Bestimmt war es ein Leichtes für Sie, das falsche Beweisstück bei passender Gelegenheit zu entwenden. Hier läuft man ja andauernd mit diesen Schlappen herum und lässt sie irgendwo stehen.« Er hielt kurz inne, um seinen Worten mehr Gewicht zu verleihen. »Macht summa summarum eine doppelte Mordanklage mit Verdunkelungsabsichten.«

Die beiden fassten sich furchtsam an den Händen und murmelten ein Stoßgebet. Faustina holte eine kleine Flasche aus ihrer Jacke. Mit zitternden Händen schenkte sie etwas von dem Inhalt in ihre Kaffeetasse und trank sie aus. »Nonnentröpfchen«, stand auf dem Etikett. »Hersteller: Abtei Sankt Urbania.«

»Am besten, Sie erleichtern Ihr Gewissen«, mahnte Brandeisen.

»Es war ... ein Unfall«, stieß Cassildis hervor. »Wir wollten das nicht. Nicht, nachdem ...« Sie blickte schuldbewusst zu Boden.

Faustina, nunmehr gestärkt, äußerte sich zusammenhängender. »Es stimmt, wir wurden aus der Ordensgemeinschaft ausgeschlossen, wegen unklösterlichen Lebenswandels. Und wir haben die Todsünde der Invidia auf uns geladen.«

»Neid«, ergänzte Brandeisen. »Eifersucht.«

»Ja, wir wollten diese Frau leiden sehen. Wenn wir den Beppo nicht bekommen konnten, sollte ihn niemand haben, so war es geplant. Aber als wir dann zu dritt in der Sauna saßen, da hat es uns übermannt. Vielleicht lag es an der Hitze oder an den Bieren, die wir zuvor gemeinsam auf unserem Zimmer getrunken haben, zur Haxe, verstehen Sie? Jedenfalls ... gaben wir uns der Liebe hin.«

Die Ermittler nickten. Da kam noch mehr.

»Wie soll ich es sagen?« Faustina nahm noch einen kräftigen Schluck von den Nonnentröpfchen. »Der Beppo hat sich verausgabt. Und dann wollte er unbedingt ins Tauchbecken, um sich abzukühlen.«

»Plötzlich hat er im Wasser wie verrückt gezuckt«, warf Cassildis ein. »Er griff sich ans Herz und ging unter. Exitus! Wir wussten uns nicht zu helfen, der Beppo war ja ziemlich schwer – und mausetot, in Sekundenschnelle. Aus Angst vor der Polizei haben wir dann einfach Reißaus genommen.«

»Möglicherweise eine Gichtattacke nach der Bierhaxe«, meinte Küps, »gefolgt von einem Herzinfarkt. Dabei ist Mösl dann ertrunken.«

»Falls wir den beiden Damen Glauben schenken.« Brandeisen zweifelte noch.

»Für mich klingt es plausibel«, sagte Küps.

»Das mit der Sandale von Frau Küps tut uns ehrlich leid«, sagte Faustina. »Cassildis legte sie neben das

Tauchbecken, aber das war, bevor sich in der Sauna alles ... so glücklich gefügt hat. Nach unserem Stelldichein hätten wir dem Beppo doch kein Leid mehr getan.«

»Gut, ich nehme das als Geständnis.« Brandeisen hatte mehr als genug gehört, auf weitere amouröse Details verzichtete er dankend. »Machen Sie sich auf einen Gerichtsprozess gefasst. Wenn es stimmt, was Sie behaupten, wird die Leichenschau wohl zu Ihren Gunsten ausfallen.«

Mit diesen Worten entließ er die beiden Schwestern. Cassildis und Faustina wirkten jetzt, da sie ihr dunkles Geheimnis gebeichtet hatten, nur noch wie zwei Teenager, die der Liebe ihres Lebens nachtrauerten. Joseph Mösl hatte offenbar großen Eindruck hinterlassen.

Küps rief Kommissar Laimböck an und schilderte ihm die veränderte Sachlage. Der Sonthofener gratulierte. Also doch ein Unfall, er habe es nicht zu hoffen gewagt und insgeheim wenig auf Tratsch und wacklige Indizien gegeben. An Mösls Leiche seien übrigens keine Spuren von Gewaltanwendung wie Würgemale oder dergleichen gefunden worden. Die Bamberger Kollegen hätten ganze Arbeit geleistet. Vergelt's Gott.

Zufrieden schlenderten die beiden Franken zum Therapie-Trakt. Mit Lob aus dem Kollegenkreis wurden sie sonst nicht gerade überschüttet.

»Warum haben Sie eigentlich an die Unschuld meiner Frau geglaubt?«, fragte Küps. »Wir haben sie doch gar nicht befragt.«

»Sollte man nicht Kalamitäten jeglicher Art von ihr fernhalten? Schließlich ist sie auf Kur.«

»Danke für die Rücksichtnahme, aber ...«

»Außerdem machte mich Mösls Herkunftsort stutzig. Wie Sie wissen, herrscht zwischen Bamberg und Kulmbach eine gewisse Rivalität, weil beide den Titel einer ›Bierhauptstadt‹ für sich beanspruchen. Deshalb hielt ich es für ausgeschlossen, dass eine Lokalpatriotin wie Ihre geschätzte Frau Gemahlin etwas mit einem Kulmbacher anfängt – ungeachtet seiner etwaigen Vorzüge. Richten Sie ihr also meine besten Wünsche aus.« Brandeisen stoppte an einer Schwingtür. »Und jetzt möchte ich der Wiedersehensfreude nicht im Wege stehen.«

Wenn der Partner zu Besuch war, durfte er sich an den Anwendungen beteiligen, so lautete die Philosophie auf *Geißenruh*. Zur Feier des Tages ließ sich der Kommissar gemeinsam mit seiner Gebieterin verwöhnen. Sie saßen am Rand eines gelblich beleuchteten Wasserbeckens und hielten ihre Füße hinein.

»Spürst du schon was?«, fragte Küps.

»Noch nicht«, sagte Frau Küps.

Sie spreizten die Zehen. Atmeten durch.

»Wir haben den Tod von diesem Mösl aufgeklärt«, sagte Küps.

»Aha.«

»Du hast ihn gekannt, oder?«

»Ja.«

»Und?«

»Und was?«

»Scheint ein richtiger Schürzenjäger gewesen zu sein.«

»Ja.«

Küps schnaufte aus. »Es gab Gerüchte, dass du ... und er ...« Plötzlich nahm er ein Kribbeln wahr.

»Weiter.«

»Dass da was gelaufen ist. Kurschatten und so.« Jetzt war es heraus.

Etwas knabberte an seinem großen Zeh.

»Dieser Beppo hat mich in einer Tour angebaggert«, begann Frau Küps. »Walküre hier, Walküre da. Der hat einen Narren an mir gefressen. Am Anfang war das ja schmeichelhaft, aber er ließ einfach nicht locker.«

»Verwaltungsbeamter.«

»Der hat höchstens seine Liebschaften verwaltet. Gestern Abend hab ich Fraktur geredet und ihn zum Teufel gejagt.«

»Wie hat er reagiert?«

»Zuerst verdutzt. Dann ist er ohne ein Wort aufgestanden, und das war's. Hat sich gleich nach leichterer Beute umgesehen.«

Küps beließ es dabei. Warum sollte er daran zweifeln? Außerdem beschäftigte ihn etwas ganz anderes. »Das kitzelt!«

Er machte mit seiner Frau eine Garra-Rufa-Therapie. Dabei beknabberten kleine Fischlein die obere Hautschicht und sorgten für eine gründliche Entschuppung. »Die etwas andere Pediküre«, hieß es im Hotelprospekt. »Sie werden unsere Doktorfische lieben.«

Seine Füße steckten in einem ganzen Schwarm dieser Viecher. Aus irgendeinem Grund knabberten sie vorwiegend an ihm.

»Angenehm, oder?«, fragte Frau Küps.

# Kommando Herodes

Staatsanwalt Brandeisen lehnte sich zurück. Die Anklageschrift war fertig. Nach den Feiertagen würde er den
berüchtigten »Lackkratzer« aus dem Verkehr ziehen. Seit
Jahren hatte der Mann im Sandgebiet und am Domberg
sein Unwesen getrieben. Zahllose Mercedessternstümp-
fe zeugten von seinem Tun, abgerissene Außenspiegel,
Dellen in Fahrertüren und Kotflügeln, vor allem aber
Karosserie-Grattagen im Zick-Zack-Muster. Mittlerweile
bewegte sich der Sachschaden im sechsstelligen Bereich,
das Vertrauen in Staatsmacht und Zivilgesellschaft war
nachhaltig gestört. Doch Kommissar Küps hatte den
Vandalen vor Kurzem in flagranti ertappt: ein schöner
Ermittlungserfolg der Bamberger Gesetzeshüter.

Für Brandeisen kam eine Geldstrafe gar nicht erst
infrage. Auch ein Jahr Gefängnis erschien ihm viel zu
niedrig. Er würde eine unbefristete Einweisung in die
Psychiatrie fordern, und zwar wegen Gemeingefährlich-
keit. Niemand sollte auf den Gedanken verfallen, dass
sich die Justiz milde stimmen ließ, nur weil Weihnachten nahte.

Auf *Bayern 5* lief ein Bericht über Markus Söder. Der
Minister hatte Bamberg kürzlich einen Besuch abgestat-
tet und war bei seiner Rede in irgendein Fettnäpfchen
getreten. Brandeisen schüttelte den Kopf, landespoliti-
sches Hickhack interessierte ihn nicht. Er schaltete das
Radio aus, schaute auf die Uhr und erschrak: kurz vor
Mitternacht. Da hatte er wohl die Zeit vergessen.

Gähnend schloss er das Büro ab und ging Richtung
Innenstadt. Es war der 23. Dezember, ein Dienstag,

Nieselregen, wenig Verkehr. Brandeisen hatte seinen Jaguar im Parkhaus Schützenstraße abgestellt, wollte aber noch einen Blick auf die Großkrippe am Schönleinsplatz werfen. Seit fünfzig Jahren schon wurde sie pünktlich zum ersten Advent aufgebaut und schmückte die belebte Kreuzung mit Figuren in Echtgröße: Maria und Josef in einem Fachwerkhäuschen, gebeugt über das Jesuskind.

Er schlenderte an der Sparkassenzentrale vorbei, ärgerte sich über Baustellenfahrzeuge, die den Gehsteig blockierten, erreichte die weihnachtlich illuminierte Stätte – und wunderte sich. Zwei Männer in blauen Overalls machten sich an der Krippe zu schaffen.

Der Staatsanwalt schaute sich um. Außer ihm schien niemand das merkwürdige Treiben zu verfolgen, der Platz wirkte wie ausgestorben. »Was geht hier vor?«, rief er. »Sind Sie befugt –«

Ein stechender Geruch nahm ihm den Atem. Er wurde bewusstlos.

Die Schwärze wich. Benommen versuchte er sich zu orientieren. Doch mit einer Augenbinde und gefesselt an einen Stuhl ging das nicht so einfach. »Wo bin ich? Was ist hier los?«

»Maul haldn!« Eine heisere Männerstimme.

»Haben Sie mich ... entführt?«

»Brauchst fräng.«

Brandeisen spürte, wie ihm Kabelbinder die Handgelenke abschnürten. Ein starker Kopfschmerz machte sich bemerkbar. Offenbar hatte man ihn mit Chloroform oder dergleichen betäubt. Er wurde unwirsch. »Wissen Sie, dass Sie einen Staatsanwalt gekidnappt haben?

Körperverletzung, Freiheitsberaubung – was wollen Sie damit bezwecken?«

»Staatsanwalt?«, fragte eine Frau in seinem Rücken.

»Verdammt!«

»Sie haben mich wohl für einen gewöhnlichen Passanten gehalten.« Brandeisen drehte den Kopf in Richtung der Sprecherin. »Ein verhängnisvoller Fehler ...« Er stellte sich namentlich vor und fügte hinzu, dass er schon so manchen Schurken zur Strecke gebracht hatte, nicht nur vor Gericht, sondern auch bei zahlreichen operativen Einsätzen im Dschungel der Kleinstadt.

»Du babbelst zu viel«, meldete sich die Männerstimme. »Des ist ja net zum Aushaldn.«

»Knebeln Sie mich doch! Tun Sie, was Sie nicht lassen können.« Brandeisen provozierte bewusst. Von einem Ganoven, der offenkundig Mist gebaut hatte und noch dazu fränkischen Dialekt sprach, ließ er sich nicht einschüchtern.

»Kümmer dich um ihn«, sagte der Mann. Schritte, eine Tür schlug zu, dann Stille.

»Sie halten mich also hier fest«, begann der Staatsanwalt. »Aus welchem Grund?«

»Sie sollen nicht reden.« Erneut die Frau, widerwillig.

»An der Krippe, das waren doch Ihre Leute. Gehören Sie etwa zum ›Kommando Herodes‹?« Brandeisen schwante Furchtbares, in der Lokalhistorie kannte er sich bestens aus. »Sie haben das Jesuskind gestohlen!«

»Keine Ahnung, wovon Sie da sprechen.«

»Tun Sie nicht so unschuldig! Im Jahre 1988 wurde der Gipssäugling schon einmal entwendet. Damals forderte ein anonymes ›Kommando Herodes‹ 3.000 Ostereier als Lösegeld. Natürlich verhandelte die Stadt nicht mit kriminellen Clowns und ignorierte diesen mehr als schlechten Scherz. Die Krippenfigur wurde von den Tätern dann in einer Wanne auf der Regnitz ausgesetzt und zum Glück geborgen. Fünf Jahre später wiederholte sich die alberne Scharade. Und nun, im Abstand zweier Dezennien, versuchen Sie, diesen Ungeist wiederzubeleben?«

»Stimmt«, gab die Frau zu. »Sie haben uns durchschaut.«

Brandeisen entging die Ironie. »Was sind Ihre Forderungen?«

»Diesmal wollen wir 6.000 Ostereier wegen der Umstellung auf Euro. Und wir haben ein Druckmittel: Sie!«

»Heißt das, ich bin Ihre Geisel?«

»Kann man so sagen.«

»Der Oberbürgermeister gibt keinen Millimeter nach, bei dem beißen Erpresser auf Granit«, beschied Brandeisen, doch er klang wenig überzeugt. Inzwischen musste schon der 24. Dezember angebrochen sein. »Auf welche Weise machen Sie Ihre Forderungen denn publik?«

»Mit einem Lösegeldbrief, der in Kopie an die Presse geht.«

»Auf dem Postweg?«

»Äh ... ja.«

»Aber heute ist Heiligabend! Ihr Brief kommt erst nach den Feiertagen an, das heißt zwischen den Jahren, da liegt das Rathaus bestimmt im Tiefschlaf. Wie lange wollen Sie mich denn hier festhalten?«

»So lange wie nötig.«

Der Staatsanwalt überlegte. Er hatte sich schon des Öfteren in scheinbar ausweglosen Situationen befunden, aber dieses Mal türmte sich Rätsel auf Rätsel. Außerdem waren seine Fluchthoffnungen gering, die Fesseln saßen bombenfest. Es blieb ihm nichts anderes übrig, als seine Bewacherin weiter in eine Unterhaltung zu verwickeln.

»Also, das Jesuskind aus der Krippe zu stehlen ...«, fing er an. »Eigentlich kann es sich dabei nur um einen Studentenulk handeln. Aber da Sie meine Verschleppung in Kauf nehmen, muss mehr dahinterstecken.«

Schweigen. Er hörte, wie die Frau trank und etwas abstellte, vielleicht eine Kaffeetasse.

»Sind Sie noch da?«

Räuspern. »Das ist kein Ulk, wir meinen es todernst.«

»Und Ihr Motiv? Erleuchten Sie mich!« Brandeisen ging die Möglichkeiten im Geiste durch und machte Vorschläge, damit der Gesprächsfaden nicht abriss. »Haben Sie etwas gegen christliche Bräuche? Verletzt die Krippe Ihre religiösen Gefühle?«

»Auch das«, kam es lakonisch zurück.

Brandeisen hielt inne. Hatte er es mit Islamisten zu tun?

»Verstehe«, lenkte er ein. »Nun ja, bei der Krippeninflation in Bamberg kann ich das durchaus nachvollziehen, man entkommt den Dingern ja kaum noch. Überall stehen sie herum, in den Kirchen, in den Schulen, am Maxplatz, im Alten Rathaus, im Landratsamt, im Diözesanmuseum, im Historischen Museum, natürlich im Krippenmuseum in der Sandstraße, sogar in der Tourist-Information. Bamberg – Krippenstadt. Diese folkloristisch-figurative Seite an Weihnachten wurde Ihnen zu viel, wie? Da brennen dem kleinen Dschihadisten, der in jedem von uns schlummert, schon mal die Sicherungen durch.«

»Schön formuliert.«

Aha! Anscheinend war er auf der richtigen Fährte. Jetzt galt es, einen Keil zwischen seine Entführer zu treiben. »Sie kommen mir vernünftig vor. Und Hochdeutsch können Sie auch. Warum haben Sie sich mit Fundamentalisten eingelassen?«

»Geht Sie gar nichts an.« Es klang etwas unsicher.

»Viele Menschen geraten mal auf die schiefe Bahn. Doch es gibt einen Weg zurück. Wenn Sie mich jetzt freilassen, werde ich alles tun, was in meiner Macht steht, um Strafmilderung für Sie zu erreichen.«

»Zu freundlich. Sie sind ja ein echter Wohltäter.«

»Ihr Spott trifft mich nicht, das ist ein faires Angebot. Stellen Sie sich vor, was die CIA macht, wenn sie von dieser Sache erfährt und beschließt einzuschreiten. Dann winkt Ihnen ein Freiflug nach Guantanamo.«

»Nach den Schmeicheleien drohen Sie mir? Ihre Strategie ist ziemlich durchsichtig.«

»Na ja ...«

»Außerdem interessiert sich die CIA wohl kaum für eine kleine, eher zufällige ... Inhaftierung.«

Hm. Täuschte sich Brandeisen, oder vermied die Frau absichtlich das Wort »Entführung«? Was hatte das zu bedeuten? »Ich würde gern etwas trinken«, sagte er. »Dieser Durst ...«

Sie seufzte. »Hab ich mir schon gedacht. Hier, Mund auf!«

»Was ist das?« Er spürte etwas an seinen Lippen.

»Cola aus einem Becher, mit Strohhalm.«

»Diät-Cola will ich doch hoffen.«

»Nein, normale. Süßstoff verursacht eine gestörte Glukosetoleranz, und die führt zu Übergewicht und Diabetes.«

»Ich bin beeindruckt.« Er nahm ein paar große Schlucke. »So viel Sachverstand, und dennoch spielen Sie mein Kindermädchen. Wird Ihnen dabei nicht langweilig?«

»Genug getrunken?«

»Ja, danke.«

»Dann ist wieder Schlafenszeit.«

Brandeisen bemerkte erneut einen alkoholischen, leicht süßlichen Geruch, wie von Sprit. Er drehte sich weg, doch die Frau hielt seinen Kopf fest und presste ihm eine Atemmaske aufs Gesicht.

Diesmal dauerte es länger, bis er das Bewusstsein verlor. Währenddessen hatte er den Eindruck, als wäre seine Wahrnehmung um ein Vielfaches geschärft. Er konnte den Herzschlag seiner Aufpasserin hören! Allerdings wurde seine Zunge taub, und es war ihm, als würde er ein wenig schweben. Selig lächelnd betrat er das Reich der Träume.

Äther, kam es ihm in den Sinn, als er erwachte. Bzw. Diethylether – damit wurde er betäubt. Ein altmodisches Narkose- und Rauschmittel, bei wiederholter Anwendung bestand Suchtgefahr. Doch es hatte Stil. Schon Guy de Maupassant wusste die Droge zu schätzen und hatte sie einst Haschisch und Opium vorgezogen. Und was für den Verfasser des *Bel-Ami* gut genug war ...

Brandeisen schien allein zu sein. Er trug immer noch die Augenbinde und konnte sich nicht von seinem Stuhl rühren. War schon der 25. Dezember? Er hatte jedes Zeitgefühl verloren. Normalerweise säße er jetzt in seinem Wohnzimmer und würde einer Bach-Messe lauschen. Oder dem Weihnachtsoratorium. Wie er es hasste, nicht seinen festen Gewohnheiten nachgehen zu können!

Es dauerte eine Weile, bis die Frau zurückkam. Diesmal war sie noch wortkarger als sonst. Sie hatte etwas zu Essen mitgebracht, ein Salamisandwich, das sie geduldig an den Staatsanwalt verfütterte.

»Ich muss dringend auf Toilette«, sagte er, nachdem er gesättigt war.

»Moment.«

Eine Tür wurde geöffnet, mehrere Stimmen waren zu hören – von einer ganzen Bande? Kurz darauf Schritte.

»Da hammer dem Dreeg a Eierla geem ...« Wieder der Dialektfan. »Du willst aufs Klo? Geh am besdn gleich auf Vorrat – und mach bloß kei Geäffl!«

»Keine Sorge.« Der Staatsanwalt spürte, wie seine Fesseln gelöst wurden.

Der Mann zerrte ihn auf die Beine und wandte den Polizeigriff an. »Wenn du die Augenbinde abnimmst, bist du tot. Rodscher?«

»Jetzt muss ich wohl mit ›Verstanden‹ antworten.«

»Geht's auch weniger brutal?«, fragte die Frau.

»Seit wann gibst *du* hier die Befehle?«, blaffte der Mann. Zusammen mit seiner Komplizin schob er Brandeisen in einen engen Raum und setzte ihn auf einen Abort. »Hosen runter! Den Rest kannst ja wohl selber erledigen. Ich mach jetzt die Tür zu. Und schau, dass d' dich schiggst!«

Brandeisen rieb seine schmerzenden Gliedmaßen. Dann lüpfte er die Binde. Die Toilette sah trostlos aus. Kein Fenster, Holzwände, Laminat auf dem Boden. Nichts, was man als Waffe verwenden konnte – außer einer Klobürste, die schon bessere Tage gesehen hatte.

»Augenbinde!«, erschallte es barsch von draußen.

Na gut, dann tätigte Brandeisen seine Verrichtung eben blind. Mit diesem Irren war nicht zu spaßen. Als er fertig war, sagte er laut: »Meine Frau macht sich Sorgen, bestimmt bin ich schon als vermisst gemeldet. Die Polizei hat eine Großfahndung eingeleitet. Geben Sie auf!«

»Des hamm wir scho längst gedscheggt, du Siebengscheider. An Weihnachten vermisst dich ka alde Sau. Du bist a Junggsell. Mit dir häld's wahrscheinlich niemand länger aus.«

Wie dumm! Warum hatte er den Entführern seinen Namen genannt? Es war ja stadtbekannt, dass Brandeisen ein von menschlicher Gesellschaft unbelastetes Leben führte. »Fertig«, rief er resigniert.

Seine beiden Bewacher holten ihn aus der Toilette. Ein erdiger Geruch haftete ihnen an, als kämen sie von der Gartenarbeit. Seltsam ... Erleichtert stellte er fest, dass er nicht auf dem Stuhl platziert, sondern in ein anderes Zimmer gebracht wurde. Man drängte ihn, sich auf eine Matratze zu legen.

»Ihr Plan wirkt nicht gerade ausgereift«, versuchte er es. »Wann und wo soll die Übergabe der Ostereier denn stattfinden?«

»Häh?« Wieder der Mann.

»Ein symbolischer Akt, um das christlich geprägte Abendland der Lächerlichkeit preiszugeben – so zumindest meine Interpretation. Aber ist das nicht ein bisschen riskant? Wenn Sie die Eier abholen, werden Sie garantiert geschnappt.«

»Der hält einfach net die Babbn!«

Er wurde ein weiteres Mal betäubt. Inzwischen fühlte sich das Wegdämmern vertraut an. Brandeisen schwelgte in Allmachtsfantasien: In der purpurnen Robe des Bundesgerichtshofs fällte er ein Todesurteil nach dem anderen; jedes wurde sofort vollstreckt, per Guillotine, ohne Pardon für Erpresser und Geiselnehmer. Dieser Äther hatte es in sich.

Der Kater danach ebenso.

Er richtete sich mühsam auf. Keine Fesseln! Keine Augenbinde! Dafür Migräne und ein steifer Rücken. Brandeisen spürte weder eine Matratze noch einen Stuhl unter sich, sondern ... harte Stufen.

Langsam klärte sich sein Blick. Man hatte ihn ausgesetzt. Auf der Treppe vor dem Oberlandesgericht. Es war empfindlich kalt, doch eine barmherzige Seele hatte ihn in seinen Wollmantel gehüllt – vielleicht die Entführerfrau.

Der Druck auf seiner Blase war mörderisch. Wie lange hatte er diesmal geschlafen?

Zunächst urinierte er ans Portal des Justizgebäudes, schwankend, mit einem Geschmack im Mund, als hätte er Benzin gegurgelt. Dann setzte er sich schleppenden Schrittes in Bewegung. Später wusste er nicht mehr, wie um alles in der Welt ihn seine Füße zum Haus von Küps im Mühlenviertel getragen hatten. Mit letzter Kraft klingelte er – und erschrak. Überlaut bohrte sich das Schrillen der Türglocke in seinen Frontallappen.

»Wir geben nichts.« Der Kommissar war schlecht gelaunt. Weihnachten hatte den üblichen Verlauf genommen: Baum zu klein, Gans verkohlt, Magenkoliken.

»Die! Wollen! 6.000 Eier! Sofort BKA verständigen!« Der Staatsanwalt starrte ihn aus golfballgroßen Augen an.

»Mein Gott, sind Sie das, Brandeisen?« Küps konnte es nicht fassen. »Sie stinken nach ... Wodka-Red Bull? Haben Sie mit dem Zeug geduscht?«

»Äther«, lallte der Staatsanwalt. »Die haben mich ... narkodingsbums. Ruhiggestellt. Unter Drogen gesetzt.«

»Die? Wer sind ›die‹?«

»Die Jesuskind-Kidnapper. Lassen Sie mich jetzt rein?«

Staunend machte Küps Platz. So hatte er den korrekten Brandeisen noch nie erlebt, mit Dreitagebart, verstrubbeltem Haar und glasigem Blick. Seine Fahne, überhaupt sein Körpergeruch, war extraordinär. Er wirkte wie ein Trunkenbold, der den zweiten Weihnachtsfeiertag nur im Dauerdelirium überstand. Küps war froh, dass seine Gattin gerade die Messe besuchte und dieses Bild des Jammers nicht ertragen musste.

Im Wohnzimmer ließ sich Brandeisen erschöpft auf einem Sessel nieder. Nach einem starken Kaffee konnte er sich einigermaßen zusammenhängend äußern und erzählte seinem Freund und Ermittlungspartner alles, was ihm in den vergangenen Tagen widerfahren war. Zwischendurch mampfte er Weihnachtsplätzchen, um den Unterzucker zu bekämpfen.

Als er seinen Bericht beendet hatte, betrachtete Küps ihn voller Mitleid. Jetzt war es also so weit: Brandeisen drehte komplett durch. Die Einsamkeit während der Feiertage, einzig in Gesellschaft seiner ausgestopften Dogge, hatte den Staatsanwalt jenen schmalen Grat überschreiten lassen, der Exzentrik von Wahnsinn trennte. Damit war irgendwann zu rechnen gewesen. Aber dass er auch noch zur Flasche griff ...

»Glauben Sie mir nicht?« Brandeisen schüttete die dritte Tasse Dallmayr in sich hinein. »Schauen Sie mich an! So eine Entführung ist die Hölle. Fortgesetzte Demütigungen, Ohnmacht, Harndrang. Man muss diesen Lumpen das Handwerk legen!«

»Natürlich.«

»Ich will das volle Programm. Sondereinsatzkommando, Ringfahndung, Hubschrauber, wenn's sein muss, Ausrufung des Kriegsrechts, telefonieren Sie mit dem Innenminister! Und Spürhunde, vielleicht erschnüffeln die noch was an meiner Kleidung. Wir brauchen einen phonetischen Forensiker, um die Herkunft des fränkisch sprechenden Haupttäters zu eruieren. Ich tippe auf Gundelsheim.«

»Immer mit der Ruhe.«

»Sie haben gut reden! Die westliche Wertegemeinschaft steht auf dem Spiel!«

»Ihre Geschichte hat einen Schönheitsfehler.« Küps hielt bedeutungsvoll inne. »Das Jesuskind wurde gar nicht geklaut. Es liegt in seiner Krippe.«

»Sie scherzen!«

»Ich hab heute Morgen einen Spaziergang gemacht, unter anderem zum Schönleinsplatz. Alles in bester Ordnung. Sogar die Baustelle, die dort kürzlich noch war, wurde aufgelöst.«

»Aber ... das kann nicht sein!«

»Haben Sie schlecht geträumt? Oder was Verkehrtes getrunken?«

Wie von der Tarantel gestochen sprang Brandeisen auf. »Gerhard ...« Wenn er den Vornamen des Kommissars benutzte, ging es ans Eingemachte. »Sie kennen mich doch! Sie, und das darf ich in aller Aufrichtigkeit sagen, sind der einzige Kollege, Mitstreiter, Weggenosse, der meinen kriminalistischen Genius zu schätzen weiß. Ich versichere Ihnen, jedes Wort meines leider nur kursorischen Berichts ist wahr! Habe ich schon einmal übertrieben? Bin ich je übers Ziel hinausgeschossen?«

»Eigentlich machen Sie das andauernd.«

»Papperlapapp! Los, sehen wir uns diese Krippe an!« Etwas versöhnlicher setzte er hinzu: »Lassen Sie mich nicht im Stich.«

Küps ließ sich erweichen, und sei es nur, um den Staatsanwalt auf den Boden der Tatsachen zurückzuholen. Mit dem Dienstopel fuhren sie zum vermeintlichen Tatort. Der Schönleinsplatz sah aus wie immer, nichts deutete auf ein Schelmenstück politischer Extremisten hin.

Brandeisen überquerte den Rasen und steuerte geradewegs auf die Krippe zu. Und richtig, die Heilige Familie war vollzählig, friedlich lag das Jesuskind in seiner Schlafstatt.

»Ich weiß nicht, was ich sagen soll ...«

»Irren ist menschlich.« Der Kommissar schlug einen beruhigenden Tonfall an. »Am besten, ich bringe Sie jetzt heim. Nach einem heißen Bad sind Sie wieder auf dem Damm.«

»Irgendetwas kommt mir hier spanisch vor ...« Brandeisen kniete sich hin und untersuchte den Boden. »Fällt Ihnen nichts auf?«

»Was denn?«

»Das Erdreich. Schaut so aus, als sei es erst vor Kurzem festgetrampelt worden.«

»Das waren vermutlich die Leute vom Garten- und Friedhofsamt. Die haben die Krippe Anfang der Woche von Herbergssuche auf Christi Geburt umgebaut.«

Brandeisen wühlte wie ein Wilder in der Krume. »Aber nach der obersten Schicht wird es immer lockerer.«

Küps, ein passionierter Hobbygärtner, ließ sich ebenfalls auf alle viere nieder. Fachmännisch prüfte er die

Beschaffenheit des Bodens. »Stimmt. Hier wurde umgegraben. Reicht ziemlich tief.«

»Warum? Was soll das?«

Gleichzeitig richteten sich ihre Blicke auf das Sparkassengebäude. Es grenzte direkt an den Schönleinsplatz.

»Denken Sie, was ich denke?«, fragte Brandeisen.

»Da hat sich jemand durchgebuddelt.« Dem Kommissar blieb die Spucke weg.

»In der Nacht auf den Heiligabend! Für einen Bankraub gibt es kein besseres Datum. Über Weihnachten hält sich niemand in der Sparkasse auf – Zeit genug, die Alarmanlage auszutricksen und den Tresor auszuräumen. Die Geschichte vom ›Kommando Herodes‹ war nur ein Bluff, um mir Sand in die Augen zu streuen. Ich habe das Diebesgesindel beim Tunnelgraben gestört! Deswegen die angebliche Entführung.«

»Aber so ein Tunnel – das dauert Tage. Man braucht schweres Gerät, muss den Abraum zwischenlagern und danach alles wieder zuschütten ...« Küps fiel die Baustelle ein. »Mensch, die hatten einen Bagger! Das waren Profis! Und jetzt sind sie über alle Berge.«

Der Sparkassendirektor wirkte gestresst und überaus verdrießlich, als er nach dem Anruf des Kommissars am Schönleinsplatz eintraf. Wahrscheinlich wurde sein Mittagessen kalt. Skeptisch musterte er die kreuz und quer stehenden Streifenwagen. Und die Polizeibusse vor seiner Bank, denen mürrische Kriminaltechniker entstiegen, waren ihm erst recht ein Dorn im Auge. »Was für ein Aufmarsch! Also, ich muss schon sagen ...«

»Wir haben Grund zu der Annahme, dass hier eingebrochen wurde.« Küps legte die Verdachtsmomente dar.

»Das ist absurd! Die Einlagen unserer Kunden sind so sicher wie die Kronjuwelen der Queen – Tunnel hin oder her.«

»Schauen Sie doch mal nach, ob ein paar Taler aus dem Geldspeicher fehlen«, schlug Brandeisen vor.

»Wenn Sie darauf bestehen ...«

Ein eilig herbeizitierter Security-Mann sperrte die Glastür zur Sparkasse auf. Die Spannung stieg.

»Vorerst nur Sie beide«, sagte der Direktor. »Bevor Ihre Mitarbeiter alles ohne Not auf den Kopf stellen.« Er bemerkte den Pennergeruch, der dem Staatsanwalt entströmte. »Ich will stark hoffen, dass Sie bei klarem Verstand sind.«

Der Tresor befand sich im Untergeschoss. Es waren sogar zwei Tresorräume, einer für den Zaster und einer für Kundenschließfächer, mit getrennten Zugängen. Nachdem sämtliche Alarmvorrichtungen deaktiviert waren, betraten Brandeisen und Küps die inneren Heiligtümer des Mammons.

Keine durchbrochenen Wände, keine herumliegende Restbeute, keine aufgehebelten Schließfächer, nichts, was auf ein gewaltsames Eindringen und einen Bankraub hinwies. Alles machte einen klinisch reinen Eindruck, als würde Meister Proper hier stündlich seine Runden drehen.

»Zufrieden?«, fragte der Direktor. »Oder soll ich die Bestände in Ihrer Anwesenheit nachzählen? Das dauert ein paar Jahre.«

»Spuren lassen sich beseitigen, Wände wieder zumauern.« Brandeisen meinte, Mörtel und frische Farbe zu erschnuppern. »Mit etwas handwerklichem Geschick ...«

Der Direktor wurde ungehalten. »Ich weiß ja nicht, wo Sie sich in den letzten Tagen herumgetrieben haben, Herr Staatsanwalt. Mein Schäferhund riecht besser, wenn er ein paar Tage draußen war – und er trinkt nicht! Lassen wir Ihre ›Beobachtungen‹ doch einfach auf sich beruhen.«

»Einverstanden«, sagte Küps schnell und bedeutete seinem müffelnden Freund, die Klappe zu halten. »Tut uns furchtbar leid, Sie an Weihnachten aus dem Kreis Ihrer Lieben gerissen zu haben. Aber Vorsicht ist besser als Nachsicht, oder?« Im Umgang mit den Stützen der Gesellschaft beherrschte der Kommissar jede noch so dämliche Floskel. »Vielen Dank für diese aufschlussreichen Einblicke. Wir gehen dann lieber.«

Mit diesen Worten traten der Kommissar und der Staatsanwalt den Rückzug an. Küps schickte seine Leute weg und verzichtete auf weitere Bodenuntersuchungen.

»Außer Spesen nichts gewesen?«, fragte Brandeisen, nachdem sich der Schwarm verlaufen hatte und das Portal der Sparkasse wieder fest verschlossen war.

»Abwarten.«

»Warten? Worauf?«

Küpsens Handy piepste. »Hat ja ganz schön gedauert.« Er las die Mitteilung von seiner Kontaktperson bei der Stadt Bamberg. »Sieh mal an: Die Baustelle vor der Sparkasse war nicht genehmigt. Offiziell gab es sie gar nicht.«

»Das heißt, es waren die Bankräuber«, triumphierte Brandeisen. »Die haben einfach so getan als ob.«

»Frechheit siegt.«

»Also liegen wir richtig.«

Küps nickte. »Da ist was faul.«

»Und jetzt?«

»Legen Sie sich ins Bett. Schwitzen Sie den Äther aus. Dann sehen wir weiter.«

Für den Rest des Tages war Brandeisen mit Kneipp-Kuren und umfänglichen Detox-Maßnahmen beschäftigt, um seinen Körper zu entgiften. Grüner Tee, Säfte aus der Drogerie, Meditation – Nieren und Leber jubilierten, sein Geist atmete durch. Was hatten diese Strolche im Schilde geführt? Wofür der ganze Aufwand?

Hilda, seine treue, in Habachtstellung präparierte Dogge, zeigte anfangs noch Verständnis für die missliche Lage ihres Herrchens. Doch ihr mahnender Blick schien zu sagen: »Nur kein Selbstmitleid. Reiß dich zusammen!«

Und das tat der Staatsanwalt. Bis in die Nacht hinein ging er Szenarien durch. Anscheinend hatte der Sparkassendirektor gelogen. In die Bank war sehr wohl eingebrochen worden. Vielleicht hatte ein Insider den Räubern geholfen, ein Angestellter, weil alles bemerkenswert glatt und fast ohne verräterische Spuren abgegangen war. Falls das stimmte, musste der Einbruch natürlich verheimlicht oder vertuscht werden, um einen Skandal zu vermeiden. Ob der Direktor einen Anteil kassierte? Unwahrscheinlich. Möglicherweise hatte er nur das Loch in seinem Tresorraum entdeckt und den Mantel des Schweigens darüber gebreitet.

Wie auch immer, offenbar waren keine größeren Geldmengen entwendet worden, so etwas ließ sich schwer geheim halten.

Die Frage war: Was fehlte stattdessen?

Am 27. Dezember hätten die Schlagzeilen gar nicht sensationeller sein können. In den überregionalen Medien und sogar im *Fränkischen Tag* war von »Södergate« die Rede.

Brandeisen kaufte am Bahnhof alle wichtigen Zeitungen und ging sie zusammen mit Küps durch. Alles drehte sich um den jüngsten Besuch von Markus Söder bei der Bamberger CSU, wie man aus gut unterrichteten Kreisen erfahren hatte. Söder, ein gebürtiger Nürnberger, Gelegenheitsfranke, bayerischer Staatsminister für Diverses, unter anderem Heimat, war bekannt dafür, dass er seinen Ortsverbänden das Blaue vom Himmel versprach. Aus einem Tonmitschnitt des Treffens mit den Bamberger CSUlern ging hervor, dass sich der Landespolitiker neuerdings besonders weit aus dem Fenster lehnte. Er versprach, Franken in die Unabhängigkeit zu entlassen, sollte er je Ministerpräsident werden.

Der Aufschrei in Altbayern war natürlich groß. Schon immer habe man Söder als Separatisten verdächtigt, nun sei es endlich heraus. Der Heimatminister müsse unverzüglich von all seinen Ämtern zurücktreten. Woraufhin sich die FFF, die Front Freier Franken, zu Wort meldete und Söder die Ehrenmitgliedschaft antrug.

Hoch und höher schlugen die Wellen. Die Kanzlerin schaltete sich ein und sagte, sie könne sich Franken hinsichtlich Fläche und Einwohnerzahl »ganz gut« als siebtgrößtes Bundesland vorstellen – ein wohlkalkulierter Hieb gegen Seehofer, der seinem Minister »vollstes Vertrauen« aussprach, »fest hinter ihm« stand und von einem Missverständnis ausging. Er schlug Söder vor, für Klarheit zu sorgen: »Wenn ein Satz anders aufgefasst wird, als er objektiv gemeint war, dann ändert man den Satz, das ist eine relativ einfache Sache.«

Solch glänzender Rhetorik hielt Söder entgegen, dass seine Äußerung aus dem Zusammenhang gerissen sei und er die Abtrennung Frankens in dieser Deutlichkeit nie gefordert habe. Allerdings sollte es erlaubt sein, über Unabhängigkeitsbestrebungen zumindest nachzudenken, wo käme man denn sonst hin. Dieser Gegenangriff trug Söder in Franken ungeahnte Sympathien ein. Rufe nach einer Volksabstimmung wurden laut, Solidaritätsadressen aus Schottland, Katalonien und vom Dalai Lama trafen ein. Södergate – ein Funken im Pulverfass. Und niemand wusste, wo das alles noch hinführte.

Brandeisen und Küps indes begriffen sofort: Die Front Freier Franken, vor allem ihr militanter Flügel, die FOD (Frangn oder Dood), musste für den Einbruch in die Sparkasse verantwortlich sein und den Tonmitschnitt aus einem Kundenschließfach entwendet haben. Doch weit kamen sie mit ihrer Vermutung nicht. Die Medien beriefen sich auf Quellenschutz und gaben die Herkunft ihrer Informationen nicht preis. Die Bamberger CSU wusste weder ein noch aus: Wenn sie Söder offen unterstützte, fiel sie in München in Ungnade. Wenn sie sich aber gegen den neuen Volkstribun stellte, liefen ihr die Wähler davon. Also stritt sie rundheraus ab, dass eines ihrer Mitglieder irgendetwas mit Södergate zu tun habe. Vielleicht seien die Aufnahmen von einem Spitzel der Opposition gemacht worden.

Ein Besuch bei der FFF ergab ebenfalls nichts Greifbares. Brandeisens Hoffnung, die Täter eventuell an den Stimmen wiederzuerkennen, zerschlug sich. Die FFFler, inbesondere die FODler, sprachen zwar zumeist schwersten Dialekt. Doch vertraute Laute hörte der Staatsanwalt nicht. Wahrscheinlich waren die Entführer untergetaucht, oder sie hatten sich ins Ausland abgesetzt, zum Beispiel nach Thüringen.

»Seien Sie froh, dass Sie so glimpflich davongekommen sind«, sagte Küps. »Die hätten Sie auch aus Spaß an der Freud foltern können.«

»Mit noch breiterer Mundart, wie? Aber Sie haben recht, alles halb so schlimm und im Grunde eine lehrreiche Erfahrung. Dieser Äther ... Man könnte sich fast daran gewöhnen.«

Sie stellten die Ermittlung ein. Brandeisen kehrte in seinen beruflichen Alltag zurück. Den Entführern entkommen zu sein, stimmte ihn ungewöhnlich milde. Vielleicht sollte er im alten Jahr noch ein Weihnachtsgeschenk machen – und zwar dem Lackkratzer. Und so forderte er nur eine Geldstrafe für den irregeleiteten Vandalen sowie Sozialdienst bei den Bamberger Krippenbauern. Das würde ihm Lehre genug sein.

Drei Tage nach der Verkündung des Urteils stand der Staatsanwalt vor seinem sargschwarzen Jaguar. Ein fränkisches Wort war tief in die Kühlerhaube eingeritzt: Hundsgrübbl.

Zu Frankens Unabhängigkeit war der Weg noch weit.

# Gutes Neues

»Und dann jagen wir die ganze Bagage in die Luft!« Der Hüne strich über seinen Märtyrervollbart.

»Da erwischt es bestimmt keinen Falschen«, kommentierte sein Saufkumpan, ein schieläugiger Frettchentyp. »Der komplette Stadtrat, die Jubelpresse – einmalige Gelegenheit.«

»Gscheit recht«, sagte ein Dritter mit Neandertalerschädel, offenbar nicht der Hellste der Truppe. »Prost!«

Sie hatten nicht nur das Limit ihres Bierkonsums überschritten, sondern auch das ihres Punktekontos in Flensburg. Die Schuld gab das Trio der kommunalen Verkehrsüberwachung, einer im Stadtrat einstimmig beschlossenen Blitzeroffensive. Ihre Führerscheine waren eingezogen worden, drei aufgetunte Opel Astras rosteten vor sich hin. Sie sahen keinen Sinn mehr im Leben.

Ihr Plan lautete wie folgt: 50 Kilo selbst gemischter Sprengstoff, verteilt auf drei Attentäter-Gürtel, sollten beim Neujahrsempfang der Stadt Bamberg in der Konzerthalle gezündet werden. Dort gaben sich die Großkopferten und ihre Adabeis regelmäßig ein Stelldichein, um einander zu bauchpinseln. Für Jogginghosenträger kein Zutritt. Deshalb wollten die drei über den Hintereingang eindringen.

Dummerweise besprachen die Terroristen in spe ihren Anschlag ausgerechnet auf dem *Spezial-Keller* – bekanntermaßen das Wohnzimmer von Staatsanwalt Brandeisen und Kommissar Küps. Die beiden Ermittler saßen am Nebentisch und hatten alles mitgehört.

»Das sind Wutbürger«, mahnte Brandeisen. »Sollten wir ihre Sorgen nicht ernst nehmen?«

»Schaffen die's überhaupt heim?«, fragte Küps.

»Stimmt. Lassen wir dem Schicksal seinen Lauf.«

# Truffle Royale

Staatsanwalt Brandeisen sank in einen Louis-Seize-Sessel, während die Leichen von zwei Bodyguards und drei maskierten Ninja-Dieben abtransportiert wurden. Er betrachtete das Massaker. In der Präsidentensuite des *Bamberger Hofs* ging es normalerweise weniger blutig zu. »Solch unschöne Gewaltausbrüche sehen wir in unserer Stadt eher selten. Ich finde das alles andere als erfreulich, Herr Kramtschuk.«

Kramtschuk, seines Zeichens russischer Oligarch, trank einen Schluck Samowartee. Auf seinen Knien ruhte die Maschinenpistole, mit deren Hilfe er die Eindringlinge – und im Eifer des Gefechtes wohl auch seine eigenen Leute – niedergestreckt hatte. »прощéние, verehrter Herr Prokuror. Ich bin untröstlich.«

»Meinen Sie, das geht als Notwehr durch?«

»Selbstverteidigung mit Kollateralschäden. Letztere gehören zum Berufsrisiko, so steht es im Arbeitsvertrag meiner Angestellten.« Kramtschuk streichelte den Hund zu seinen Füßen, einen Bolonka Zwetna. Die Rasse sah wie ein schmutziger Bettvorleger aus. »Wir haben die bösen Männer in die Flucht geschlagen, nicht wahr, Gorbatschow?«

Gorbatschow winselte wohlig.

»Worauf hatten es die Einbrecher denn abgesehen?« Brandeisen wies auf den Wandtresor, die schwere Tür stand demonstrativ offen. »Bargeld? Goldbarren? Juwelen?«

»Stellen Sie mich nicht auf eine Stufe mit meinen unkultivierten Landsleuten«, grollte Kramtschuk. »Diese

Art von Reichtum bedeutet mir nichts. Er ist nur Mittel zum Zweck.« Langsam erhob er sich und händigte die Maschinenpistole einem Mann von der Spurensicherung aus. Dann schlug er einen verbindlicheren Ton an. »Ich bin nach Bamberg gekommen, um das hier zu erwerben.« Behutsam entnahm er dem Safe eine kleine Schatulle aus Ebenholz und öffnete sie. »Sehen Sie selbst: die teuerste Praline der Welt.«

Der Staatsanwalt staunte nicht schlecht. Auf einem kunstvoll geschmiedeten goldenen Sockel thronte eine Schokokugel, gekrönt von einem funkelnden Edelstein.

Kramtschuk übergab ihm die Schatulle und begann stolz zu erklären: »Die Praline sitzt auf einer Kreation aus 18-karätigem Gold. Der Fuß des Schmuckstücks ist abschraubbar und dient zur Aufbewahrung. Darüber schwebt ein zehnkarätiger Brillant, eingefasst in Gold. Nach dem Verzehr der Praline kann er als Ring getragen werden.«

»Wie praktisch!«, sagte Brandeisen und examinierte das Ding aus nächster Nähe.

Gorbatschow knurrte bedrohlich. Auf einen Wink seines Herrchens verstummte er.

»Doch das Meisterstück ist die Praline«, fuhr der Oligarch fort, »ein echtes Unikat. Die Basis für die Trüffelfüllung besteht aus eigens hergestellter Sahne aus Pandamilch mit fünfunddreißig Komma fünf Prozent Fettgehalt, frisch pürierter Longkong-Frucht aus Thailand, bestem Kaschmir-Safran und feinster Kuvertüre aus dem Kakao der Arriba-Bohne, geerntet von jungfräulichen Kichwa-Indianerinnen in einem unzugänglichen Waldgebiet am Rande des Amazonasbeckens. Abgerundet wird die Füllung durch einen eingedickten

Champagner Krug aus dem Jahr 1928 – sehr schwer er-
hältlich. Bei der Umhüllung des Trüffels handelt es sich
um eine Edelzartbitter Grand-Cru-Schokolade mit fünf-
undsechzig Prozent Kakaoanteil. Diese Schokolade wird
sortenrein nur aus den Kakaobohnen einer Südseeinsel
hergestellt, die zufällig mir gehört: Kramtschukja. Die
Insulaner haben mir kürzlich die Königswürde angetra-
gen.«

Brandeisen nickte anerkennend. »So etwas kostet bestimmt mehr als ein Duplo.«

»Eine runde Million. Die Praline soll ein Hochzeits-
geschenk für meine Zinotschka werden.«

»Zinaida Horn, das bekannte Supermodel?«

»Meine Braut weilt momentan bei den Prêt-à-porter-
Schauen in Mailand, sie ist Kirgisistandeutsche. Da dachte ich mir: Eine Kreation aus der Heimat ihrer Vorfahren
könnte sie glücklich machen.«

»Und wer hat dieses süße Wunder erschaffen?«

»Natürlich die Confiserie Storath in der Langen Straße, gleich um die Ecke.«

»Natürlich.« Der Staatsanwalt begriff, warum es
Kramtschuk nach Bamberg verschlagen hatte. Besagte
Pralinenmanufaktur galt als eine der besten weit und
breit. Ihr Gründer Johannes Storath konnte es leicht mit
den großen Chocolatiers aus Paris oder Brüssel aufneh-
men. Seine Erzeugnisse hatten Brandeisen schon über
manch einsamen Winterabend hinweggeholfen. Am
liebsten mochte er Eierlikörtrüffel, weil sie ihn an seine
alte Klavierlehrerin erinnerten.

Kramtschuk genoss die Bewunderung seines Gegen-
übers. »Storath musste mir vertraglich zusichern, dass
er nie wieder solch ein Einzelstück herstellt. Ich habe die

Praline heute Morgen persönlich abgeholt und ins Hotel gebracht. Wie man sieht, weckt sie gewisse Begehrlichkeiten.«

Unter Anleitung eines Rechtsmediziners wurde die letzte Leiche in einem Gummisack entfernt. Kommissar Küps trat hinzu und warf einen abschätzigen Blick auf den Schokotrüffel. »Ganz nett – ich bin eher Tortenfan.«

»Eine Torte wird es auf der Hochzeitsfeier selbstverständlich auch geben«, sagte der Oligarch indigniert. »Mit so vielen Stockwerken wie der Kramtschuk-Tower in Petersburg. Die Praline jedoch ist einzig und allein für meine Zinotschka bestimmt. In der Nacht unserer Vermählung wird das unterernährte Geschöpf alle Energien brauchen.«

Behutsam schloss Brandeisen die Ebenholzschatulle und wollte sie Kramtschuk zurückgeben. Doch plötzlich sprang der Hund hoch, schnappte sich das edle Behältnis und rannte wie ein geölter Blitz nach draußen.

Sekunden der Verblüffung. Dann stürmten der Russe und die beiden Bamberger hinterher.

»Hierher, Gorbatschow!«, schrie Kramtschuk auf dem Gang vor der Präsidentensuite – ohne Erfolg. Der Bolonka Zwetna hatte offenbar die Treppe nach unten genommen. An der Rezeption erfuhren sie, dass er das Hotel just verlassen hatte, mit einer kleinen Schachtel im Maul.

»Und Sie haben das Mistvieh nicht aufgehalten?« Der Oligarch zog eine Pistole unter der Achsel hervor – niemand hatte daran gedacht, ihn vollständig zu entwaffnen. Wütend schoss er ein paarmal in die Decke.

In einem Ständer neben dem Eingang steckten Regenschirme für Gäste. Küps griff sich einen und schlug

Kramtschuk kurzerhand nieder. Zugleich eilte Brandeisen durch die Schwingtür auf die Straße. Er sah sich um. Gorbatschow war über alle Berge.

Es dauerte eine Weile, bis der Milliardär erwachte. Die beiden Ermittler hatten ihn auf ein Sofa im Foyer gelegt und hielten ihm ein Glas Wodka unter die Nase, um seine Lebensgeister zu wecken. Manchmal funktionierten Klischees.

Der befürchtete Zornesausbruch blieb aus. Kramtschuk zeigte sich von seiner larmoyanten Seite. »Die Praline, der ganze Aufwand, alles umsonst! Wie konnte mir Gorbatschow das bloß antun?«

»Sicher kommt er bald zurück«, beruhigte ihn Brandeisen. »Geduld. *Alles nimmt ein gutes Ende für den, der warten kann,* heißt es bei Tolstoi.«

Doch Küps hegte einen Verdacht. »Seit wann haben Sie den Hund?«

»Erst ein halbes Jahr.« Kramtschuk verdrückte eine Träne. »Von einem Züchter in Nowgorod. Ich hab das Kerlchen gleich ins Herz geschlossen. Und Zinotschka ist ganz verrückt nach ihm. Als wir Gorbatschow zum ersten Mal gesehen haben, sprang er gleich an ihr hoch und schleckte ihr das Make-up von den Wangen. Da wussten wir: Er muss es sein und sonst keiner.«

»Dieser Züchter ... Ist sein Name zufällig Viktor Lavrin?«

»Woher wissen Sie ...«

»Auf Anregung des Staatsanwalts beschäftige ich mich vermehrt mit internationaler Kriminalität.« Ein triumphierender Blick zu Brandeisen, der normalerweise den Klugscheißer-Part übernahm, wenn das ungleiche

Duo einen schwierigen Fall zu lösen hatte. Endlich konnte der Kommissar zeigen, dass auch er sich in den Verbrecherdatenbanken bestens auskannte. »Dieser Lavrin ist ein ganz spezieller Hundezüchter. Er richtet die Tiere ab, damit sie Straftaten begehen, meistens Diebstahl oder dergleichen. Kennen Sie sogenannte Schläfer?«

»Das sind Terroristen, oder?«

»Inaktive Terroristen«, ergänzte Küps. »Sie verhalten sich völlig unverdächtig, bis sie auf Befehl in Aktion treten. Dafür wird häufig eine Art Codewort benutzt, auf das sie konditioniert sind. Bei Gorbatschow war es vielleicht *Torte*. Vorhin haben wir uns ja darüber unterhalten.«

»Heißt das, der Hund wurde mir quasi untergejubelt?« Kramtschuk war fassungslos. »Damit er mich irgendwann beklaut?«

»So ungefähr.«

»Das sind ja KGB-Methoden ...«

Brandeisen hatte lang genug geschwiegen, das machte ihn ganz kribbelig. »Wer könnte denn Interesse an dieser millionenschweren Praline haben?«, schaltete er sich ein. »Möchte Ihnen jemand eins auswischen?«

»Meine Konkurrenten natürlich.«

»Andere Wirtschaftsbosse? Stahlmagnaten? Börsenfüchse?«

»Genau! Die wollen mich alle von der Top-Ten-Rangliste der Superreichen verdrängen, dafür ist denen jedes Mittel recht. Aber weil das diesen Idiotki nicht gelingt, versucht einer von ihnen, mich zu demütigen.« Kramtschuk redete sich in Rage. »Wenn ich herausfinde, wer den armen Gorbatschow gehirngewaschen hat, gibt das Krieg! Ich verfüge über beste Kontakte zu den Strategischen Raketentruppen.«

»Immer mit der Ruhe«, bremste Brandeisen. »Hier in Franken schätzen wir weder Feuerbälle noch den Hauch des Todes. Man lebt nicht zweimal.«

»Trotzdem brauchen wir Ihre Hilfe.« Küps tippte auf seinem Handy herum. »Die Zentrale hat mir gerade die Gästelisten der Bamberger Hotels geschickt. Lassen Sie uns die zusammen durchgehen.«

Sie wurden rasch fündig. Gleich mehrere Gegenspieler des Oligarchen hatten sich in der Domstadt eingemietet:

(1) der Emir von Angina. Er herrschte über einen Ölstaat am Persischen Golf, der nicht größer war als die Rhön, und war bekannt dafür, sich exotische und möglichst seltene Kostbarkeiten unter den Nagel zu reißen.

(2) Sigmar Smålund, Kopf eines multinationalen Möbelkonzerns. Jüngst war er wegen der profitsteigernden Verschmälerung von Bücherregalbrettern in Verruf geraten und von Kramtschuk als »Dünnbrettbohrer« verunglimpft worden.

(3) Willi Dörrnwasserlos III., ehrgeiziger Chef eines oberfränkischen Backsteinkäseimperiums mit Sitz in Mitwitz. Küps hatte ihn eigenhändig auf die Liste gesetzt, denn Dörrnwasserlos strebte in die High Society und hatte sein Portfolio im vergangenen Quartal auf Romadur und Harzer Roller ausgedehnt. Seine Käseproduktion war nichts Geringeres als ein Anschlag auf die Menschheit.

»Statten wir den Herren einen Besuch ab«, schlug Brandeisen vor.

»Nehmen Sie mich mit!«, flehte Kramtschuk.

»Na gut, aber halten Sie sich zurück!«

Als Erstes fuhren sie zum *Residenzschloss*. Dort residierte der Emir – bis vor Stundenfrist, er war nämlich abgereist. Einen Hund hatte man auf dem Hotelgelände nicht gesehen.

»Der Scheich ging lieber gleich, weil ihm jemand bei der Praline zuvorgekommen ist«, sagte Kramtschuk. »Typisch. Kein Durchhaltevermögen.«

»Außerdem muss er sich um seine Olympiabewerbung kümmern.« Küps wusste wieder einmal mehr. »Er möchte die Winterspiele nach Angina holen. Leider gibt es mit dem Schnee noch leichte Probleme.«

Weiter ging die Fahrt der Gesetzeshüter, sie mussten sich beeilen. Sigmar Smålund war in der *Villa Geyerswörth* abgestiegen und beanspruchte eine ganze Etage für sich und seine Entourage.

Diesmal kamen die Ermittler der Wahrheit ein bisschen näher. Mehrere Mitarbeiter von Smålund lagen mit Schussverletzungen auf ihren Zimmern, betreut von schwedischen Krankenschwestern. Offenbar hatte der Möbelmogul die Ninja-Diebe geschickt, und ein paar waren Kramtschuks Kugelhagel entkommen. Doch Smålund stritt alles ab und war sichtlich schlechter Laune, weil er zu einem Verhandlungstermin mit deutschen Gewerkschaftsvertretern musste. Nein, der alte Kiefernholzschieber schien sich nicht im Besitz der Superpraline zu befinden. Auch er war leer ausgegangen.

Blieb noch Willi Dörrnwasserlos III. Seine Unterkunft entsprach seinem Hang zum Geiz: Das Einzelzimmer in der – durchaus respektablen – *Brauerei Fässla* kostete fünfzig Euro pro Nacht.

Als Brandeisen, Küps und Kramtschuk eintrafen und sich anschickten, den Toreingang zu durchschreiten, schoss Gorbatschow – ohne Schatulle im Maul – an ihnen vorbei und fetzte über die Straße. Dort befand sich die *Brauerei Spezial*.

»Vielleicht hat er Lust auf ein Rauchbier?«, mutmaßte Küps.

Doch der Grund für die Flucht des Vierbeiners war ein anderer. Zwei Zweibeiner stritten sich lautstark in der Wirtsstube. Bierkrüge flogen quer durch den rustikalen, nach saurem Schweiß riechenden Raum und zerschellten an der Wand. Bedienungen und Gäste hatten sich in Sicherheit gebracht. »Ich weiß auch nicht, was da los ist«, sagte eine Kellnerin.

Vorsichtig öffnete der Kommissar die Tür. Durch den Spalt verfolgten die drei Jäger der verlorenen Praline das Geschehen.

»Du hast es geschworen, Willi!«, rief eine attraktive, obgleich etwas magere junge Frau und warf einen weiteren Krug. »Ich sollte Königin von Mitwitz werden! Und Kaiserin von Franken! Aber das waren nur leere Versprechungen. Die haben hier eine Demokratie!«

»Zinotschka, Zinotschka ...«, flüsterte Kramtschuk überrascht. »In Politik war sie schon immer schwach. Sie hat mich verraten.«

Dörrnwasserlos kam unter einem Tisch hervorgekrochen. Der Big Shot des Backsteinkäses ähnelte seinem Rotschmiere-Produkt: kantig, klebrig, gedrungen. Er presste eine Schatulle an sich. »Solche wie dich find ich in jedem Katalog«, stieß er hervor. »Schau, dass d' verschwindst!«

»Ich gehe nicht ohne die Praline«, erwiderte das Model. »Gib sie her! Dann bringe ich sie Kramtschuk, und alles ist wieder gut.«

»Das wird nicht nötig sein«, sagte Küps und betrat den Gastraum. »Sie sind beide festgenommen.«

Zinaida Horn erstarrte, doch der Käsefürst sprang behände zur Hintertür. Kramtschuk und Brandeisen setzten ihm nach, während der Kommissar die kirgisische Schönheit in Handschellen legte.

Brandeisen stellte Dörrnwasserlos in der Letzengasse, als dieser einen Dacia bestieg – selbst bei seinen Fluchtfahrzeugen war er sparsam – und dem Staatsanwalt die Tür vor der Nase zuschlug. Das Auto fuhr an, doch Kramtschuk schmiss sich auf die Kühlerhaube und hielt sich an den Scheibenwischern fest.

»Ich krieg dich, du Wanze!«

Durchs Seitenfenster des Dacias flog eine Ebenholzkassette nach draußen und kullerte in den Rinnstein. Der Oligarch ließ los und rollte sich auf dem Boden ab, während der Dörrnwasserlose im Straßenlabyrinth Bambergs verschwand, ohne Zweifel auf dem Weg zum Flugplatz, um mit seinem Privatjet in die Schweiz zu entfleuchen. Dort hatte er bereits das halbe Emmental aufgekauft.

»Endlich hab ich dich wieder!« Kramtschuk bückte sich und ergriff die Kassette. »Mein Pralinchen! Mein Schatzzz!«

Brandeisen, Küps und die abtrünnige Geliebte kamen hinzu.

»Warum riecht es hier so streng?«, wunderte sich der Staatsanwalt.

»Wie verwesende Schweißfüße«, fügte der Kommissar hinzu.

Kramtschuk öffnete den Behälter. Statt der Praline war da ... ein Backsteinkäse, auch Limburger genannt. Dem Geruch nach lag das Haltbarkeitsdatum noch im letzten Jahrtausend. Da sie keine Atemschutzmasken trugen, schwanden Kramtschuk und Zinaida die Sinne.

Brandeisen presste sich geistesgegenwärtig ein Taschentuch auf den Mund. Bevor er bewusstlos wurde, gelang es ihm noch, den Innenminister anzurufen und ABC-Alarm auszulösen. Bamberg samt Umland musste evakuiert werden, am besten ganz Franken. Eventuell waren auch Thüringen, Tschechien und Altbayern vom Fallout betroffen, je nach Windrichtung.

»Ein skrupelloses Ablenkungsmanöver«, sagte Küps und ließ sich mit der Schatulle ungerührt an einem Wirtshaustisch nieder. Er nahm einen benutzten Teller sowie Brot und Besteck aus einem bereitstehenden Körbchen. Gegen die Ausdünstungen von Backsteinkäse war er durch jahrzehntelange Bierkellerbesuche immun. Er mochte es, wenn sein Essen Beine kriegte. Mit spitzen Fingern öffnete er die Verpackung – und entschärfte den Käse, indem er ihn restlos vertilgte.

Epilog:
Dörrnwasserlos III. packte in seinem Privatjet die Praline aus. Eigentlich war er kein Süßer. Sein über alles geliebter Dackel Beckstein dafür aber umso mehr.

»Schmeckt's?«, wollte er wissen.

Beckstein machte kurzen Prozess mit der Schokokugel, röchelte – und fiel tot um.

Mit einer Pandabärenmilchallergie war nicht zu spaßen.

# Mord mit Doppelfehler

Ein lauer Sommerabend neigte sich im Bamberger Hainpark dem Ende zu. Blutrot ging die Sonne unter und beschien eine Szenerie, die den Mitgliedern des Tennisclubs noch jahrelang Albträume bescheren sollte. Vier ihrer ältesten Sportskameraden lagen tot auf dem Center-Court.

Kommissar Küps hatte das Gelände sofort absperren und Halogenscheinwerfer aufstellen lassen. Und so sah Staatsanwalt Brandeisen den Tatort bei seinem Eintreffen um 22 Uhr in ein unwirkliches Licht getaucht.

»Hier habe ich gestern noch gespielt ...«, sagte er mit tonloser Stimme.

»Deswegen wurden Sie ja verständigt.« Küps stand am Rand des Sandplatzes und wartete darauf, dass die Spurensicherung mit ihrer Arbeit fertig war. »Sie gehören doch zu diesem Verein.« Er deutete zum Clubhaus. »Alle Mitglieder und Gäste, die noch da waren, werden von meinen Kollegen gerade vernommen. Übrigens hat der Platzwart die Leichen gefunden. Ist ziemlich mit den Nerven runter.«

Doch Brandeisen hörte kaum hin. »Gehen Sie sorgfältig vor«, ermahnte er die Kriminaltechniker. »Jede noch so kleine Unregelmäßigkeit auf dem Untergrund kann wichtig sein. Wo der Ball aufsprang, wie die Laufwege der Spieler waren ... Vielleicht gelingt es uns, den Matchverlauf zu rekonstruieren.«

»Ist das Ihr Ernst?«

»Das sagte John McEnroe auch immer, wenn er sich über eine Schiedsrichterentscheidung beklagte.«

Der Kommissar verstand nur Bahnhof. »Ich sehe nur vier alte Knacker, die ...«

»Mehr Pietät bitte! Wir sind hier nicht bei Schimanski.«

»Tschuldigung. Vier Senioren. Sie waren die Letzten, die heute noch gespielt haben. Und alle haben gleichzeitig einen Herzinfarkt gekriegt. Stimmt doch, oder?«

Doktor Fabrizius, Rechtsmediziner und Golfspieler, nickte, während er den Abtransport der Leichen überwachte. »So lautet zumindest meine vorläufige Diagnose. Obwohl diese Koinzidenz höchst ungewöhnlich ist.«

»Vielleicht haben sich alle dermaßen über etwas oder jemanden geärgert, dass bei einem die Pumpe versagte«, schlug Küps vor. »Und bei den anderen war es dann eine Art Dominoeffekt, gepaart mit dem Schreck.«

Fabrizius runzelte die Stirn. »Erscheint mir etwas konstruiert. Aber auszuschließen ist es nicht. Deswegen spiele ich ja Golf. Da kann man sich nur über sich selbst ärgern.« Mit diesen Worten verabschiedete er sich.

»In der Tat: ein Rätsel.« Der Staatsanwalt führte sich die Fakten vors innere Auge. Bei den Todesopfern handelte es sich um die vier ältesten noch aktiven Tennisspieler des Clubs: die glorreiche *Herren 90.* So wurde eine Mannschaft genannt, deren Mitglieder das 90. Lebensjahr erreicht bzw. überschritten hatten. Beim TC Bamberg waren ergraute Racketschwinger keine Seltenheit. Der 1882 gegründete Sportverein besaß eine ehrfurchtgebietende Tradition und ganze fünfzehn Spielfelder. In den tennisbegeisterten 80er- und frühen 90er-Jahren agierte der TCB sogar in der Bundesliga. Die Erinnerung daran trieb vielen bemoosten Häuptern des Clubs Tränen in die Augen.

Der Tatort war also nicht irgendein Dorfacker, sondern historischer Boden – den die vier Veteranen jahrzehntelang mit ihrem Schweiß getränkt hatten. Noch in der vergangenen Saison waren sie von Sieg zu Sieg geeilt, was auch daran lag, dass kaum noch Gegner in ihrem Alter Punktspiele bestritten.

Endlich gab die Spurensicherung grünes Licht. Der Tennisplatz war mit allerlei Fähnchen und Markierungen gespickt. Brandeisen und Küps hatten Schutzkleidung angelegt. Auf dem rötlichen Sand sahen die beiden Ermittler wie Mars-Astronauten aus.

»Offenbar haben die Senioren ein Doppel gespielt«, begann der Staatsanwalt und näherte sich den Leichen. »Doktor Spitzelberg, Doktor Birk, Doktor Lenzgen und Dipl.-Ing. Espenschied. Was für ein Verlust!« Er räusperte sich. »Die übliche Aufstellung wäre: zwei an der Grundlinie, zwei am Netz. Die Alten Herren machten aber anscheinend ein Päuschen.«

Auf Netzhöhe stand ein erhöhter Schiedsrichterstuhl. Links und rechts davon befanden sich weiße Sitzbänke, auf denen man sich ausruhen konnte. Die Greise hatten in unmittelbarer Nähe der Bänke das Zeitliche gesegnet. Die Position der Leichen war so, als hätten sie sich im Augenblick ihres Ablebens über irgendetwas unterhalten. Es gab kein Blut, keine Verletzungen, nichts, was auf eine Form von Gewalteinwirkung oder äußere Einflüsse hindeutete – bis auf einen schwarzen Kasten, an den ein Notebook mit aufgeklapptem Bildschirm angeschlossen war.

Brandeisen betätigte eine Taste. Der Computer fuhr hoch. »Da läuft noch ein Programm.« Er nahm das Touchpad zu Hilfe und gab ein paar Befehle ein. »Unglaublich. So etwas habe ich noch nie gesehen.«

»Klären Sie mich auf«, brummte Küps.

»Das ist ein Hawk-Eye.«

»Ein was?«

»Ein computergestütztes System zur Ballverfolgung im Sport. Damit können strittige Situationen, zum Beispiel wenn ein Ball ins Aus geht, nahezu zweifelsfrei geklärt werden.«

»Wer braucht denn so was?«, wollte der Kommissar wissen.

»Na ja«, begann der Staatsanwalt und berichtete aus eigener leidvoller Erfahrung. »Aus oder nicht Aus, das ist unter Tennisspielern eine lebenswichtige Frage. Kann über Sieg oder Niederlage entscheiden.«

»Unter Sportsfreunden? Drückt man da nicht mal ein Auge zu?«

»Haben Sie eine Ahnung! Wir reden hier nicht über Blinde Kuh. Beim Tennis geht es manchmal verbissen zu, da wird um jeden einzelnen Punkt gekämpft. Leider kommt es häufig vor, dass man sich nicht einig ist.«

»Und was passiert dann?«

»Man könnte den Punkt einfach wiederholen und noch einmal spielen.«

»Zurück auf Los.«

»Genau. Das wäre ... gentlemanlike. In der Praxis wird aber endlos gestritten. ›Der Ball war klar im Aus!‹ – ›Nein, der hat noch an der Linie gekratzt.‹ – ›Hast du Tomaten auf den Augen?‹ – ›Selber!‹ – ›Warum musst du immer schummeln?‹ – ›Unverschämtheit! Ich schummle doch nicht!‹ – So ungefähr hört sich das an, gewürzt mit Kraftausdrücken. Es gibt ja keinen Schiedsrichter, der ein Machtwort spricht.«

»Wie die Kinder«, meinte Küps.

»Die sind am schlimmsten. Kinder und Jugendliche nehmen noch kein Blatt vor den Mund. Und sie können schlecht verlieren. Wenn sich noch ihre Eltern einschalten, etwa bei einem Clubturnier, fliegen die Fetzen. Dann herrscht Krieg.«

»Tennis ist also keine Charakterschule.«

»Eher das Gegenteil«, musste Brandeisen zu seinem Bedauern sagen. Er hatte mehr als genug Tobsuchtsanfälle und handgreifliche Auseinandersetzungen auf dem heiligen Sand des TCB erlebt. Voriges Jahr war er bei der Clubmeisterschaft einem 14-jährigen Nachwuchstalent zugelost worden. Nachdem er den testosteronstrotzenden Jüngling mit angeschnittenen Bällen in den Wahnsinn getrieben und deutlich besiegt hatte, war Frankens Wimbledon-Hoffnung heulend zu seiner Mutter gerannt und wollte eine einstweilige Verfügung gegen den ›alten Sack‹ erwirken, der am besten ›sterben gehen sollte‹. Im weißen Sport fehlte es nicht an Monstern.

»Aber diese alten Männer besaßen doch genug sittliche Reife, um miteinander auszukommen«, wandte Küps ein.

»Nicht unbedingt. Es heißt ja: Je oller, desto doller. Unsere Tennisgreise gehen sich regelmäßig an die Gurgel.«

»Feine Sitten, und Mordmotive zuhauf. Mit meiner Theorie liege ich wohl gar nicht so falsch.« Der Kommissar hielt inne. »Und was hat das alles mit diesem Computer zu tun?«

»Ein Hawk-Eye wird normalerweise nur bei Profi-Turnieren eingesetzt. Man braucht dafür mindestens sechs fest installierte Kameras und eine ausgeklügelte Software zur Auswertung der Daten. Bis jetzt war das für

Hobbyspieler unerschwinglich und viel zu aufwändig.« Brandeisen beugte sich erneut über das Notebook. »Aber die Zeiten ändern sich. Anscheinend haben wir hier das erste Hawk-Eye für Otto Normalverbraucher vor uns.« Er wies auf den schwarzen Kasten. »In diesem Ding befinden sich mehrere Laser, die das gesamte Spielfeld permanent abtasten. Offenbar kam es heute zum Einsatz.«

»Woher kriegt man so ein Wunderwerk der Technik?«

»Könnte sein, dass Dipl.-Ing. Espenschied dahintersteckt. Der war ein Tüftler, alter Siemensianer.«

»Espenschied ist eines der Todesopfer. Vielleicht hilft uns eine Hausdurchsuchung weiter?«

»Einverstanden«, meinte Brandeisen.

Bevor sie aufbrachen, ließ sich der Staatsanwalt noch kurz im Clubhaus blicken und informierte die gespannt wartenden Mitglieder. Die Polizei gehe von einem tragischen Unfall aus, leider könne man vorerst nichts Genaueres sagen. Sämtliche Gerätschaften, die auf dem Center-Court gefunden wurden, seien auf dem Weg in die Asservatenkammer. Nach ein paar tröstenden Worten für den unglücklichen Platzwart zog Brandeisen von dannen.

Auf dem Hainparkplatz traf er Küps wieder.

»Meine Leute haben die Beweisstücke sichergestellt und in die Zentrale befördert«, sagte der Kommissar missgelaunt. »Immer muss ich dahinterher sein. Wenn man nicht aufpasst, bandeln die mit jeder Joggerin an.«

»Eine Joggerin? Um diese Zeit?«

»Diese Fitnessverrückten trainieren Tag und Nacht. Für mich wäre das nichts.«

Espenschied war für seine 92 Jahre noch recht rüstig gewesen. Der Ingenieur hatte in einem kleinen Anwesen am Hahnenweg gelebt. Frau Munk, seine Haushälterin, brach in Tränen aus, als ihr die beiden Ermittler die Todesnachricht zu später Stunde überbrachten. Sie trug einen Morgenmantel und ging auf die 70 zu, eine gepflegte ältere Dame, die im letzten Jahrtausend ein flotter Feger gewesen sein mochte.

»Was für ein Jammer!«, schniefte sie in ihr Taschentuch. »Er war doch immer die Gesundheit in Person.«

»Keine Herzprobleme?«, fragte Brandeisen.

»Nichts wirklich Ernstes, seit er seinen Schrittmacher bekommen hat.« Frau Munk bat die Besucher herein. »Ich hab ihm so oft gesagt, dass er's mit dem Tennis nicht übertreiben soll. Aber es war ja sein Ein und Alles.«

Als sie das Wohnzimmer betraten, wurde ihnen das Ausmaß von Espenschieds Sportbegeisterung klar. Überall standen, lagen und hingen Pokale, Medaillen, Urkunden und andere Auszeichnungen. Sie entstammten unterschiedlichen Epochen, was an den Datierungen abzulesen war. Doch die prunkvollsten und bedeutendsten Trophäen hatte der Ingenieur erst im Laufe der letzten zehn Jahre angehäuft.

»Hübsche Sammlung«, staunte Küps.

»Es dauert Stunden, alles abzustauben.« Frau Munk brachte ein Tablett mit einer Kaffeekanne und drei Tassen herein. Sie hatte sich ein wenig gefangen. »Fast jedes Wochenende ist er zu irgendwelchen Turnieren gefahren. Und was hatte er davon? Ein Zipperlein nach dem anderen.«

»Wie bitte?«

»Verletzungen. Nach jedem größeren Spiel musste ich ihn behandeln.« Sie wies auf eine Plastikbox neben dem Fernsehsessel, die eine beachtliche Sammlung an Salben, Tabletten, elastischen Binden und Pflastern enthielt. »Ich könnte eine Apotheke aufmachen. Hier, das ist der neueste Schrei. Kinesiotape.« Nachdem sie den Kaffee eingeschenkt hatte, holte sie eine Rolle mit leuchtend blauem Acrylband aus der Box. »Zur Muskellockerung.«

»Dank Ihrer Fürsorge war er bis ins hohe Alter erfolgreich«, sagte Brandeisen. »Darauf können Sie stolz sein. All diese Pokale sind auch ein bisschen Ihr Verdienst.«

»Seit er 90 geworden ist, kam ja noch ein ganz schöner Schwung dazu.« Versonnen blickte die Haushälterin auf ein angestrahltes Bord mit besonders prächtigen Kelchen und Statuetten. Es waren die Auszeichnungen, die Espenschied zusammen mit den *Herren 90* errungen hatte. Eine bayerische und sogar eine deutsche Meisterschaft befanden sich darunter. »Manchmal kamen seine Kameraden, um die Ruhmeshalle zu bewundern.«

»Hatten die nicht ihre eigenen Pokale?«, fragte Brandeisen.

»Schon, aber Doktor Birk und Doktor Spitzelberg wohnten im Altenheim, dort fehlte es an Platz, alles aufzustellen. Und Doktor Lenzgen wollte mit seinen 99 Jahren keinen Streit mit seiner jungen Frau anfangen. Die konnte die Pokale nämlich nicht leiden, angeblich würden sie ihre Hainvilla verschandeln. Dabei ist sie nur eine Eingeheiratete, hat sich quasi ins gemachte Nest gesetzt.« Frau Munks Miene ließ keinen Zweifel über ihre geringe Meinung von Frau Lenzgen. Sie seufzte. »Jedenfalls hatte der Herr Ingenieur ein langes, erfülltes Leben.«

»Aber vielleicht hätte es noch erfüllter sein können«, wandte der Kommissar ein. »Wissen Sie etwas von einem schwarzen Kasten, den er zum Tennis mitgenommen hat?«

»Seine Bastelarbeiten? Da schauen Sie am besten in der Werkstatt nach. Mit Technik kenne ich mich nicht aus.«

Nachdem die Kaffeetassen geleert waren, führte die Haushälterin das Duo in den Keller. Dort befand sich ein Raum, der eher einem Labor für Experimentalphysik als einer Werkstatt glich. Brandeisen konnte nicht alle Apparaturen identifizieren, war sich aber sicher, dass eine billardtischgroße Versuchsanordnung so etwas wie die Vorstufe des Hawk-Eyes darstellte. An einem Stativ klemmte ein länglicher, zylindrischer Gegenstand, der wie eine Taschenlampe aussah. Das musste ein Laser bzw. ein optischer Sensor sein. Neben einer mit mathematischen Formeln übersäten Schultafel hingen Pläne an den Wänden, die keinen Zweifel zuließen, woran Espenschied hier gearbeitet hatte. Sie zeigten die Linien von Tennisfeldern, beschriftet mit technischen Daten. Alles in allem war die Ausstattung des Labors relativ modern. Doch Espenschieds Computer, der mit verstaubter Tastatur in der Ecke stand, wirkte wie ein Museumsstück.

»Wenn er hier unten war, durfte man ihn nicht stören«, sagte Frau Munk. »Stundenlang hat er gebrütet und gewerkelt, vor allem in letzter Zeit.«

»Hatte er dabei irgendwelche Helfer?«, fragte Küps.

»Der Doktor Birk kam öfters zu Besuch, erst gestern Abend wieder, mit einem Aktenkoffer. Da war ein Gerät drin, das sie für ihre Arbeit gebraucht haben.« Sie drehte die Augen zur Decke. »Wie gesagt, mir ist das zu hoch. Ich bin nur eine einfache Hausfrau.«

Brandeisen überging diese Beteuerungen. »Das Gerät war Birks Notebook«, vermutete er, »und zwar ein besonders leitungsfähiges. Optische Sensoren zu entwickeln, die permanent sämtliche Linien eines Spielfelds erfassen, ist das eine. Aber die aufgezeichneten Daten müssen mithilfe eines entsprechenden Programms blitzschnell umgerechnet werden, um ein aussagekräftiges Ergebnis zu erhalten und es auf dem Bildschirm darzustellen. Dafür braucht man eine spezielle, eigens erstellte Software.«

»Und dieser Doktor Birk konnte so was?«, fragte Küps.

»Möglich. Er war kein Doktor der Medizin, sondern einer der ersten promovierten Informatiker überhaupt. Bei IBM gehörte er zu den hellsten Köpfen. Meines Wissens hat er sich regelmäßig über technische Neuerungen auf dem Laufenden gehalten.«

»Ein Experte.«

»Genau.« Der Staatsanwalt wandte sich zum Gehen. »Haben Sie vielen Dank«, sagte er zu Frau Munk. »Das bringt uns bei der Aufklärung des Falles ein gutes Stück weiter.«

Gleich am nächsten Morgen setzten sie ihre Nachforschungen fort. Ein Zerberus namens Schwester Dietmunde führte sie durchs Altenheim. Um 7.35 Uhr inspizierten sie Doktor Birks Zimmer und fanden einen stationären Computer mit allerlei selbst geschriebenen Hawk-Eye-Programmen sowie stapelweise Fachzeitschriften. Das tragbare Notebook, das ebenfalls Birk gehört hatte, war auf dem Tennisplatz zum Einsatz gekommen, wie die Spurensicherung telefonisch mitteilte. Es handelte sich um ein High-End-Gerät mit hoher Rechenkapazität.

»Wenn die beiden da was Bahnbrechendes erfunden haben«, überlegte Küps und gähnte, »dann wäre das doch eine Menge Geld wert.«

»Ein Vermögen. Jeder Tennisclub würde so ein Hawk-Eye anschaffen. Von den Freizeitspielern ganz zu schweigen.« Brandeisen betrachtete den tristen Raum und fragte sich, ob ihm dermaleinst Ähnliches blühte: die Zukunft der Betagten und Ausrangierten – Käfighaltung.

»Das riecht hier immer mehr nach Mord«, meinte der Kommissar.

»Eher nach Zellverfall und Medikamenten«, gab der Staatsanwalt deprimiert zurück.

»Wollen Sie jetzt das Appartement von Doktor Spitzelberg sehen?«, fragte Schwester Dietmunde und klapperte mit ihrem Schlüsselbund. Die herrische Frau wirkte ungeduldig. »Ich habe noch zu tun.«

»Mit dem größten Vergnügen.«

Spitzelberg hatte quer über den Flur gewohnt. Sein Zimmer unterschied sich kaum von der standardisierten Wohneinheit, in der sie gerade gewesen waren: Krankenhausbett, wenige persönliche Gegenstände, eine Vase mit Plastikblumen. Doch auf einem einsamen Bücherbord standen neben dem BGB und dem StGB das Handelsgesetzbuch, Texte zum Urheberrecht, Wettbewerbsrecht, Patent- und Musterrecht sowie zu den Steuergesetzen. Brandeisen fühlte sich wie im ersten Semester.

»Ein Winkeladvokat«, entfuhr es Küps. »Genau wie Sie!«

»Sparen Sie sich Ihre Witze. Spitzelberg war eine Kapazität im Bereich des Rechts des Geistigen Eigentums.« Brandeisen trat an einen Klapptisch, auf dem noch eine Mappe mit Notaten des alten Juristen lag. Er blätterte darin und staunte über die gestochene Handschrift.

»Offenbar hat sich Spitzelberg um die rechtliche Seite der Erfindung seiner Tenniskollegen gekümmert. Das Hawk-Eye sollte zum Patent angemeldet werden. Hier, er hatte den Antrag schon aufgesetzt. Fertig zum Abtippen und Verschicken.«

Der Kommissar überflog das Schriftstück. »Paragrafen-Kauderwelsch.«

»In den Augen gewöhnlicher Sterblicher. Spitzelberg hat an alles gedacht. Das ist öl- und wasserdicht. Manche Firmen beschäftigen dafür eine ganze Rechtsabteilung.«

»Wurde aber nicht eingereicht.«

»Gestern Abend fand wohl die Generalprobe des Hawk-Eyes statt, danach sollte es richtig losgehen.« Brandeisen nickte anerkennend. »Worauf man so kommt, wenn der Tod schon mit der Sense winkt ...«

»Warum konnten sich Birk und Spitzelberg eigentlich nichts Besseres leisten als diese Kabuffs?«, wunderte sich Küps.

»Die beiden waren über 90, da wünscht man sich Rundumbetreuung. Wenn man seinen Besitz dann noch Kindern und Enkeln überschrieben hat, um Erbschaftssteuer zu sparen, landet man an Orten wie diesen.«

»Die Patienten Birk und Spitzelberg hatten Herzschrittmacher«, schaltete sich Schwester Dietmunde ein. Sie klang so kalt wie der Eisberg, der die Titanic auf den Meeresgrund geschickt hatte. »Die Herren standen dauerhaft unter ärztlicher Beobachtung – einer der Vorzüge unseres Hauses.«

»Unbestritten, Gnädigste.« Brandeisen schlug einen übertrieben süßlichen Tonfall an. »Meine Vereinskameraden waren bei Ihnen sicher gut aufgehoben.«

»Sind wir jetzt fertig?«, fragte die Schließmeisterin.

»Spielen Sie Tennis? Nein? Hab ich mir schon gedacht.«
Als sie auf der Straße standen, weihte Brandeisen
Küps in seinen Plan ein. Er hatte bis tief in die Nacht
recherchiert …

Zur Lenzgen-Villa im Hain war es nur ein Katzensprung.
In der Einfahrt stand ein Mercedes S-Klasse, am Heck
prangte ein Aufkleber mit Rollstuhlsymbol. Laut Kennzeichen war der Wagen nicht in Bamberg, sondern in
Stuttgart zugelassen. Es war 8.20 Uhr. Küps klopfte verhalten und vermied es zu klingeln.

Ein Hausmädchen öffnete die Tür. »Die Frau Doktor
ruht noch. Möchten Sie eine Nachricht –«

»Nicht nötig.« Brandeisen hielt die richterliche An-
ordnung hoch, die er in aller Frühe erwirkt hatte, und
schob sich an der Frau vorbei. Er trug einen Aktenkoffer.

»Aber Sie können doch nicht –«

»Bleiben Sie hier und rühren Sie sich nicht von der
Stelle«, sagte Küps. »Sonst sind Sie wegen Strafvereitelung dran.«

Die Garderobe bestand aus einem eigenen Raum mit
zahlreichen Spiegeln und Kleiderschränken. Brandeisen
wies auf Damenjoggingschuhe, an denen rötlicher Sand
haftete. »Sieh an. Wie ich vermutet habe.«

»Ich hasse es, wenn Sie recht haben und auch noch
damit angeben.«

»›Falsche Bescheidenheit ist Anmaßung‹, heißt es bei
Lessing.«

»Sie mich auch.«

Bestimmt lag das Schlafgemach der Lenzgens im
Obergeschoss, das über eine Freitreppe zu erreichen war.
Sie schlichen nach oben und gelangten zu einer Flügeltür.

»Möglicherweise wird es jetzt etwas pikant«, flüsterte der Staatsanwalt. Dann traten sie ein.

Auf einem riesigen Himmelbett räkelte sich die lustige Witwe in einem Negligé, das mehr Einblicke gewährte als die neue Glasfassade der Sparkasse. Sie stieß einen spitzen Schrei aus und bedeckte sich.

Vor der verdunkelten Fensterfront stand ein Rollstuhl. Darin saß ein Methusalem im Pyjama. Er reckte den Ermittlern seinen haarlosen Kopf entgegen.

»Kripo Bamberg«, sagte Küps.

»Was fällt Ihnen ein!«, protestierte der Alte. »Wie kommen Sie überhaupt hier rein?«

»Durch die Vordertür.« Brandeisen durchmaß den Raum mit langen Schritten. »Zwei alte Bekannte haben uns hergeführt: die Gier und der Neid.« Er stellte sich und den Kommissar vor. Dabei näherte er sich einer antiken Kommode, auf der ein Notebook lag. »Und *Sie* sind? Nein, verraten Sie es nicht ... Henning Nolte, nicht wahr? Aus Stuttgart. Wie alt sind Sie jetzt? 101? Sie haben sich ganz gut gehalten. Sogar die libidinösen Funktionen scheinen noch halbwegs intakt zu sein.«

»Unverschämtheit!«

»Und hier haben wir wohl das Corpus Delicti.« Brandeisen deutete auf das Notebook. Es glich dem von Doktor Birk aufs Haar: dieselbe Marke, dieselbe Farbe.

Nolte erbleichte. »Was soll das heißen? Meine Rechtsbeistände reißen Sie in Stücke!«

Der Staatsanwalt übte schon einmal fürs Plädoyer. »Wer, haben wir uns gefragt, könnte Interesse daran haben, die *Herren 90* zum letzten Aufschlag zu bitten? Oder einen von den vieren?« Er wies auf ein Porträt an der Wand. Es zeigte den ehemaligen Hausherrn. »Doktor

Lenzgen war der Clubälteste. Bald wäre er 100 geworden und in den Genuss eines seltenen Privilegs gekommen: Er hätte in einer Altersklasse spielen dürfen, in der es deutschlandweit nur einen einzigen anderen Aktiven gibt: Sie, Herr Nolte!«

»Na und?«

»Lenzgen hätte Sie wahrscheinlich geschlagen, seine Vorhand war legendär. Und dank seiner jungen Gattin verfügte er noch über eine staunenswerte Fitness. Dann wären Sie nicht mehr Alleinherrscher in Ihrem Olymp gewesen. Empfänge, Ehrungen, Interviews ... Haben Sie nicht kürzlich das Daviscupspiel der Nationalmannschaft mit einer Rede eröffnet? Und in Wimbledon erhalten Sie einen Gratis-Logenplatz. All das hätten Sie plötzlich teilen oder gar abgeben müssen. So weit wollten Sie es nicht kommen lassen. Die Frage ist: Wie haben Sie das bewerkstelligt?«

»Hirngespinste!«, wehrte sich Nolte. »Reine Spekulation!«

»So? Dann haben Sie sicher nichts dagegen, wenn ich das Notebook hochfahre.« Brandeisen klappte das Gerät auf und drückte den Startknopf. Dann öffnete er seinen Aktenkoffer, entnahm ihm einen schwarzen Kasten und schloss ihn an das Notebook an. »Sie haben doch auch einen Herzschrittmacher, oder? Wie die gesamte *Herren 90*. Und nicht nur das: Als Chef von *Nolte Medical* sind Sie sogar der führende Hersteller von Herzschrittmachern.«

Inzwischen hatte sich Linda Lenzgen einen Kimono übergeworfen. »Das dürfen Sie nicht! Auf dem Computer sind private Daten gespeichert.« In heller Panik eilte sie zu der Kommode, auf der das Notebook unheilvolle Geräusche machte.

Küps hielt sie fest und drohte damit, ihr Handschellen anzulegen. Er hatte zwar keine dabei, aber in diesem Liebesnest würden sich garantiert welche finden.

»Ich öffne jetzt das Hawk-Eye-Programm«, sagte Brandeisen. »Wollen Sie das wirklich riskieren?« Sein Finger verharrte über der Eingabe-Taste.

Nolte durchbohrte ihn mit finsteren Blicken. Doch in seinen Habichtaugen regte sich noch etwas anderes: die Angst, nicht 102 zu werden. Plötzlich sackte er in sich zusammen. »Ich habe doch an alles gedacht«, murmelte er. »Wie sind Sie mir bloß auf die Schliche gekommen?«

»Dieses Notebook wurde von Ihren Fachleuten manipuliert«, fuhr Brandeisen fort. »Über den schwarzen Kasten sendet es einen starken elektromagnetischen Impuls aus, der jeden Herzschrittmacher lahmlegt. Sobald man das Hawk-Eye betätigt, setzt die tödliche Strahlung ein. Auf diese Weise wurde die *Herren 90* eliminiert.« Er machte eine dramatische Pause. »Aber wie kam das manipulierte Notebook zum Einsatz? Ich werde es Ihnen verraten. Frau Munk hat es in Espenschieds Werkstatt mit dem ursprünglichen Notebook vertauscht, heimlich, versteht sich. Allerdings gab es noch ein kleines Problem: Das mörderische Gerät durfte nicht in die Hände der Polizei gelangen. Deshalb musste Frau Lenzgen das Notebook wieder gegen das harmlose zurücktauschen. Vielleicht hat sie das noch im Tennisclub versucht, aber der Platzwart kam dazwischen. Es blieb ihr also nichts anderes übrig, als die Kriminaltechniker um den Finger zu wickeln. Der Tausch fand auf dem Hainparkplatz statt, während Frau Lenzgen getarnt als Joggerin unseren Leuten schöne Augen machte. Stimmt das so weit?«

Linda Lenzgen brach in Tränen aus. »Wie lange sollte ich denn noch warten, bis ...«

»Still, dummes Ding«, fuhr Nolte sie an. »Du belastest dich nur selbst.«

»Sie hatten zwei Verbündete«, schloss Brandeisen. »Ihre Gespielin hier, die es nicht erwarten konnte, Doktor Lenzgen endlich zu beerben. Und Frau Munk, der Sie vermutlich eine Verbindung in Aussicht stellten, die über ihre Position als Haushälterin weit hinausging. Was Sie bei dem doppelten Notebook-Tausch nicht bedachten: Im Tennis kommt es gelegentlich zu Doppelfehlern. Wenn dabei jemand betrügt und den Ball Aus gibt, obwohl er noch im Feld war, dann merkt man das auch ohne Hawk-Eye. Ich habe dafür einen sechsten Sinn.«

»Frau Munk kam mir gleich verdächtig vor«, sagte Küps, um auch etwas beizusteuern.

»Schön, jetzt haben Sie Ihr Sprüchlein aufgesagt.« Nolte grinste maliziös und drehte mit seinem Rollstuhl eine demonstrative Runde. »Aber ich bin nicht haftfähig. Verurteilen Sie mich! Ist mir egal. Ich bin und bleibe der einzige 100-jährige Tennisaktive. Das können Sie nicht aus den Geschichtsbüchern tilgen.«

Brandeisen und Küps wechselten Blicke. Leider hatte der alte Fiesling recht. Seine Mittäterinnen würden allerdings nicht so glimpflich davonkommen. Also verhafteten sie Linda Lenzgen und ließen Nolte im Saft seiner Bosheit schmoren. Nachdem Küps aus den Reifen des Mercedes die Luft abgelassen hatte – ein schwacher Ersatz für Gerechtigkeit –, fuhren sie zum Hahnenweg. Frau Munk leistete Widerstand und ließ die Maske der Wohlanständigkeit unter Flüchen fallen, die selbst dem

Kommissar die Schamesröte ins Gesicht trieben. Die Wahrheit war selten willkommen.

»Spiel, Satz und Sieg«, jubilierte Brandeisen bei einem Feierabendbier auf dem *Spezialkeller*. »Na ja, fast.«

»Tennis ist nix für mich.« Küps trank einen großen Schluck. »Zu gefährlich. Wie eigentlich jeder Sport.«

Was die beiden Ermittler nicht wussten: Nolte brauchte gar keinen Rollstuhl. Den hatte er sich samt Autoaufkleber nur angeschafft, um kostenlos parken zu können. Und Schwester Dietmunde steckte ihren säuberlich abgetippten Patentantrag nach Dienstschluss in ein Kuvert. Mit Tennis, so hatte sie gehört, konnte man reich werden.

*Zusatz: Den TC Bamberg und seine beeindruckende Geschichte gibt es wirklich. Die* Herren 90 *sind reine Erfindung.*

# Der kleine Eisenbahnraub

Werner Nix, Gemütsmensch, großes Kind, Theaterliebhaber, Gelegenheitsgärtner und Rechtsanwalt (in dieser Reihenfolge), saß auf seiner Wohnzimmercouch und schluchzte ins Telefon. »Diese Verbrecher! Wie kann man nur so grausam sein?«

Das Gespräch mit seiner Frau kostete ihn die letzten Kräfte. Er nahm einen Schluck von dem Cognac, den Staatsanwalt Brandeisen ihm vorsorglich eingeschenkt hatte.

»Der ganze Familienschmuck ist weg. Ein Haufen Bargeld und die Krügerrands. Was im Tresor war, alles futsch!« – »Jetzt reg dich nicht so auf, das müssen Profis gewesen sein.« – »Bei dem alten Fenster zum Garten raus haben die den Rahmen aufgestemmt, so sind sie reingekommen. Wir hätten ein neues, diebstahlsicheres einbauen lassen sollen.« – »Also noch mal zum Mitschreiben: Diese Halunken haben den Tresor einfach aus der Wand gerissen und mitgenommen. 140 Kilo wiegt der, hoffentlich haben die sich einen Bruch gehoben.« – »*Du* fühlst dich traumatisiert? Und was ist mit *mir*? Hast du eine Ahnung, was ich gerade durchmache? Das Schlimmste weißt du noch gar nicht.« – »Nein, der Fernseher ist noch da. Aber die waren oben auf dem Dachboden, bei der Eisenbahn. ALLE MEINE LOKS WURDEN GEKLAUT! Das ist eine Katastrophe!« – »Hör zu, bleib bei deiner Mutter in Lüneburg. Ich komm hier ohne dich klar.«

Genervt pfefferte Werner Nix das Telefon auf die Ladeschale, lehnte sich zurück und schloss die Augen.

Konvulsivische Zuckungen durchliefen seinen Körper. Er gab unzusammenhängende Laute von sich, mal war es ein Wimmern, mal ein Knurren. Er litt wie ein Hund.

Der erste Adventsabend hatte es in sich. Eine Standuhr schlug elf, wie es Standuhren häufig taten, wenn sich Bedeutsames ereignete. Während zwei Polizisten noch mit dem Tatortbefund beschäftigt waren, leistete Brandeisen seinem Freund stumm Gesellschaft. Er wartete, bis der Juristenkollege wieder ansprechbar war.

»Keine Versicherung?«, probierte er es.

»Nur Hausrat. Das heißt, die Schäden an der Wand und am Fenster werden mir ersetzt. Aber was diese ... diese ... Barbaren zusammengerafft haben, sehe ich nie wieder. Bestimmt ist meine alte Nulleins mit Schlepptender schon auf dem Weg nach Moldawien. Die hat mir mein Opa zur Einschulung geschenkt!«

Damit spielte Nix auf einen Zeitungsbericht an. Im Raum Bamberg hatte es jüngst eine ganze Diebstahlserie gegeben. Sämtliche Einbrüche waren in den vergangenen Wochen erfolgt, und immer waren abgelegene Villen das Ziel der Raubzüge gewesen. Angeblich sollte eine Bande aus Osteuropa dafür verantwortlich sein – das übliche Gerücht, wenn man keinen blassen Schimmer hatte.

»Moldawien kannst du vergessen«, wandte Brandeisen ein. »Woher die Täter auch stammen – die bringen ihre Beute auf direktem Weg zu einem Hehler und fertig.«

»Wie lange waren wir im Theater?«, fragte Nix. »Zweieinhalb Stunden?«

»Geübte Diebe wissen genau, wonach sie suchen müssen, das geht blitzschnell. Fünfzehn Minuten, vielleicht eine halbe Stunde, länger dauert so ein Bruch selten. Bei einem Safe machen die sich nicht die Mühe, das Schloss oder die Zahlenkombination vor Ort zu knacken. Die sacken das Ding einfach ein.«

»Brachial, diese Methoden.«

»Aber effektiv. Bestimmt sind sie gerade in aller Ruhe mit dem Schweißbrenner oder einem Stahlbohrer zugange.«

»Wie kommen die nur auf mich?« Nix hob beschwörend die Hände.

»Wahrscheinlich haben sie dein Haus schon seit Längerem ausgespäht und eine günstige Gelegenheit abgewartet. Im Paradiesweg ist ja kaum Verkehr. Kurz nachdem ich dich abgeholt habe, schlugen sie zu.«

»Shakespeare kann mir ab jetzt gestohlen bleiben.«

»Gib nicht dem Theater die Schuld. Das hätte auch zu einem anderen Zeitpunkt passieren können.« Brandeisen setzte sich neben ihn und klopfte ihm auf die Schulter.

»Ich hätte eine Alarmanlage installieren sollen.«

»Bringt wenig. Die Nachbarn rühren meistens keinen Finger, die fühlen sich von der Sirene eher belästigt.«

»Auf Döring nebenan trifft das hundertprozentig zu. Der hasst mich, weil mein Aufsitzrasenmäher mehr PS hat als seiner.«

»Eben. Und bis die Polizei eintrifft, sind die Einbrecher schon über alle Berge.«

Nix schüttelte den Kopf. »Bei uns geht's zu wie in der Walachei. Nichts ist mehr sicher.«

»Am besten, du findest dich damit ab. Wie heißt es im *Othello*: ›Zum Raube lächeln, heißt den Dieb bestehlen. Doch selbst beraubst du dich durch unnütz Quälen.‹«

Der Rechtsanwalt sprang auf. »Ich muss da jetzt noch mal hoch!«

»Was soll das bringen?«

»Besser als tatenlos herumzusitzen.«

Der Staatsanwalt seufzte und folgte ihm. Im Grunde waren seinem Freund die materiellen Verluste an Gold und Schmuck egal. Viel schwerer wog die Eisenbahn.

Das Dachgeschoss war vollständig ausgebaut und ... riesig. Es wurde fast gänzlich beherrscht von einer großflächigen Märklin-H0-Anlage. Nix schaltete sie ein. Erneut kamen ihm die Tränen, als er seine leeren Regale sah. »Weißt du, wie viele Loks ich hatte? 137!«

»Und wie viele kannst du gleichzeitig fahren lassen?«

»Vier oder fünf, mit komplettem Zug. Kennst du die V200? Diesel, ein Arbeitstier, Spitzname ›roter Elch‹, erste Probefahrt am 21. Mai 1953. Das gute Stück hat mitgeholfen, die Republik wiederaufzubauen. Oder die Baureihe 103. Sechsachsige Elektrolok, Purpurrot-Beige-Lackierung. Zog seit den 60er-Jahren den TEE – Trans Europa Express. Deutschland bekam wieder Anschluss an die weite Welt. Das ist ein Stück Geschichte!«

Brandeisen stand staunend vor dem Heiligtum. Da gab es Bahnhöfe für Personen- und Güterverkehr, Tunnel und Brücken, Berge und Täler, dörfliche und städtische Ansiedlungen, Miniaturstraßen und -autos, jede Menge Schienen, Weichen, Signale. Gesteuert wurde alles über mehrere Trafos und Schaltpulte. Es war eine künstliche, in sich perfekte Welt, gewachsen seit Kindertagen, über einen Zeitraum von fünf Jahrzehnten. Viele junge Männer empfanden ihre Modelleisenbahn im Laufe der Pubertät als rückständig, irgendwann verscherbelten sie alles. Bei Werner Nix war das nicht der Fall gewesen. Er hatte einfach weitergebastelt und weitergeträumt, anfangs noch mit schmalem Budget, dann, nach abgeschlossenem Studium und der Gründung seiner Kanzlei, mit deutlich mehr Schotter.

»Mein Vater hat mich an seine Anlage nie richtig rangelassen«, sagte er. »Deswegen hab ich mir meine eigene gekauft, aus Trotz. Ich hab sie erst mit seiner zusammengelegt, als er gestorben war.«

»So viele Erinnerungen …«, meinte Brandeisen verständnisvoll. »Zeige mir dein Spielzeug, und ich sage dir, wer du bist.«

»Spielzeug? Für Kinder ist das nichts, die machen bloß alles kaputt«, entgegnete Nix. Nachwuchs war für ihn nie ein Thema gewesen. Er wies auf einen Teil der Anlage, der besonders hell erleuchtet war, und löschte das Deckenlicht. »Dort drüben hab ich den Bamberger Weihnachtsmarkt am Maxplatz nachgebaut, mit Imbissbuden, Glühweinständen und Karussell. Schaut das Rathaus nicht so verschlafen aus wie in natura? Man kann förmlich spüren, wie da ein dickes Brett nach dem anderen gebohrt wird. Und die Kerzengeschäfte mit all den Sternen und Duftlampen – jedes einzelne Glühbirnchen von Hand verlegt und angeschlossen!«

»Sehr stimmungsvoll.«

»Ich hab einfach zu viel Zeit.« Nix lächelte wie ein Junge, der ein Fleißbildchen bekommt. Brandeisens Bemerkung schien ihm viel zu bedeuten. »Je nach Jahreszeit verändere ich was. Im Januar rüste ich auf Fasching um.«

»Du bist ein Verrückter.«

»Wenn ich dir wenigstens *einen* Zug im normalen Fahrbetrieb zeigen könnte ... Warum haben die meine Loks geklaut? Weil die am wertvollsten waren?«

Brandeisen hielt betreten inne. »Tut mir leid, Werner, aber ich glaube nicht, dass deine Loks irgendwann wieder auftauchen. Die musst du abschreiben.«

»Du kennst doch diesen Kommissar, wie heißt er? Küps! Kann der nicht was machen?«

»Vermögensdelikte sind für die Kripo Kinkerlitzchen, das weißt du doch.«

Nix wurde hysterisch, seine Stimme überschlug sich. »Heißt das, ich kriege mein Krokodil nie wieder?«

»Krokodil?«

»Meine Lieblingslok! Die CCS 800, dunkelgrün, Märklin-Nummer 3015. Ich hatte eine ganz alte, Kostenpunkt um die siebentausend Euro bei Auktionen.«

Langsam wurde Brandeisen klar, um welche Summen es hier jenseits des Nostalgiewertes ging. »Sind deine Loks alle so viel wert?«

»Ein paar schon, echte Raritäten. Aber der Preis ist nicht so wichtig. Es dauert eine Ewigkeit, meine Sammlung wiederaufzubauen, selbst wenn ich gleich damit anfangen würde. Außerdem müsste ich dann *gebrauchte* Loks kaufen, aus zweiter Hand! Unerträglich.«

»Also gut.« Brandeisen holte tief Luft. »Ich werde tun, was in meiner Macht steht. Viel Hoffnung besteht leider nicht.«

»Und wie willst du vorgehen?«

»Ich zapfe meine Kontakte zur Unterwelt an.«

»Da will ich dabei sein!«

»Und deine Kanzlei?«

»Ist bis auf Weiteres geschlossen. Aber warte, gerade

fällt mir etwas auf.« Nix betrachtete den Schienenverlauf, seine Augen sprangen fieberhaft hin und her. »Ich fass es nicht! Sämtliche Haltesignale stehen auf *Keine Durchfahrt. Was soll denn das?«*

»Sieht so aus, als hätte sich jemand einen Scherz erlaubt.«

»Aber ...«

»Die Diebe wussten wohl ganz genau, was sie taten ...«

Die Ermittlung begann am nächsten Morgen um zehn im *Hofbräu* – auf den ersten Blick ein ungewöhnlicher Ort für staatsanwaltliche Nachforschungen. Doch das Gasthaus mitten in der Altstadt war umzingelt von Antiquitätengeschäften. Deshalb galt es als Umschlagplatz von Informationen über rare, schwer zu beschaffende Güter.

Werner Nix trug zu seinem Kamelhaarmantel einen schwarzen Schlapphut und Sonnenbrille. Brandeisen verkniff sich eine Bemerkung, denn der Undercover-Rechtsanwalt wirkte trotz seiner übertriebenen Verkleidung im Vergleich mit ihrem Informanten völlig unauffällig. Vor einem Kännchen Kaffee saß nämlich Xystus Auf der Maur. Für einen Antiquitätenhändler war er ein erstaunlich gebildeter Mann. Doch im Laufe der Jahre hatte sich eine quasimonarchische Eitelkeit seiner bemächtigt. So war er mit einem rosafarbenen Trachtenjanker und einer weiß-blau gestreiften Weste angetan. Die Haartracht nach der Art des Märchenkönigs Ludwig II. schimmerte in einem perfekt gefärbten Silberton. Und alle seine Finger, abgesehen von den Daumen, waren üppig beringt. Selbst in der halbseidenen Welt der Hehler, Rosstäuscher und Kommunalpolitiker machte ihn das zu einer schillernden Figur.

Brandeisen legte ihm den Fall dar unter Hinweis auf den untröstlichen Nix und dessen angegriffene Seelenlage. »Hier haben Sie eine Aufstellung der entwendeten Wertgegenstände«, fügte er hinzu und händigte Auf der Maur eine mehrseitige Liste aus, die sein Freund nächtens angefertigt hatte. »Vielleicht wird etwas von dem Diebesgut bereits auf dunklen Kanälen feilgeboten.«

»Wie kommen Sie darauf, dass ich Ihnen helfen kann? Halten Sie mich für jemanden, der mit Kriminellen Umgang hat?«

»Nie im Leben«, entgegnete Brandeisen und packte ein Lockmittel aus, das er in einem Karton mitgebracht hatte und von dem er wusste, dass es für Auf der Maur einen unwiderstehlichen Anreiz darstellte, zumindest kurzzeitig ins Lager der Gerechten zu wechseln. »Der Nachttopf meiner Tante Theophilia, altes Familienerbstück. Er trägt das Wappen König Ottos I. von Griechenland, der weiland ins Exil gehen musste und seine letzten philhellenischen Jahre in der Bamberger Residenz verbrachte.«

Auf der Maur erblasste vor Verlangen, galt er doch als einer der größten Sammler antiker Nachttöpfe in Mitteleuropa und der Neuen Welt. Rasch wurde er mit dem Staatsanwalt handelseinig. Er bezahlte einen Spottpreis für Tante Theophilias tragbare Toilette (Brandeisen war froh, dass er den Botschamber endlich los war) und ließ sich endlich herbei, einen Blick auf Nixens Liste zu werfen. Zielsicher pickte er das wertvollste Stück heraus, ein Smaragdcollier von Van Cleef & Arpels aus den 1920er-Jahren. »Probieren wir es damit«, sagte er und tippte eine Nachricht in sein Handy ein. »Meiner Kontaktperson sind selbst die geheimsten Internetforen nicht verschlossen.«

Die Kontaktperson, vermutete Brandeisen, war kein anderer als Auf der Maurs einarmiger Gehilfe Sünderhaut, der ihm bei Auktionen mehr schlecht als recht assistierte, in Wahrheit jedoch Geschäftsführer, Buchhalter und Lagerist in einer Person war. Doch er schwieg.

Es dauerte keine fünf Minuten, bis eine Antwort kam. »Wir haben Glück«, jubelte der Antiquaire. »Die Halskette ist bei Prebitz zu besichtigen und zu erwerben.«

Nix runzelte die Stirn. »Wer ist denn das?«

»Ein als Trödler getarnter Hehler«, erklärte Brandeisen. »Lebt auf einem einsamen Bauernhof in den Haßbergen. Wir sollten ihm einen Besuch abstatten.«

»Unangemeldet dürfen Sie dort aber nicht auftauchen.« Auf der Maur schraubte an seinen Ringen herum. »Sonst empfängt Sie der alte Eigenbrötler mit einem Salut aus seiner Schrotflinte.«

»Könnte Ihre Kontaktperson uns nicht als Käufer ankündigen? Unter falschen Namen, versteht sich. Plisch und Plum fände ich ganz passend.«

Nach einigem Hin und Her willigte der Trachtenbejankerte ein und verschickte eine weitere Nachricht. »Ich hoffe sehr, dass Sie kein Polizeiaufgebot im Schlepptau haben. Prebitz hat zwar einen zweifelhaften Ruf, aber ohne Leute wie ihn müssten ich und meine Kollegen unsere Läden dichtmachen.«

»Wir brauchen nur einen heißen Tipp in Bezug auf die Diebe«, beruhigte ihn der Staatsanwalt. »Zur Not helfen wir mit Schmiergeld nach.«

»Dafür ist Prebitz immer empfänglich. Ein Versuch kann nicht schaden.«

»Würden Sie sich auch nach meinen Loks erkundigen?«, fragte Nix, dem der Schmuck seiner Frau, wie bereits erwähnt, gleichgültig war angesichts des viel herberen Verlustes seiner hochgeschätzten Miniaturtriebfahrzeuge.

»Der Markt für antike Spielwaren ist eine Welt für sich«, sagte Auf der Maur. »Damit möchte ich nichts zu tun haben.«

»Eine Eisenbahn ist kein Spielzeug!«

»Schon gut, immerhin haben wir jetzt eine Spur.« Brandeisen dirigierte seinen Freund höflich, aber bestimmt nach draußen.

Es begann zu schneien, während Nix seinen Saab Richtung Haßberge lenkte. Tausende kleiner Flocken schwebten von dem schweren, fledermausgrauen Himmel herab und hüllten das Frankenland in eine Winterdecke, die selbst das Motorengeräusch dämpfte. Nach einem Zwischenstopp am Geldautomaten war die Brieftasche des Rechtsanwalts prall gefüllt. Er würde sich jeden noch so kleinen Hinweis auf den Verbleib seiner Loks etwas kosten lassen.

»Hast du als Kind auch eine Eisenbahn gehabt?«, fragte Nix.

»Nur ein Starterset von Fleischmann. Mit Weichen, die man von Hand verstellen musste.«

»Du Armer! Ein Wunder, dass du keinen bleibenden Schaden davongetragen hast.«

»Ich habe die Nase lieber in Bücher gesteckt.«

»Du warst ja immer mit dem BGB verheiratet.«

»In der Jugend waren es eher Romane. Marcel Proust. Den habe ich im Lateinunterricht unter der Bank gelesen.«

Nix schenkte Brandeisen einen bedauernden Blick. »Na ja, eigentlich ist der Unterschied gar nicht so groß.

Wenn sich die kleinen Rädchen der Nulleins wie von Zauberhand in Bewegung setzen, kommt es einem so vor, als würde die Vergangenheit losdampfen. Türen schließen, Vorsicht bei der Abfahrt! Ein paar meiner Loks habe ich mit einem Rauchgenerator nachgerüstet. Das hat die gleiche Wirkung wie Lindenblütentee und Madeleines bei Proust.«

»Ah, du kennst dich aus.«

»Ich habe ... ich *hatte* auch einen TGV der französischen Staatsbahnen mit zwei Triebköpfen und serienmäßig eingebauter Innenbeleuchtung. Man muss mit der Zeit gehen.«

»Der TGV ist ein Hochgeschwindigkeitszug, oder?«

»Entgleist ganz gern. Wenn man es darauf anlegt ...«

»Du spielst also doch mit deiner Anlage!«, sagte Brandeisen.

»Ich stelle nur realistische Unfälle nach. Das ist etwas vollkommen anderes.«

»Hast du dir schon mal überlegt, Kindern deine Eisenbahn vorzuführen? Vor Weihnachten wäre das ein Akt der Nächstenliebe.«

»Ausgeschlossen!«, widersprach Nix.

Die beiden Freunde machten weiter Konversation, doch gelang es ihnen nur unzureichend, ihre Nervosität voreinander zu verbergen. Um die Mittagszeit näherten sie sich Goggelgereuth, bogen in einen verschatteten, von traurigen Fichten flankierten Feldweg ein und gelangten schließlich an ihr Ziel, einen Bauernhof mit hohen, spitzwinkeligen, windschiefen Giebeln. Nix parkte vor einer Fachwerkscheune, die ebenso baufällig wirkte wie der Rest des aus der Zeit gefallenen Anwesens.

Sie stiegen aus.

Der schneebedeckte Boden gab bei jedem Schritt Klagelaute von sich, Eisluft füllte ihre Lungen. Wohin waren sie hier geraten? In ein Land jenseits der Hölle, wo die Gedanken noch im Flug erstarrten?

»Servusla!«, ertönte eine heisere Stimme. Sie schien von überallher zu kommen. Doch der Sprecher zeigte sich nicht.

»Gestatten, Plisch!«, rief Brandeisen. »Neben mir steht mein Kompagnon Plum. Sind wir hier richtig bei Prebitz?«

Die Sekunden verstrichen. Offenbar wollte sich der Hehler vergewissern, ob die beiden leichtsinnigen Städter allein gekommen waren. Dann, mit einem Quietschen wie von Ferkeln, die das blitzende Schlachtermesser gewahrten, öffnete sich das Scheunentor, und eine körperlose Hand winkte sie herein.

Kaum eingetreten, schloss sich das Tor. Ein Hüne von einem Mann nahm vor ihnen Aufstellung, mit groben, holzscheitartigen Gesichtszügen und der Gewissheit, Alleinherrscher über ein Reich von eigenen Gnaden zu sein. Sein flickenübersäter Mantel wurde mit einem Kälberstrick anstelle eines Gürtels zusammengehalten. Die besagte Schrotflinte hatte er sich unter die Achsel geklemmt.

»Tee?«, fragte Prebitz, bat um Verzeihung für den rustikalen, zur Abschreckung gedachten Empfang und legte überraschend kultivierte Manieren an den Tag. Er führte die Besucher zu einem Chippendale-Tischchen, auf dem eine silberne Kanne von dem Gebräu, das belebt, aber nicht berauscht, vor sich hin schmauchte. Während Brandeisen und Nix dankbar an ihren Tassen nippten, sahen sie sich um. Von außen mochte die Scheune einen maroden Eindruck machen, doch ihr Inneres war ... ein Museum. Beziehungsweise ein Verkaufsraum. Wo man hinblickte, standen Antiquitäten: Barocksekretäre, Biedermeierkommoden, Empiretische und -stühle, sachkundig restaurierte Bauernschränke, eisenbeschlagene Truhen aus dem Mittelalter, Heiligenfiguren. Von der Decke hingen Kristalllüster, die, nach dem matten Glas zu urteilen, einst einem Fürstbischof Licht gespendet hatten.

»Sie sind an dem Smaragdcollier interessiert?« Prebitz führte seine Gäste zu einer von zahllosen Vitrinen, in denen Schmuck präsentiert war. »Van Cleef & Arpels, 1926. So etwas kriegen Sie derzeit nicht mal bei Sotheby's. Die Steine stammen nicht aus Kolumbien oder Brasilien, sondern aus dem Habachtal im Salzburgischen. Die Fassung besteht aus 750er Gelbgold mit Brillantbesatz. Ein beachtliches Stück.« Er holte die Halskette heraus und legte sie zur Begutachtung auf ein samtbezogenes Pad. »Da Sie mir von einem Kollegen empfohlen wurden, mache ich Ihnen einen guten Preis. Fünfzehntausend inklusive Schlangenlederetui.«

»Sehr schön«, sagte Brandeisen und tauschte mit Nix Blicke. Dem kamen noch eine Reihe anderer Geschmeide aus den Vitrinen bekannt vor. »Ich denke, wir finden einen gemeinsamen Nenner. Zuvor würde ich aber gerne wissen, ob Sie auch alte Modelleisenbahnen im Angebot haben? Oder Teile davon?«

Prebitz zwinkerte irritiert. »Meinen Sie ... Spielzeug? Obwohl mir der Begriff widerstrebt, eigentlich ...«

»Eine Märklin H0 ist kein Spielzeug!«, empörte sich Nix. »Was reden Sie da bloß für einen Unfug?«

»Das war gewiss nicht meine Absicht. «

»Sparen Sie sich Ihre Entschuldigungen! Schon lange

sind Modelleisenbahnen als überteuerter Schnickschnack in Verruf geraten. Ich dachte jedoch, ein Mann mit Expertise wie Sie hätte dazu etwas reifere Ansichten.«

»Sie haben ja vollkommen recht«, beeilte sich Prebitz zu versichern. »Ich besitze selber eine nicht ganz unbescheidene Anlage.«

»Tatsächlich?«

»Aber ich handle nicht mit Loks oder dergleichen. Das wäre ein Sakrileg.«

»Und wenn Ihnen entsprechende Ware zum Weiterverkauf angeboten würde?«, hakte Nix nach. »Was täten Sie dann?«

»Ablehnen natürlich. Aus Prinzip. Dann könnte ich ja gleich meine Großmutter verhökern.«

Prebitz schien die Wahrheit zu sagen. Er machte den Hehler für Nixens Schmuck, nicht aber für dessen Loks. Des Rätsels Lösung trat klarer zutage, nachdem Prebitz und Nix eine ganze Weile gefachsimpelt hatten und in Sachen H0 zu Geistesverwandten geworden waren. In einem ehemaligen Lagerhaus für die Rübenmiete führte er seine eigene Anlage vor. Sie besaß eine Alpensektion mit einer täuschend echt nachmodellierten Zugspitze samt Zahnradbahn, ein Aufwand, den Nix immer gescheut hatte und über die Maßen bewunderte.

Als der richtige Zeitpunkt gekommen war, lüftete der Rechtsanwalt sein und Brandeisens Inkognito – keine Sorge, Prebitz ginge straffrei aus – und klagte dem neuen Freund sein Leid: Das Smaragdcollier und andere Preziosen gehörten eigentlich ihm beziehungsweise seiner Frau. Er sei das Opfer schändlicher Einbrecher geworden, die zu seinem großen Verdruss auch seine 137 Märklin-Loks in ihre Gewalt gebracht hatten.

Nach Minuten argwöhnischen Zögerns lenkte Prebitz ein und gab seine Quelle preis mit der Begründung: Wer einen H0-Kollegen bestahl, habe das Recht auf Geheimhaltung verwirkt. Bei den Langfingern handele es sich um die Zipfel-Brüder, ein Bandentrio aus Coburg, dessen Revier eigentlich mehr im Nordoberfränkischen liege und die sich selten nach Bamberg hineinwagten. Auf Modelleisenbahnen hätten es die drei eher schlichten Gesellen bislang nicht abgesehen. Deswegen könne er, Prebitz, sich nur vorstellen, dass jemand den Zipfels einen Spezialauftrag erteilt habe, nämlich die Loks zu entwenden. Als Belohnung oder Gegenleistung durften sie wahrscheinlich alle anderen erbeuteten Wertsachen behalten und zu Geld machen, das sei in solchen Fällen üblich.

»Aber wer ist der Hintermann?«, fragte Nix.

»Ein ehemaliger Mandant, den du nicht vor dem Knast bewahren konntest?«, schaltete sich Brandeisen ein.

»Ich haue jeden raus! Hab einen guten Draht zum psychiatrischen Gutachter. Weißweintrinker.«

»Vielleicht hat deine Frau einen Liebhaber? Wenn der wusste, was bei euch zu holen ist ...«

»Das müsste aber ein Liebhaber mit Hörproblemen sein. Sonst hält der's nicht lange aus.«

Brandeisen überlegte. »Hast du nicht diesen Nachbarn erwähnt? Der dich um deinen Aufsitzrasenmäher beneidet?«

Endlich dämmerte es dem Rechtsanwalt. »Warum bin ich nicht gleich darauf gekommen? Döring! Der hat ja auch eine H0-Anlage – die allerdings an Lächerlichkeit kaum zu überbieten ist. Er hat sie mir einmal gezeigt.

Dabei konnte ich mir die eine oder andere kritische Bemerkung nicht verkneifen.«

»Was ist daran so lächerlich?«, wollte Prebitz wissen.

»Es fängt schon beim Platz an. Seine Frau bestand beim Umbau des Hauses auf einer Sauna, auf Fitnessstudio, Whirlpool und so weiter, deshalb blieb für die Eisenbahn nur ein Kabuff im Keller übrig. Da hat er dann reingequetscht, was sich auf die Schnelle zusammenkaufen ließ. Unnötig zu erwähnen, dass er die typischen Anfängerfehler beging: einfallslose Streckenführung, zu kleiner Gleisradius, zu viele Abstellgleise und Kehrschleifen ... Soll ich weitermachen?«

»Das reicht für einen ungefähren Eindruck«, sagte Brandeisen.

»Und weil er es nicht ertragen konnte, dass deine Anlage viel schöner ist«, ergänzte Prebitz, »hat er sich deine Loks unter den Nagel gerissen.«

»Furchtbar, oder?« Nix seufzte. »Warum gibt es solch missgünstige Leute?«

»Die Frage ist: Wie kriegst du deine Loks von diesem Döring wieder zurück?« Prebitz nahm eine Denkerpose ein und fuhr sich übers unrasierte Stoppelkinn.

»Eine Hausdurchsuchung könnte helfen«, schlug Brandeisen vor. »Aber was wird dann aus den Zipfel-Brüdern? Die sollte man ebenfalls dingfest machen.«

»Keine Ahnung, ich bin ratlos«, antwortete Nix.

»Ich nicht«, sagte Prebitz.


Stunden später saßen sie zu dritt im Gartenhäuschen von Werner Nix und beobachteten dick eingemummelt die benachbarte Villa. Ein klarer Sternenhimmel entsandte eine Ahnung der Unendlichkeit, es war kurz vor zehn, nach Sonnenuntergang hatte es gefroren. Im Schein einer schwachen Straßenlaterne glitzerten die Schneekristalle wie von Elfenhand verstreute Juwelen.

Bei Döring brannte Licht, unter anderem im Keller, vermutlich vergnügte er sich mit der Beute. Seine aufgetakelte Frau war zu irgendeiner Weihnachtsfeier abgedampft.

Nix stellte sich das Krokodil CCS 800 auf viel zu engen Gleisradien vor, unter schlampig verlegten Oberleitungen, und mahlte verdrossen mit den Kiefern. »Wie lang müssen wir noch warten? Ich halte das nicht mehr aus!«

»Ruhig«, mahnte Prebitz. »Bestimmt ist es bald so weit.«

Eine Runde Kaffee aus der Thermoskanne wärmte von innen. Der Atem der drei bildete kleine Wölkchen. Dann wurde ihre Geduld belohnt.

Ein Lieferwagen mit ausgeschalteten Scheinwerfern schaukelte langsam die Einfahrt hoch. Der Motor verstummte, drei Vermummte huschten zur Eingangstür und machten sich daran zu schaffen. Als das Schloss geknackt war, drangen sie ein.

Nix, Brandeisen und Prebitz verließen ihr Versteck, stiegen über den Gartenzaun und folgten den Gestalten ohne große Eile. Die Falle war zugeschnappt.

Die Inneneinrichtung des Hauses war genauso langweilig wie Dörings Eisenbahn. Sämtliche Möbel wirkten so, als seien sie an einem verregneten Aprilnachmittag aus einem Hochglanzkatalog ausgeschnitten und an die Wände geklebt worden. Sofa, Sideboard, Kommode – Sarkophage ohne Patina. Beherrscht wurde dieser Neureichenalbtraum von einem überdimensionalen

Flachbildfernseher, der auch als dunkles Tor zu einem menschen- und geschmacksbefreiten Paralleluniversum figurieren mochte.

Vom Keller waren erstickte Schreie zu hören. »Nein! Hilfe!« Dazwischen raue Männerstimmen: »Du bist a ganz Schlauer! Hast wohl gedacht, wir merken net, dass du die wertvollen Teile für dich behältst.« – »Wer uns bescheißt, der kriegt Ärger! Des können wir net auf uns sitzen lassen!« – »Genau!«

»Die Zipfel-Brüder, wie sie leiben und leben«, flüsterte Prebitz und ging mit geladener Schrotflinte voran.

Er hatte den Dieben ein telefonisches Angebot gemacht, das sie nicht ablehnen konnten: Schmuck gehe derzeit leider ganz schlecht, der Markt sei übersättigt. Dagegen erzielten alte Modelleisenbahnloks in der Adventszeit Höchstpreise, tausend Euro pro Stück seien keine Seltenheit. Ob sie dergleichen möglichst bald liefern könnten?

Anscheinend hatten Franz, Freddy und Fridolin Zipfel den Köder sofort geschluckt und waren zu ihrem Auftraggeber gefahren, um ihm die Loks wieder abzunehmen und ein paar Dinge richtigzustellen. »Wenn wir gewusst hätten, wie viel des Zeug wirklich wert ist!«

»Tausend Euro pro Lok!«

»Aber wir merken alles!«

»Bitte nicht!«, winselte es zurück.

Nix, Brandeisen und Prebitz spähten um die Ecke. Döring lag bäuchlings auf seiner Eisenbahn. Zipfel I und Zipfel II hielten ihn fest, während Zipfel III sich einen Spaß daraus machte, das Zugset Rheingold BR 18 wiederholt ins Hinterteil seines Opfers rauschen zu lassen.

Prebitz wollte sich schon zu erkennen geben, doch Nix hielt ihn zurück. Der Kellerraum besaß kein Fenster, es bestand keine Fluchtgefahr. Nur nichts überstürzen, fand Nix. Mit Döring wurde ein Mann gefoltert, der die Signale seiner Anlage zum Hohn auf *Keine Durchfahrt* hatte stellen lassen. Strafe musste sein.

Also warteten sie, bis die von Brandeisen herbeigerufene Verstärkung eintraf. Döring musste noch eine halbe Stunde leiden. Schließlich wurden er und seine ungnädigen Komplizen festgenommen. Zusammen fuhren sie ins Café Sandbad ein, wo sie in Bälde Knastweihnachten feiern konnten.

137 Loks wechselten erneut das Haus und den Besitzer. Das inzwischen arg lädierte Zugset Rheingold gehörte glücklicherweise Döring. Nix befüllte drei Cognacschwenker und wandte sich an Brandeisen und Prebitz. »Wie kann ich euch danken?«

Prebitz wehrte ab. Das sei Ehrensache gewesen.

Doch der Staatsanwalt äußerte einen Wunsch ...

... den Nix am vierten Advent erfüllte. Er hatte ein paar Klassen seiner alten Grundschule am Kaulberg zu sich eingeladen. Die Kinder sollten erfahren, wie eine Modelleisenbahn funktionierte, was alles nötig war für den reibungslosen Fahrbetrieb, wozu all die Schalter und Regler dienten. Nix sollte launige Einführungen in die Geheimnisse der Elektrifizierung, Probleme beim Tunnelbau, zur Gleisplanzeichnung mithilfe von Schablonen und vielem mehr geben. Natürlich sollten die kleinen Besucher auch Züge sehen und – leider! – auch selber steuern dürfen, wenn's sein musste, mit Höchstgeschwindigkeit. Nix verabschiedete sich bereits von seinem TGV und schaute zweifelnd zu seiner Gattin, die Lebkuchen, Plätzchen und Kakao bereitstellte.

Brandeisen ließ es sich nicht nehmen, dieser pädagogischen Großtat beizuwohnen. Mit huldvoller Miene betrachtete er das fröhliche Treiben. Es fühlte sich gut an, den lieben Kleinen in der Weihnachtszeit etwas Selbstgestaltetes nahezubringen. Was man mit Eifer, Akribie und Sachverstand alles schaffen kann! »Und sieht das Gebäude dort drüben nicht aus wie eure Schule? Die habe ich mit dem Herrn Rechtsanwalt selbst gebaut!«

Indes, die Blagen zeigten nicht das geringste Interesse. Stattdessen wischten sie auf ihren Handys herum und grinsten, wenn es ihnen gelungen war, eine WhatsApp-Nachricht zu verschicken. Kakao tranken nur ein paar, die restlichen Kids waren Veganer, laktoseintolerant oder auf Diät. Und sie mussten alle gleichzeitig aufs Klo.

Das Krokodil fuhr in den Bamberger Bahnhof ein. Kein Kind schaute hin.

# Der unvollständige Mister Van der Belt

Einmal im Jahr, bevorzugt an Herbstabenden, an denen regenschwere Nebelschwaden sich über die Stadt legten wie der Mantelwurf eines fernen Zeitalters und die Melancholie zu zähflüssigen Tropfen gerann, zog es Staatsanwalt Brandeisen ins Ungewisse. Er bekam Hummeln im Hintern oder – wie die Engländer es ausdrücken – *ants in the pants*. Dann beschloss er, Pfade zu beschreiten, die wenig jenen gleichen, die man den Alltag nennt oder das Erwartbare, mithin das »Reale«. Sogar einer literarischen Figur, fand er, stand es gelegentlich zu, ihre angestammte Sphäre zu verlassen. Warum nicht auch ihm?

Brandeisen schlüpfte in seinen schwarzen, nach Mottenpulver riechenden Überzieher und schlug den Kragen hoch. Er griff nach dem tadellos gebürsteten Zylinder und dem Gehstock aus Weißdornholz. »Halte Wacht!«, rief er seiner ausgestopften Dogge Hilda zu, Gefährtin in guten wie in schlechten Tagen. »Ich gehe aus.« Vor einem mannshohen Spiegel, Erbstück seines Urgroßvaters Trudbert, überprüfte er den Sitz der Krawatte. Und mit den Worten »Ad aliud saeculum, mutatis mutandis« tat er einen beherzten Schritt nach vorn.

Was genau hinter einem Spiegel liegt, der zu anderen Zwecken als den herkömmlichen dient, beispielsweise zur Reise in entfernte Gefilde oder durch die Zeit, darüber streiten sich die Weisen. Zum Verständnis dieser Geschichte sei nur erwähnt, dass Brandeisen ein Labyrinth verfallener Gänge durchmaß; zahllose eisenbeschlagene Türen ausprobierte, um sie sogleich wieder zu schließen;

die Pforte zu einer dornenbewehrten Gruft links liegen ließ und daraufhin eine unendlich schmale Brücke überquerte, welche sich über einen bodenlosen Abgrund spannte ... Bis er sein Ziel erreichte und in einem alten Tudorhäuschen herauskam, dessen Bewohnerin, eine schwerhörige Kapitänswitwe, in Ohnmacht fiel, als er ihrem Frisiertisch entstieg. Er wünschte einen guten Tag und ging seiner Wege.

Normalerweise schätzte er an Bamberg das Pittoreske, Somnambule, Altfränkische. Doch wünschte er sich manchmal, an fremderen, abenteuerlicheren Orten zu leben und zu wirken, und da zu diesem Behufe weder Computerprogramme noch die menschliche Vorstellungskraft mit einem Zauberspiegel konkurrieren konnten, reiste er ins London des Jahres 1892 und tauschte das Sandgebiet an der Regnitz gegen die Docklands an der Themse ein. *Tick-Tack*, machte sein Gehstock auf dem von Gaslaternen nur mäßig beleuchteten Kopfsteinpflaster. Seine Laune hob sich.

»Kannst du mal auf Tabak wechseln?«, fragte ein bärtiger Schrat. Brandeisen gab dem Mann, offenbar ein Waliser ohne Heuer, einige Münzen und spazierte weiter. Bei einer Schänke, deren Ausdünstungen an eine Opiumhöhle gemahnten, sprachen ihn drei leichtbekleidete Bordsteinschwalben an. »Lust auf 'n bisschen Unterhaltung?« Er verneinte. Heute führte ihn sein Weg nach Greenwich, und zwar in den *Record's Club*.

Es war schon nach Mitternacht, ihn fröstelte. Behände wich er einer Droschke aus, umkurvte eine Gruppe betrunkener Studiosi und gelangte an jenen magischen Ort, an dem ein Gentleman zu jeder Tages- und Nachtzeit Gentleman sein konnte.

»Guten Abend, Sir«, sagte Strainchamps, der Butler des *Record's*. »Schön, Sie wieder bei uns zu haben.« Er war mit den Gepflogenheiten des Staatsanwalts vertraut.

»Es ist immer eine Freude.« Brandeisen nahm auf einem langbeinigen Hocker Platz, eine neue Errungenschaft des Clubs, damit sich die Gäste direkt an der Barriere zum Ausschank niederlassen konnten, abgekürzt *Bar*. Gordon, ein Neffe von Strainchamps, stand hinter dem Tresen. »Das Übliche, Sir?«

»Mit Vergnügen. Vor dem Frühstück soll man ja nichts Stärkeres als Gin trinken.«

Gordon nickte – und zögerte. »Kalt draußen, wie?«

»Es hat ein bisschen aufgefrischt.«

»Dann käme was Warmes recht, meinen Sie nicht?«

»Was Warmes?«, wunderte sich Brandeisen.

»Augenblick, Sir.« Gordon hantierte mit einer Flasche und einem Teekessel. In Windeseile hatte er ein Getränk fabriziert, das er in einem Zinnkrug kredenzte. »Cheers!«

Brandeisen tat einen Schluck. Es schmeckte wie heißer verdünnter Gin mit Zitronensaft und Zucker. Nach einem weiteren Quantum fühlte er sich erfrischt und belebt. »Sie haben recht«, sagte er anerkennend. »Ein Hot Toddy ist jetzt das Richtige.«

»Damit hat sich schon Lord Nelson vor Trafalgar in Kampfeslaune gebracht.«

»Gin – das Getränk der Navy.«

»Neuerdings werden Mischgetränke immer beliebter. In Amerika sagen sie Cocktails dazu.« Gordon polierte eine Champagnerschale. »Pur sind die meisten Spirituosen ja ungenießbar. Man kann sie mit Bitters und Würzessenzen aus der Apotheke versetzen, mit Ingwersirup, Curaçao oder Tonic Water gegen Malaria.«

»Variatio delectat«, bestätigte Brandeisen und sah sich um. Neben dem Kaminfeuer dösten zwei Advokaten. Vier Marineoffiziere spielten eine Runde Whist, ein schottischer Deerhound lag zu ihren Füßen. Es war ein friedlicher, fürs *Record's* typischer Anblick, wenn da nicht eine Gespanntheit über dem Raum gelegen hätte, für die nur kriminalistisch geschulte Experten ein Sensorium besaßen.

»Fühlen Sie sich gestärkt, Sir?«, fragte der lautlos herbeigeschwebte Butler.

»Durchaus. Was ist hier los, Strainchamps?«

»Wir erwarten Sie und Ihren Scharfsinn mit brennender Sorge, Sir. Der Ruf des Clubs steht auf dem Spiel.«

»Nicht so klandestin, Mann! Heraus damit!«

»Wenn Sie mir bitte folgen möchten.«

Strainchamps führte Brandeisen ins Billardzimmer im rückwärtigen Teil des Gebäudes. Dort wurde seit Kurzem Snooker gespielt, ein Zeitvertreib, den die britischen Kolonialkräfte in Indien ersonnen hatten unter Weiterentwicklung des tradionellen English Billiards. Doch keine Elfenbeinkugeln lagen auf dem filzbezogenen Tisch, sondern zwei Leichen. Es handelte sich um die höchst ehrenwerten Clubmitglieder Marcus Brown-Ryder, stadtbekannter Wundarzt, und Rodolphe van der Belt, berüchtigter Kritiker beim *Daily Chronicle*. Die beiden aufgebahrten Körper wiesen unschöne Einschusslöcher auf. Brown-Ryder hatte es direkt ins Herz getroffen, während Van der Belt die halbe Schädeldecke fehlte und sein Bauchraum einem blutgetränkten Schwamm glich.

»Was ist passiert?« Brandeisen verfiel in die Ermittlungsroutine des 21. Jahrhunderts, in dem er sich an noch so mancher Verbrecherjagd beteiligen würde. »Ein

Doppelmord? Möchten Sie, dass ich den Täter finde, bevor Scotland Yard hier alles auf den Kopf stellt?«

Strainchamps war untröstlich. »Mord können wir ausschließen, Sir. Vor einer knappen Stunde haben sich die beiden Gentlemen duelliert, mit doppelläufigen Pistolen im Hinterhof. Alles ging mit rechten Dingen zu. Leider erwiesen sich Mister Brown-Ryder und Mister Van der Belt als bedauernswert treffsicher.«

»Das ist hochgradig illegal.«

»Ich fürchte ja, Sir.«

»Es wirft kein gutes Licht auf den Club.«

»Auch hier schließe ich mich Ihrer Meinung an, Sir.«

»Die Öffentlichkeit sollte darüber in Unkenntnis gehalten werden, um Schaden vom *Record's* abzuwenden.«

»Sie lesen meine Gedanken, Sir.«

»Aber die beiden sind tot. Wir können die Leichen ja wohl kaum verschwinden lassen und in die Themse werfen?«

»Diese Option steht uns nicht offen, Sir. Dafür sind die Gentlemen zu bekannt. Ihre Nachkommen würden unangenehme Fragen stellen. Außerdem wäre es nicht gerade ... sportlich.«

Brandeisen erschrak. »Es wäre sogar ganz und gar unsportlich«, versicherte er. »Tut mir furchtbar leid. Worauf man im ersten Eifer so verfällt ...«

Sie schwiegen eine Weile und betrachteten die seelenlosen Hüllen auf dem Snooker-Tisch. Um Brown-Ryder tat es Brandeisen ehrlich leid. Der Arzt war ein Freigeist und Philanthrop gewesen und hatte seine Fähigkeiten in den Dienst der Armen und Siechen gestellt – was für ein Verlust! Ganz anders verhielt es sich mit Van der Belt, dem Missgunst, Selbstgerechtigkeit und Geltungsdrang noch im Tode aus jeder Pore drangen. Seine Buchverrisse im *Daily Chronicle* waren für die toleranten Literaturfreunde des Clubs ein stetes Ärgernis gewesen.

Strainchamps räusperte sich. »Wir setzen die größten Hoffnungen in Sie, Sir.«

»In mich? Warum das denn?«

»Weil Sie mit Mächten im Bunde stehen, die den gemeinen Verstand weit übersteigen, Sir. Meinen Sie nicht, dass hier ein kleiner Wiederbelebungszauber angezeigt wäre?«

»Sie verlangen zu viel, Strainchamps! Ich kann in die Vergangenheit reisen und in die Zukunft, da ist nichts weiter dabei. Aber jemanden von den Toten erwecken? Davon habe ich bislang nur in den Aufzeichnungen meines Urgroßvaters gelesen. Wie das in der Praxis vonstattengehen soll ...«

»Ich bin mir sicher, Sie finden einen Weg, Sir.«

»Warum ich? Was ist mit Plainfield? Oder Lord Hateford? Die sind doch ebenfalls der Zauberei kundig.«

Der Butler seufzte. »Mister Plainfield ist in ein Loch gefallen, wie es dieser Mathematiker aus Cheshire in seinem Kinderbuch beschrieben hat. Niemand weiß, ob er noch unter den Lebenden weilt. Und Lord Hateford hat sich mit einer Elfenprinzessin von Kensington Gardens verlobt. Für die nächsten Jahrhunderte ist er wohl unabkömmlich.«

»Also bleibt alles an mir hängen.«

»Der Club braucht Sie, Sir.«

Brandeisen nickte verdrossen. »Ich tue, was ich kann. Bringen Sie mir zwei Gläser Absinth. Die grüne Fee wird uns bei diesem Vorhaben vielleicht von Nutzen sein.«

Strainchamps glitt davon, das Verlangte zu holen. Derweil versuchte sich Brandeisen an das zu erinnern, was ihm der alte Trudbert in seinem *Schatzkästlein des zauberischen Hausfreundes*, einer handschriftlichen, in Maulwurfleder eingeschlagenen Notizensammlung hinterlassen hatte. Zunächst legte er seinen Überzieher ab und verkehrt herum wieder an, schloss die Augen, drehte sich dreimal um die eigene Achse (entgegen dem Uhrzeigersinn) und schickte seinen forschenden Geist – ins Totenreich.

Das Totenreich für Londoner Gentlemen, Abteilung Südwest, war eine Art Cricket Ground. Neuankömmlinge warteten, bis sie mit dem Schlagen des Balls an der Reihe waren – was erfahrungsgemäß eine Weile dauern konnte. Da Brown-Ryder und Van der Belt erst vor Kurzem verstorben waren, saßen ihre Seelen am Rand des Spielfelds auf Klappstühlen und tranken Tee. Brandeisen begrüßte es, die beiden so schnell gefunden zu haben. Er trat – als Geist zwischen den Welten – neben sie und hauchte jedem das Wort »Out!« ins Ohr. Im Totenreich galt dies als Zeichen, dass sie bald ins Leben zurückgerufen würden und vorerst nicht an dem Cricketspiel teilnehmen mussten, das über ein Dismissal in den Himmel oder die Hölle entschied.

Brandeisen öffnete die Augen. Das Billardzimmer war unverändert, doch die Leichen sahen um ein Geringes frischer aus, jetzt, nachdem der Lokalisierungszauber gelungen war.

Strainchamps hatte den Absinth gebracht. »Kommen Sie voran, Sir?«

»Immer mit der Ruhe«, gab Brandeisen zurück. »Verschließen Sie die Tür.«

»Das ist schon geschehen, Sir.«

»Fein, dann kann's losgehen.« Ein Glas Absinth trank Brandeisen selbst, woraufhin ein wohliger Schauer seinen Körper durchlief. Mit dem Inhalt des zweiten Glases besprenkelte er die Noch-Toten. Er hob seinen Gehstock, tippte Brown-Ryder und Van der Belt damit auf den Brustkorb und murmelte die Worte: »Vivete! Vigete! Vigilate!«

Das war's.

Zuerst erwachte Brown-Ryder, vermutlich, weil sein Herzschuss eine relativ unkomplizierte Verletzung darstellte. Er stand auf und verarztete sich sogleich eigenhändig, indem er ein monogrammiertes Taschentuch in das Loch in seiner Brust stopfte. Dann ging er, ohne sich weiter zu äußern, nach Hause mit dem Hinweis, dass er früh aufstehen müsse, um im Armenhaus nach seinen Patienten zu sehen. Im Laufe des Tages ersetzte Brown-Ryder das Taschentuch durch einen Portweinkorken, der sein Herz keimdicht verschloss. Dank dieser Behandlungsmethode sollte er 94 Jahre alt werden.

Van der Belt brauchte etwas länger, um ins Reich der Lebenden zurückzukehren – Schädel und Bauch waren arg in Mitleidenschaft gezogen. Unglücklicherweise wehrte er sich gegen sämtliche Bemühungen von Strainchamps, seine Wunden zu versorgen und ihn etwas ansehnlicher zu machen. Stattdessen ging er schnurstracks zur Bar und bestellte einen Martini. Das war ein neuartiger Drink, bei dem Gin mit italienischem Wermutwein verrührt wurde. Gordon, der Barkeeper, hatte sogar eine Vorrichtung erfunden, die Zutaten in einem verschließbaren Schüttelbecher zu vermengen und mit Eiswürfeln zu kühlen.

»Meine Glückwünsche, Sir!«, sagte Strainchamps zu Brandeisen. »Der Club ist Ihnen zu immerwährender Dankbarkeit verpflichtet.« Sie standen ein wenig abseits und beobachteten, wie Van der Belt seine Auferstehung feierte.

»Abwarten«, sagte Brandeisen. »Aus welchem Grund haben sich die beiden überhaupt duelliert?«

»Sie stritten sich, was besser schmeckt: Gin oder Whisky.«

»Ein unlösbares Dilemma, das schon so manches Todesopfer gefordert hat.«

»In der Tat, Sir.«

Nur allzubald zeigten sich die Nachteile des Wiederbelebungszaubers. Van der Belts Schädel fehlte immer noch zur Hälfte, sodass Teile der Gehirnmasse sichtbar waren. Und der Martini floß aus dem Loch in Van der Belts Bauch einfach wieder heraus. Immer wenn er einen Schluck nahm, dauerte es einen Moment, bis die Flüssigkeit durch die Speiseröhre nach unten geronnen war und ungehindert austrat. Der Mann leckte wie ein alter Kahn, allein, es kümmerte ihn nicht.

»Kann man da nichts machen, Sir?«, fragte Strainchamps. »In diesem Zustand dürfen wir Mister Van der Belt nicht auf die Straße lassen. Er entspricht nicht gerade dem Anblick, den man jemandem wünscht, der nach Mitternacht durch die Gassen streift.«

Brandeisen überlegte. »Leider sehe ich mich nicht imstande, ihn wieder zusammenzuflicken. Ich bin kein Feldscher.«

»Heißt das, er bleibt so ... unvollständig, Sir?«

»Ich denke schon.«

»Das macht aber keinen guten Eindruck, Sir. Abgesehen davon könnte ich mir vorstellen, dass Mister Van der Belt mit nur einem halben Schädel und einem Loch im Bauch sowohl beruflich als auch privat recht eingeschränkt ist.«

»Ich rede mit ihm«, sagte Brandeisen.

»Bringen Sie ihn zur Vernunft, Sir.«

»Vielleicht gibt er uns die Erlaubnis, nach einem Barbier zu schicken, der ihn zumindest notdürftig verschönert.« Brandeisen setzte sich auf einen Hocker neben Van der Belt und fing ein Gespräch an. »Rodolphe, altes Haus! Wie geht's, wie steht's?«

»Mich plagt ein entsetzlicher Durst, der sich nicht stillen lässt.« Mit einer schroffen Geste wandte sich Van der Belt an den Barkeeper. »Nachfüllen, Gordon! Sehen Sie nicht, dass mein Glas leer ist?«

Gordon tat wie geheißen.

»Dumme Sache, dieses Duell mit Brown-Ryder«, fühlte Brandeisen vor.

»Warum? Ich habe gewonnen!« Van der Belt lachte höhnisch. Dabei löste sich einer seiner Augäpfel, fiel aus der Höhle und baumelte an einer einsamen Faser zwischen Nase und Ohr hin und her wie ein makabres Uhrenpendel. »Dieser Quacksalber hat keine Ahnung. Gin ist Whisky in jeder Hinsicht vorzuziehen. Mögen die Schotten ihr Gesöff für sich behalten.«

»Sie haben da etwas am Auge ...«

Unwirsch wehrte Van der Belt ab. »Das ist bloß eine Schramme. Schauen Sie mich nicht so entgeistert an! Man kommt sich ja vor wie auf dem Jahrmarkt.«

Offenbar litt er unter einem gewissen Verlust der Einschätzungs- und Steuerungsfähigkeit, fand Brandeisen. Nach Wiederbelebungen war das laut Urgroßvater Trudbert keine Seltenheit. »Lesen wir von Ihnen bald wieder im *Chronicle*?«, wechselte er das Thema.

»Sicher!« Van der Belt warf sich in die Brust. »Ich werde das neue Versdrama von Yeats verreißen!«

»So? Das ist aber schade. Ich habe etwas übrig für diesen jungen Iren. Er bringt das Märchenhafte in die Literatur zurück.«

»Übernatürlicher Mumpitz! Das kann man doch nicht ernst nehmen. Je früher Yeats wieder nach Dublin verschwindet, desto besser.«

»Dann sagt Ihnen *Das Bildnis des Dorian Gray* aus der Feder des unvergleichlichen Oscar Wilde vermutlich auch nicht zu?«

»Ein Schaumschläger – und ebenfalls Ire!«, empörte sich Van der Belt. »Diese Kartoffelbauern meinen, uns mit ihren Hirngespinsten zum Narren halten zu können.«

»Wie wäre es mit Tennyson?«, schlug Strainchamps vor, der Balladen und Romanzen rund um den Artusmythos verehrte.

»Verknöcherter Träumer!«, kam es ungnädig zurück.

»Und Stevenson?«, warf Gordon ein. »*Dr. Jekyll und Mr. Hyde* hat Sie doch sicher gepackt? Ich konnte das Buch vor Spannung kaum aus den Händen legen.«

»Spannung, mein unwissender Freund, mag bei einem Stiefelschaft oder einer Büchse für die Entenjagd eine Rolle spielen. In der Literatur hat sie nichts verloren.« Van der Belt trank seinen Martini aus, der seinen Körper sogleich wieder über die perforierten Eingeweide verließ und auf den Boden tropfte. »Fehlt nur noch, dass Sie mir eine dieser widerwärtigen Kriminalgeschichten antragen, wie sie jetzt allenthalben erscheinen, und dass Sie mir weismachen wollen, das habe etwas mit Kunst zu tun. Derlei Schund kann ich niemals gutheißen, nur über meine Leiche!« Das lose Auge baumelte im Takt seiner Rede immer noch äußerst uncharmant umher. Van der Belt war es einerlei.

»Entschuldigen Sie mich für einen Moment«, sagte Brandeisen. Er gab Strainchamps und Gordon einen Wink und nahm die treuen Domestiken beiseite, um mit ihnen im Flüsterton über das weitere Vorgehen zu beratschlagen. Rasch erzielten sie Einigkeit darüber, dass Van der Belts Wiederbelebung doch keine so gute Idee gewesen war. Der Mann war gegen jeden Hinweis auf seine ramponierte Physiognomie immun und zeigte sich noch unerträglicher als *vor* seinem Tod – das mochte etwas heißen. Man musste ihm Einhalt gebieten, um die herausragendsten Musensöhne des Königreichs vor seinen Schmähungen zu bewahren.

»Aber ich kann die Wiederbelebung nicht rückgängig machen«, klagte Brandeisen leise. »Sie sehen mich ratlos.«

Gordon tätschelte seinen Totschläger, den er unter dem Bartresen hervorgeholt hatte. »Nur ein kleiner Streichler, er wird's gar nicht spüren.«

»Gewalt haben wir schon ausgeschlossen«, widersprach Strainchamps. »Ein Gentleman, auch wenn er schon einmal tot war, hat einen kultivierteren Abgang verdient. Fairness geht vor.«

Nahezu gleichzeitig fiel ihr Blick auf den Tisch mit den neuesten Druckerzeugnissen, der zum allgemeinen Gebrauch neben dem Kohlenfeuer stand. Die *Times* lag darauf, der *Daily Chronicle* – und die aktuelle Ausgabe des *Strand*-Magazins. Brandeisen ging hinüber, zog die Zeitschrift aus dem Stapel und blätterte darin. »Ah, eine Geschichte von Mister Doyle«, sagte er laut.

»*Die fünf Orangenkerne*«, rief Gordon, der den Text bereits gelesen hatte. »Ein verzwickter Fall. Sherlock Holmes löst ihn quasi aus dem Lehnsessel heraus. Er verlässt sein Appartement in der Baker Street nur, um in Registern und Akten nachzuschlagen.«

»Wie unrealistisch!« Van der Belt hatte bei dem Namen Doyle aufgehorcht. »Wenn Sie mir den Tag vermiesen wollen, brauchen Sie mir nur mit den Dummheiten dieses Möchtegernschriftstellers zu kommen. Glauben Sie, nur *einer* dieser sogenannten Fälle hat im Entferntesten etwas mit der Wirklichkeit, also mit echter Ermittlungsarbeit, zu tun?«

»Hauptsache, gut erfunden«, entgegnete Brandeisen.

»Gut? Das nennen Sie gut?« Van der Belt hielt es nicht mehr auf seinem Hocker. Linkisch stieg er herunter, begab sich zum Zeitungstisch und riss Brandeisen das *Strand*-Magazin aus der Hand. »Machen wir die Probe aufs Exempel. Ich wähle eine x-beliebige Stelle aus.« Er schlug eine Seite auf und begann vorzulesen: »Sherlock Holmes saß eine Weile still da, den Kopf nach vorne gebeugt und die Augen auf das rote Glühen des Feuers gerichtet. Dann zündete er seine Pfeife an, lehnte sich zurück und beobachtete die blauen Rauchringe, wie sie sich gegenseitig bis an die Decke verfolgten.« Van der Belts Mund verzog sich zu einem spöttischen Grinsen. Mit seinem intakten Auge funkelte er Brandeisen an. »Wann wurde diese Studie in Biederkeit geschrieben? Im 18. Jahrhundert?«

»Eine hübsche kleine Szene«, meinte Strainchamps. Auch er rauchte gern ein Pfeifchen, jedoch nur an seinem freien Tag, wenn ihm derlei Annehmlichkeiten nicht durch den Dienst im *Record's* versagt waren.

Van der Belt fuhr zu dem Butler herum. Dabei löste sich endlich die Faser des losen Auges. Es flog quer durch den Raum und landete mit einem Zischen im Kaminfeuer. »Seit wann ist ›hübsch‹ ein Kriterium zur Beurteilung von Literatur? Das haben schon die Präraffaeliten gründlich missverstanden.«

Erregt blätterte er in dem Magazin und war ganz in seinem Element, dem Zerpflücken und Zerrupfen von Lektüren, an denen andere Menschen ihre Freude hatten. »Nehmen wir dieses Beispiel hier, ein Monolog, typisch für eine lächerliche, klischeebehaftete Figur wie Sherlock Holmes. Ich zitiere: ›Der ideale Logiker könnte, wenn er einmal ein Faktum in allen Einzelheiten gehört hätte, daraus alle weiteren Ereignisse – davor und danach – schlussfolgern. So wie Cuvier durch die Betrachtung eines einzigen Knochens das komplette Tier korrekt beschreiben kann, so sollte der Beobachter, der ein Glied der Ereigniskette vollkommen verstanden hat, in der Lage sein, alle anderen Glieder, sowohl die vorher, als auch die nachfolgenden, akkurat darlegen zu können.‹ Zitat Ende.«

»Was ist daran auszusetzen?«, fragte Brandeisen. »Holmes stimmt das Hohelied der Vernunft an.«

»Besserwisserei für Anfänger, so nenne ich das!« Van der Belt geriet zunehmend außer sich. Er stampfte mit dem Fuß auf den Boden. »Und natürlich ist nicht Holmes der Wichtigtuer, sondern der Autor. Mister Doyle wäre wie alle Ärzte lieber bei seinen Pflastern und Tinkturen geblieben. Von solch gespreizten Vorträgen kriege ich Magenschmerzen!«

»Das kann auch andere Ursachen haben.« Brandeisen wies auf die unbehandelte Bauchwunde, die Van der

Belts Furor auf wundersame Weise nicht zu beeinträchtigen schien.

»Noch ein Exzerpt gefällig? Vielleicht die Charakterisierung des unglaublichen Sherlock Holmes durch seinen Freund Doktor Watson?« Van der Belt las auf derselben Seite weiter. »Philosophie, Astronomie und Politik lagen bei null. Botanik war durchwachsen, Geologie fundiert, was jeglichen Schlamm innerhalb eines Radius von 50 Meilen angeht, Chemie vorbildlich, Anatomie unsystematisch, sensationelle Literaturkenntnisse und einmalige Kenntnisse der Verbrechensaufzeichnungen. Spielt Geige, boxt, ist Fechter und Jurist. Vergiftet sich selbst mit Kokain und Tabak.«

»Ein kluges Kerlchen«, sagte Gordon. »Davon könnte sich so mancher Gentleman eine Scheibe abschneiden.«

»Dass er in Politik nicht bewandert ist, hat eine feine Ironie«, fügte Brandeisen hinzu.

»Wenn meine Aufgaben im Club mich über Gebühr beanspruchen, gibt mir eine Messerspitze Kokain den nötigen Schwung«, kommentierte Strainchamps, der sich dabei ertappte, einige Angewohnheiten mit dem Meisterdetektiv zu teilen.

»Und er boxt, das macht ihn mir richtig sympathisch.« Gordon schlug mit der Faust in die offene Handfläche, hoffend, dass seine zupackende Art doch noch gebraucht würde.

»Merken Sie es denn nicht?« Van der Belt schäumte. »Doyle zeichnet das Bild eines Tausendsassas, der mit allen Schwierigkeiten im Handumdrehen fertig wird. Das ist nicht nur anmaßend, weil es so jemanden nicht gibt, es enthebt den Autor auch aller Erklärungsnotstände. Auf schlichte Gemüter wirkt Holmes vielleicht ›sympathisch‹.

Aber ist Sympathie für den Helden nicht das Erste, das anspruchsvolle Leser bei der Lektüre ablegen sollten? Sonst wäre gute Literatur ja nur das, was gefällt.«

»Mir gefallen beide, Holmes *und* Watson«, sagte Brandeisen. »Ihre Fälle sind spannend und erfindungsreich.«

»Und flüssig geschrieben«, ergänzte Gordon.

»Voller eindrücklicher Details«, lobte Strainchamps.

Es war so weit. Das Gespräch hatte einen Punkt erreicht, an dem der unversöhnliche Kritiker Amok lief. Er wollte sich die Haare raufen – und vergaß dabei, dass sein Gehirn offen lag. Also griff er in sein Oberstübchen, riss es wutentbrannt heraus und warf es an die Wand. Von dort rutsche es herab und wurde zur Beute des schottischen Deerhounds, der unter dem Tisch der Whist spielenden Marineoffiziere gelauert und Van der Belts Witterung schon seit geraumer Zeit aufgenommen hatte. Er verspeiste das Gehirn mit großem Appetit.

Ohne seine paar Murmeln im Kopf hätte sogar Lazarus keinen Schritt mehr getan. Van der Belt brach zusammen und starb ein zweites Mal.

Strainchamps erbot sich, die Leiche unter tätiger Mithilfe von Gordon zu versorgen und zur Zwischenlagerung ins Eishaus zu schaffen. Der Mann hatte sich vor Zeugen selbst entleibt – oder enthirnt. Und es war dabei fair zugegangen. Der Ruf des *Record's Club* blieb unbefleckt.

Nachdem die Säuberungsmaßnahmen vollzogen waren, lud Brandeisen seine beiden Mitstreiter zu einem Drink ein. Die Advokaten neben dem Kaminfeuer dösten immer noch, und die vier Offiziere hatten sich bei ihrer Whist-Partie nicht stören lassen, da Gordon sie wohlweislich mit einer Kanne London Porter Beer ausgestattet hatte.

»Lust auf was Neues?«, fragte Gordon. Nach Van der Belts endgültigem Abgang war er ein bisschen aufgekratzt.

»Nur zu!«, sagte Brandeisen.

In Windeseile standen drei Gimlets auf dem Tisch, eisgekühlt in breiten Bechergläsern.

»Mit welch seltsamem Gebräu haben wir es hier zu tun?«, wollte Strainchamps wissen.

»Zur Hälfte Gin, zur Hälfte Rose's Lime Juice. Ein Gimlet schlägt jeden Martini haushoch«, erklärte Gordon. »Die Jungs von der Navy haben mir das Rezept verraten.«

Sie nahmen einen kräftigen Schluck.

»Elementar«, sagte Strainchamps.

»Das beschreibt den Geschmack ziemlich gut. Ich wünschte, ich könnte länger in Ihrer Gesellschaft verweilen.« Brandeisen hielt nach einem Spiegel Ausschau. Hinter der Bar hing neuerdings einer, damit der Raum größer wirkte. Er räumte ein paar Flaschen weg und stieg auf ein Bierfass. »Leider muss ich mich jetzt empfehlen.« Mit vom Gin belegter, kratziger Stimme sprach er: »Ad aliud saeculum, mutatis mutandis.« Er tauchte in den Spiegel ein, als wäre seine Oberfläche aus Quecksilber, und verschwand.

Den Weg zurück hatte er sich genau eingeprägt: über die Brücke, an der Gruft vorbei, durch das Ganglabyrinth. Allerdings wunderte er sich nicht schlecht, als er in einer Bamberger Kneipe herauskam, die den Namen *Pizzini* trug, seit Langem ein Treffpunkt gescheiterter Intellektueller. Er musste irgendwo eine falsche Abzweigung genommen haben.

»Schon die neue Buchkritik im *Spiegel* gelesen?«, ließ sich ein Stammgast vernehmen. »Ich glaub, die mögen da keine Krimis.«

Brandeisen verneinte. Manche Dinge änderten sich nie.

# Das letzte Komma

»Möge er in Frieden ruhen.« Nachdem der Priester seine Rede beendet hatte, defilierten die Angehörigen am offenen Grab vorbei. Man nahm Abschied von Wendelin Hinten, dem vielleicht erfolgreichsten Krimiautor fränkischer Zunge. Sein millionster Buchverkauf war ihm zum Verhängnis geworden: Herzinfarkt.

Kränze, Blumen, Tränen. Dann zerstreute sich die Trauergemeinde. Nur drei junge Frauen verharrten an der düsteren Stätte. Sie steckten die Taschentücher ein und rückten ihre Sonnenbrillen zurecht.

»Ich kann mich noch an sein Debüt erinnern«, sagte die Erste. »Auf rotem Farbband getippt, einzeiliger Abstand. Bis ich alle 997 Seiten im Computer hatte, war ich reif für die Klapse!«

»Das war dieser Agententhriller, *Dem Deppen sein Spion*«, ergänzte die Zweite und schüttelte seufzend den Kopf. »Nein, mit der Grammatik hatte er es nicht.«

»Und erst die Rechtschreibung!«, stöhnte die Dritte. »In jedem Satz mehr Fehler als Buchstaben! Uns ist regelmäßig das Korrekturprogramm abgestürzt.«

Akribisch, wie Lektorinnen sein mussten, gedachten sie der Marotten des Starautors. Wortwiederholungen, falsche Zeiten, schiefe Metaphern, unentzifferbare Dialekteinschübe. Der Konjunktiv, das unbekannte Wesen! Hinten hatte ihnen das Leben zur Hölle gemacht. Doch ohne seine Bestseller wäre der Verlag schon längst pleitegegangen.

»Am schlimmsten war seine Kommasetzung«, sagte die Erste, während sie eine Flasche Schampus entkorkte.

»Völlig willkürlich«, ergänzte die Zweite und stellte drei Sektflöten auf den Grabstein.

»Als ob er die Kommata mit dem Salzstreuer über das Manuskript verteilt hätte«, stöhnte die Dritte, der es gelungen war, den Friedhofssteinmetz zu bestechen.

Sie prosteten einander zu. »Der Duden sei ihm gnädig!«

Noch einmal betrachteten sie die Inschrift auf dem Grabstein. Dort sollte auf testamentarischen Wunsch Hintens eigentlich stehen: »Er bleibt, nie vergessen!«

Doch das Komma war nach hinten gerutscht ...

Jetzt hieß es: »Er bleibt nie, vergessen!«

*

Eine Woche später bemerkte Brandeisen beim Gräbergang an Allerheiligen das peinliche Satzzeichen und erschrak. Was, wenn ihm so etwas passierte?

Da er selbst keine Angehörigen besaß, hatte er sein künftiges Ableben notariell geregelt. Er hatte mit dem Friedhofsamt und einem Bestattungsunternehmer sämtliche Details durchgesprochen und vertraglich fixiert – was für die Nerven aller Beteiligten eine arge Belastungsprobe gewesen war. Sogar eine Vorauszahlung hatte er bereits geleistet und den Grabstein ausgewählt, einen eleganten elfenbeinfarbenen Jura-Marmor mit Fossilien-Einschlüssen. Die gemeißelte Inschrift sollte in einer schönen Antiqua ausgeführt werden, und zwar in der gleichen Schriftart, die auch im *Musen-Almanach* für das Jahr 1798 Verwendung gefunden hatte. Damals war Friedrich Schillers Ballade vom »Ritter Toggenburg« erstmals erschienen. Deren letzter trochäischer Strophe hatte Brandeisen seinen Grabspruch entnommen und ihn zu Ehren seiner ausgestopften Hündin Hilda abgewandelt:

Und so saß er, eine Leiche,
Eines Morgens da,
Nach der Dogge noch das bleiche
Stille Antlitz sah.

Reine Poesie, fand er. Allerdings setzte der Staatsanwalt nicht das geringste Vertrauen in die Fähigkeiten des Sepulkralhandwerks und hielt Steinmetze generell für Legastheniker, ein Vorbehalt, der durch Hintens Epitaph aufs Lächerlichste bestätigt wurde. Deshalb hatte er Kommissar Küps gebeten, die orthografische und grammatische Akkuratesse seiner Grabinschrift zu überwachen, um sicherzustellen, nicht post mortem Opfer eines Schreibfehlers zu werden.

Jetzt jedoch schwankte Brandeisen in seinem Entschluss. Er dachte an die Tatortbefundberichte, die er von Küps erhielt: Sie wimmelten nur so von einem äußerst kreativen Umgang mit der deutschen Sprache und dem, was der Duden in seiner 26. Auflage dafür ausgab. Nun verfügte Küps zwar über viele Vorzüge, indes, Rechtschreibstärke gehörte definitiv nicht dazu.

Brandeisen disponierte um, der Not gehorchend, nicht dem eignen Trieb: Schiller musste weichen. Er lenkte seine Schritte zu den Geschäftsräumen des Totengräbers. Auch eine Einäscherung hatte etwas für sich, fand er. Er würde sich die Urnen noch einmal zeigen lassen, vielleicht ein Modell aus Kupfer mit eingravierten Paragrafenzeichen? Dann musste er vom Grabfeld IV J

ins Kolumbarium umziehen, wo nur der Name des Verstorbenen verewigt wurde und kein Platz war für wort-
reiche Grüße aus dem Jenseits. Die Verträge würde er
rückgängig machen, zum Glück hatte er eine Ausstiegs-
klausel eingebaut. Und der Notar freute sich bestimmt,
ihn wiederzusehen. Es gab viel zu tun.

Aber wie konnte er seiner Dogge, einer schwarzweiß
gefleckten Großen Dänin, diesen Sinneswandel erklären? Wo war Platz für Hilda, wenn er dermaleinst in die
Brennkammer fuhr? Ausgestopft oder nicht, schon spürte er ihre vorwurfsvollen Blicke ...

Und so geschah es, dass Brandeisen laut Bestattungs-
vertrag vom 1.11.2015 eine Urnennische erwarb, in der
seine eigene Asche sowie die einer gewissen Hilda von
Bjørndal beigesetzt werden sollte. In Bayern durften Tiere eigentlich nicht zusammen mit Menschen die letzte
Reise antreten, da waren die Gesetze streng. Doch in
Bayern galt ebenso: »A bisserl was geht immer.« Mit
dieser Sentenz des Monaco Franze alias Helmut Fischer
selig schob Brandeisen das Schmiergeld über den Tisch.
»Und kein Komma auf der Platte! Nur die Namen und
die Daten.«

»Mögen Sie in Frieden ruhen«, sagte der Bestatter
und ließ die Kohle dezent verschwinden.

Am Ende blieb sich alles gleich.

# Der Jungbulle

Neulich kummt der Küps aufm Schbeedsi, wasst scho, der Kommissar, der glaa dick. Der Stefan schdelldm gleich a Seidla hie, und der Küps hauds in einem Zuch nei.

Mensch, hast du an Dorscht, sooch ich.

Brauchst fräng, socht der Küps.

Und ich merk, dass er drobferdnass is und sei Hemmert an der Ilimöödsn festbabbt. Wos is denn bassiert?, frooch ich nä. Hods widdä an Doodn geem?

Fängt der Küps oo zu erzähln: Am Schlachthof is heut Middooch a Jungbulln durchganga.

Geh zu, sooch ich. A Rindviech?

Des hod Angst ghabt vorm Boldsnschuss und is abghaut. Und weilses net eifanga konndn, homs die Bollizei grufn.

Verrüggdä Bulln sin a öffndliche Gfoä, sooch ich. Die musst gleich abgnalln und feddich.

Ebn, socht der Küps. Miä also hie mit Blaulicht und am Jachdgwehr. Obä des Rindviech woa gor nimmer im Schlachthof, sondern scho undn am Kanal. Auf aaner Wiesn isses gschdandn und hod geguggt wie a Moggäla wenns blidst. Und was glabbst, wer scho do woa? Der Brandeisen!

Der Schdaadsanwalt?, frooch ich.

Freilich, der hod widdä unsän Funk abghört. Nicht schießen!, rufdä. Das arme Tier muss sich erst beruhigen. – Des werd doch eh gschlacht, sooch ich, was solln der Aufschdand? – Geht das nicht zivilisierter?, socht er. Geben Sie mir fünf Minuten, dann kommt der Bulle ganz friedlich mit. Oder wollen Sie zum Mörder werden?

Der is doch net ganz saubä, sooch ich.

Ward nä, socht der Küps, des Besde kummt nuch! Der Brandeisen hod nämlich a boa Büchla dabei, und dodraus liest er dem Bulln wos vor.

Gell du willst mich a weng väöbfln, sooch ich.

Des is mei voller Ernst, socht der Küps. Der Brandeisen baut sich also vor dem Bulln auf und fängt oo mit seiner Vorlesung. Zuerscht probiäd ers mit am Gedichdla.

Gedichdla mooch ich, sooch ich. Die sin lusdich.

Naa, *des* Gedichdla woä net lusdich, weil des hod sich überhaubdsnet greimt. Irchendwos Hochgschdochns woä des, mit am Schdier und Eurobba undm Göddä-vaadä Zeus.

Der Zeus, der old Saubeudl, hod aa nix ausglassn, sooch ich.

Wos waaß denn ich?, socht der Küps. Jednfalls fängt der Bulln des Dsiddern oo und lässt an mordsdrümmä Flaadn falln.

Gscheit recht!, sooch ich.

Baggd der Brandeisen sei Gedichdla widdä ei und holt a andersch Büchla raus, socht der Küps.

Der Schdaadsanwalt is halt a Moo vo Kulduä, sooch ich.

Und Kulduä, wos hasst des in Deudschlond?

Gööde, sooch ich.

Gööde, socht der Küps, unsä Dichdäfürst. Obä Gööde in Bamberch an der Eurobbabrüggn? ›Habe nun, ach, Philosophie und Jurisderei schdudiert‹ und so weidä?

Des is ausm *Faust*, sooch ich.

Des is a Schmarrn, wenns des am verrüggdn Bulln vorliest! Des Viech wird nämlich blödslich mundä und scharrt mit die Huf und schaut so garschdich, dass mers angst und bang werd um den Brandeisen.

Auweela, sooch ich.

Und wos mochdä, der old Knieboorä?, froocht der Küps. »Gemaach!«, socht er und ziecht nuch a dridds Büchla aus seiner Daschn.

A dridds Büchla?, frooch ich.

Der Bulln hod aa nix mehr gschnallt, der woä nur nuch dogschdondn wie beschdellt und net abgholt. Obä des dridde Büchla vom Brandeisen, des woä aweng diggä wie die andern zwaa und scho ziemlich zäflädält.

Wos wöa des nachäd füä a Büchla?, frooch ich und glaab, ich griech die Flöh, weil der Kommissar widdä rumeiert wie bei am wagglichn Schellnsolo.

A Grimmi woä des, socht der Küps. A richdichä Frangngrimmi mit Mord und Doodschlooch und am Haufn Leichn.

Mir gfalln ja Grimmi, sooch ich.

Mir aa, socht der Küps, des is quasi berufsbedingt.

Obä so a Grimmi, sooch ich, der is doch schbannend! Und wenn dann nuch aweng Amore dodsukummt, werst ganz webbsich!

Der Bulln net, socht der Küps. Der is auf der Schdell eigschloofn.

Ja hundsveregg!, sooch ich.

Der Bulln macht bei der erschdn Leichn die Aang zu und lässt sich an seim Kälberstrigg wegfüän wie a Lämmla.

Naa!, sooch ich.

Eijoo, socht der Küps, ich woä doch dabei! Und der Brandeisen hod gegrinst wie der Ädbäschorsch in der Osternacht.

Der werd sich gfreut ham, sooch ich. Dass die Lidderadur doch zu wos guut is.

Und miä dringn an Schluck Schbeedsibier, weil nach so am Gschichdla musst aweng neileuchdn, dann werds nuch schönner.

Den Bulln homs im Schlachthof dann fachgerecht zerleecht, socht der Küps. Die Fleischgwalidät woä dibbdobb, weil er sich widdä beruicht hod vorm Boldsnschuss.

Edsäd hob ich obä an gscheidn Hungä, sooch ich.

Kummt der Stefan und schdellt uns zwaa Dellä mit Essn hie.

Wos isn eds dees?, frooch ich.

A sauers Rindäherz mit Gloos, socht der Küps. Des homs mir mitgeem, wie der Bulln hie woa.

A Rindäherz is wos Feins, sooch ich. Des gibd's sunst nur beim *Greif*.

Der Fritz hods gleich in die Küchn gschiggd zum Broodn, und edsäd fress mers zamm, socht der Küps.

Du frisst a Bullnherz?, frooch ich. Des is ja Kannibalismus, Herr Kommissar.

Bass fei auf, socht der Küps. Sonst les ich der an Gööde vor.

Gööde war gut, des hod scho der Rudi Carrell gsocht.

Obä an Grimmi konnder net schreibn, socht der Küps. Und warum?

Warum?, frooch ich.

Weil der ka Schbeedsibier ghobt hod, socht er und schaut auf Bamberch nunder.

Und des Schdäddla liecht widdä zum Greina schöö do, mit seina oldn Dächlä unter am blitzablangn Himml. So was gibt dä an Stich ins Herz, als ob a Ängäla quer durchn Kellä zu die Abodde schwebn würd.

Do brauch mer kan Gööde, sooch ich. Bei uns is jeder sei eichenä Dichdä.

# Textnachweis

**Das perfekte Verbrechen,** erstmals erschienen in: *Eine Bierleiche zum Dessert. 14 Kriminalgeschichten rund um den Gerstensaft,* ars vivendi verlag, Cadolzburg 2016, S. 85–99.

**Genug ist genug,** erstmals erschienen in: *Plätzchen, Punsch und Psychokiller. 24 Weihnachtskrimis von Sylt bis Wien,* hrsg. von Isabell Spanier, Knaur, München 2016, S. 277–294.

**Sieben Tote sind nicht genug,** erstmals erschienen in: *Bocksbeutelmorde. 12 Kurzkrimis aus Weinfranken,* hrsg. von Tessa Korber, ars vivendi verlag, Cadolzburg 2016, S. 193–208.

**Fluchtpunkt Sandkerwa,** erstmals erschienen in: *Kirchweihleichen. 13 finstere Storys,* hrsg. von Friederike Schmöe, Gmeiner Verlag, Messkirch 2015, S. 91–108.

**Alle Neune auf Norderney,** erstmals erschienen in: *Kriminelle Weihnachten auf den Nordseeinseln,* hrsg. von Ella Theiss, Windspiel Verlag, Scharbeutz 2015, S. 85–97.

**Bei Aufguss Mord,** erstmals erschienen in: *Stollen, Schnee und Sensenmann. 24 Weihnachtskrimis von Flensburg bis zum Wörthersee,* hrsg. von Teresa Pütz, Knaur, München 2014, S. 11–28.

**Wem die Erlöserglocke schlägt**, erstmals erschienen in: *Das Gewissen ist ein ewig Ding. 13 Kirchenkrimis aus Franken*, ars vivendi verlag, Cadolzburg 2015, S. 82–89.

**Kurschaden**, erstmals erschienen in: *Auf der Alm, da gibt's an Mord. Kriminalgeschichten aus dem Allgäu*, hrsg. von Arnold Küsters, KBV, Hillesheim 2015, S. 41–55.

**Kommando Herodes**, erstmals erschienen in: *Türchen, Tod und Tannenbaum. 24 Weihnachtskrimis von Ostfriesland bis Südtirol*, hrsg. von Emily Modick, Knaur, München 2015, S. 47–64.

**Gutes Neues**, erstmals erschienen in: *Literarischer Krimi-Kalender 2016*, hrsg. von Norbert Treuheit, ars vivendi verlag, Cadolzburg 2015.

**Truffle Royale**, erstmals erschienen in: *Törtchen-Mördchen. Köstliche Kurzkrimis*, hrsg. von Petra Busch, KBV, Hillesheim 2015, S. 115–126.

**Mord mit Doppelfehler**, erstmals erschienen in: *Sport ist Mord. Kriminalgeschichten*, hrsg. von Petra Steps, KBV, Hillesheim 2015, S. 165–180.

**Der kleine Eisenbahnraub**, erstmals erschienen in: *Glühweinopfer & Lebkuchenleichen. Ein fränkischer Adventskalender in 24 Kurzkrimis*, ars vivendi verlag, Cadolzburg 2015, S. 264–282.

**Der unvollständige Mister Van der Belt**, erstmals erschienen in: *Cocktail-Leichen. Kriminalgeschichten –*

*geschüttelt und gerührt*, hrsg. von Thomas Kastura, KBV, Hillesheim 2016, S. 356–374.

**Das letzte Komma**, erstmals erschienen in: *Literarischer Krimi-Kalender 2017*, hrsg. von Norbert Treuheit, ars vivendi verlag, Cadolzburg 2016.

Die Geschichten **Das Loch, in Hoffmanns Manier** und **Der Jungbulle** sind neu und wurden eigens für diesen Band geschrieben.